講談社文庫

法廷遊戯

五十嵐律人

JN046780

講談社

目次

法廷遊戯

第1部　無辜ゲーム

0

むこ【無辜】

《「辜」は罪の意》罪のないこと。また、その人。

1

年季の入った木製の扉の前に立ち、金属のドアノブを手の平で包み込んだ。

何度目の入室かは忘れたが、模擬法廷の扉を開くときは、いつも僅《わず》かな緊張感を覚える。それはきっと、無意識の防衛反応の一種だ。

静寂というよりは無音に近い。空気すら循環するのを拒《こば》んでいるような静けさ。

模擬法廷とはいっても、設備やレイアウトは実際の法廷とほぼ同一である。

十個の椅子《いす》が三列にわたって設置された傍聴席。だが、そこに座る者はいない。

傍観者とプレイヤーを区別するための木の柵《さく》。押せば抵抗なく開くにもかかわらず、覚悟と資格がなければ、境界線を越えることは許されない。

左右対称に配置された当事者席。やはり、いずれも空席のままだ。

つまり、この部屋は無人――ではない。

法都《ほうと》大ロースクールの模擬法廷には、結城馨《ゆうきかおる》がいる。僕は、彼に会うために扉を開いた。審判者である馨に、裁いてもらわなければならない人間がいるのだ。

傍聴席から見て正面の一番奥に、法壇がある。その中央の裁判長席に馨は座っていた。長い前髪が掛かった切れ長の目で、傍聴席に立つ僕を見下ろしながら。

「……セイギか。珍しいお客さんだ」

久我清義《くがきよよし》。それが僕の名前だが、きよよしという発音しにくい本名で呼ぶ者は多くない。セイギが正しい読み方だと勘違いしているクラスメイトもいるかもしれない。

「開廷を申し込むよ、馨」

「罪は？」

気怠《けだる》そうに頬杖《ほおづえ》をついて、馨は言った。

「自習室の机に、僕の過去を暴露する紙が置かれていた」

「へえ……。侮辱か、名誉毀損ってところか」

馨は、椅子に背をもたせかけて、机を小刻みに叩《たた》いた。

「今回はゲストも呼んである。開廷は何分後に？」

「三十分後にしよう。敗者に科する罰を考えるのは、それからだ」

罪と罰——。これで、無辜ゲームの告訴は済んだ。

無気力な審判者、空席の証言台、沈黙を保つ模擬法廷。

無辜ゲームが始まれば、この光景は一変する。

2

三十分後、三分の二の傍聴席が傍観者で埋まった。

法都大ロースクールの最終学年には、二十一人の学生が在籍している。僕と馨は柵の内側で、残る十九人は傍聴席という配置だ。最後の一人は、入り口からもっとも離れた席に座り、足を組んで法壇を見上げている。

「セイギが言ってたゲストは、奈倉《なくら》先生か」

法壇に座る馨は、特段驚いた様子も見せず僕に訊《き》いた。

「見学したいって言われてさ。別に構わないだろ？」

「こんな学生のお遊びを見ても、時間を無駄にするだけだと思いますが」

刑法を専門とする若手准教授は、微笑を浮かべた。

「謙遜《けんそん》するなよ。かなり凝《こ》ったゲームだと噂《うわさ》になってるぞ。退屈だと思ったら出て行くから、俺のことは気にしないでくれ」

「そういうわけにはいきません」

「無辜ゲームは、身内だけで楽しむ非公開の手続なのか？」

法学者らしい冗談だが、馨は笑わなかった。

「当然、憲法の要求に応《こた》えた公開の法廷です。だから、誰でも傍聴できます。先ほどの発言は、先生をいないものだと思うことはできないという意味です。せっかく来てもらったんですから、きちんと説明を加えます」

「勉強させてもらうよ。ところで、その法服は審判者の嗜《たしな》みなのか？」

「まあ、そんなところです」

カーディガンの代わりのように羽織った漆黒の法服――。

裁判官が法廷で着用する制服を、馨も無辜ゲームの最中は身にまとっている。僕たちにとっては見慣れた光景だが、普段は口数が少ない学生が毅然《きぜん》とした表情で見下ろしてくるのだから、奈倉先生が疑問に思ったのは当然のことだろう。

「じゃあ、さっそく始めよう。告訴者は、証言台の前に」

告訴者としてゲームに参加するのは初めてだ。心臓の高鳴りを感じる。

「名前と学籍番号は？」

「久我清義。Y8JB1109」

告訴者が法都大生であることを確認するための、形式的な人定確認。

「ルールは理解しているね？」

「もちろん」

「一応、説明させてもらうよ」

奈倉先生が傍聴しているからか、普段はしない説明を、馨は滑《なめ》らかに口にした。

「告訴者は、自己の身に降りかかった被害を罪という形で特定した上で、必要な証拠調べを請求して、罪を犯した人物を指定する。審判者が抱いた心証と告訴者の指定が一致した場合は、犯人は罰を受ける。両者の間に齟齬《そご》が生じた場合は、無辜の人間に罪を押し付けようとした告訴者自身が、罰を受けることになる」

無辜とは、何らの罪も犯していない人を意味する。告訴者が指定した犯人が、無辜と認定されて救済されるか否か。それが、無辜ゲームの中核となる要素だ。

「告訴者も、罰を受ける可能性があるんだな」奈倉先生が言った。

「これは、あくまでゲームです。罰は双方に科せられる可能性がないと、フェアじゃない。セイギ……、いいね」

「同意した上での告訴だ」即答した。

「傍聴席にいるかもしれない犯人……、いいね」

立ち上がって法廷を出ていく者はいない。

ここで不同意を表明することは、自分が犯人だと認めるのと同義だ。無辜ゲームによる罰は避けられても、ロースクールという閉じた社会での制裁は不可避となる。

「告訴者は、裁くべき罪を特定してくれ」

「わかった――」

「あそこに書いてあったことは真実なのか、セイギ」

傍聴席から野次が飛ぶ。背中を向けていても発言者が誰かはすぐわかった。八代公平《やしろこうへい》、誰よりも無辜ゲームを楽しんでいる男だ。僕に恨みがあるわけではなく、法廷を盛り上げるために煽《あお》ったのだろう。馨は、静粛になんて発言をしてくれる親切な審判者ではない。収拾がつかなくなれば、閉廷を宣言するはずだ。

「仮に真実だとしたら、どうなる？」

ゆっくり振り返り、傍聴席の中央に座る公平と向き合った。

「そうだな。今後は、怒らせないように気を付けるよ」

くすくすと笑い声が聞こえてきた。質問の意味は、正しく伝わらなかったらしい。

「あの紙をばら撒《ま》かれたことで、僕の社会的な評価は低下した。内容が真実だと証明されても、名誉が元の状態に回復するわけじゃない。名誉毀損を不可罰にするには、真実性の証明だけじゃ足りないんだよ。もう少し刑法を勉強してから、野次は飛ばしてくれ」

公平は、きょとんとした表情で数秒固まった。

「さすがは優等生。邪魔をして悪かったな」

証言台に向き直る途中で、入り口に近い席に座る織本美鈴《おりもとみれい》と目が合った。美鈴は、強い視線で僕を睨《にら》んでいた。無断で告訴したことを怒っているのだろう。

仕方ないじゃないか――。心の中でそう呟《つぶや》く。

平穏な生活を取り戻すには、犯人を見つけ出さなくちゃいけないんだ。

僕のためにも、そして、美鈴のためにも。

3

さて、どこから話すべきか。

ここで話さなかったことは審判では考慮されないため、事実関係は詳細に述べるのが基本だ。一方で、些末《さまつ》な事実を伝えすぎると、争点がぼやけてしまう。

自習室に入ったところからにしよう。それが、最終的に至った結論だった。

今日は、一限が刑事訴訟法で二限と三限が空きコマだった。こういった時間割りの場合、四限までの時間は、自習室で過ごすのが法科大学院生の日常だ。各自に専用の机が割り振られた自習室は二十四時間の利用が認められている。

しかし、その利用実態は理想とは掛け離れている。携帯を弄《いじ》ったり昼寝に勤《いそ》しむのなら、他者に害はないのでまだ許せる。だが、イヤホンも差さずにパソコンで動画を再生する者や、大声で私語を交《か》わす者までがいる始末で、集中して勉強するのは不可能に近い環境だ。

底辺ロースクール。それが、法都大ロースクールに付与された悲しき評価である。

カードキーを使って自習室に入った僕は、溜息《ためいき》を吐《つ》いた。

「来週の飲み会のアンケート、早めに答えろよ」

「あれ、水曜だっけ？」

「火曜だよ。六時に集合。アーケードの突き当たりの店」

「またあそこか。会費は？」

「三千円。持参債務な」

「持参債務？　ああ、幹事に前払いしろってことか」

そんな下らない会話が、至る所で交わされていた。

過去五年、法都大ロースクールを卒業して司法試験に合格した者はいない。難関試験とはいえ、この結果はあまりにも酷い。だが、彼らの会話に耳を傾ければ、なるべくしてなった結果だと納得するしかない。カナル型のイヤホンを耳に入れて、雑音をシャットアウトした。

憲法の過去問を解き終えたところで、机の上に飲み会のビラが置かれていることに気付いた。流し読みしていると、奈倉先生に呼び出されていたのだと思い出した。

十一時十五分から十一時三十分までの約十五分間、僕は自習室を離れた。この十五分が、今回の犯行時間を特定する上で大きな意味を持つ。

二階の自習室を出て、三階にある研究室の扉をノックした。

「遅くなりました」

「ああ……。久我か。急に呼び出して悪かったな」

それなりの広さがある部屋だが、大量の専門書が乱雑に置かれているせいで、歩ける場所は僅かしかない。中央にある応接スペースで、僕たちは向かい合って座った。

「僕、なにかしましたか？」

「説教ではないよ。むしろ逆の話だ。来年こそは合格者を出せと、上から言われていてね。受かりそうな学生に、こうやって声を掛けているわけさ」

「ずいぶんと直球ですね」

「褒めているんだから、構わないだろう。ちなみに、見込みがあるのは、久我と織本くらいだ。その他は、司法試験に受かる以前に、俺の講義の単位を取得できるかも怪しい」

若くして准教授になっただけあって、奈倉先生はかなり頭が切れる。周りを気遣《きづか》って言葉をオブラートに包んだりしないのは、他人に配慮する必要性を感じていないからだろう。

「僕たちの学年の講義で先生が担当してるのって、模擬裁判だけでしたっけ？」

卒業を間近に控《ひか》えているので、受講している講義はそれほど多くない。司法試験のために、自学の時間を与えられているというのが実情だ。

「弁護人役の久我が検察官役を論破して、手続が崩壊した模擬裁判だ。あれは傑作だった」

「反省してます」

「それが弁護人の仕事なんだから、いいんだよ。検察官役は誰だったか……」

「賢二《けんじ》ですね」

顔を紅潮させた賢二は、破綻《はたん》した論告を続けようとして先生に打ち切られた。

「藤方《ふじかた》か。普段は冷静な久我が、どうしてあのときは藤方を叩きのめしたんだ？」

「あまりに滅茶苦茶《めちゃくちゃ》な論法だったので、つい」

「被告人役が織本だから、張り切ったのかと思ったが」

「美鈴？　関係ないですよ」

これ以上は訊かれたくなかったので、話題を切り替えた。

「さっき、見込みがある学生と言ってましたけど、馨は別枠ですよね？」

「結城はな……。なんで、ここに進学したんだか」

「同感です」

驚くべきことに、馨は既に司法試験に合格している。ロースクールを経由せずに受験資格を得られる近道が一つだけ存在するのだが、その茨《いばら》の道を突破しているのだ。

「久我だって、もっと合格率が高いところに行けたはずだが」

「馨と並べられるのは困ります。それに、僕の場合は純粋に学費の問題です」

「全額免除の特待生だったな。まあ……、この調子で今後も頑張ってくれ」

「わかりました。もう、戻っても？」

椅子から立ち上がると、奈倉先生が思い出したように言った。

「そういえば、面白いゲームをしてるらしいな」

想定外の方向に話題が飛んだ。

「えっと……、無辜ゲームのことですか？」

「そう。学生の間で流行《はや》ってる下らないゲームだと最初は思っていたんだが、結城や久我も関《かか》わってると聞いて興味を持ってね。どんなゲームなんだ？」

「言葉で説明するのは難しいです」

「じゃあ、見せてくれよ」

「無辜ゲームを？　いいですけど、いつ開かれるかわからないですよ」

そこまで興味を示されるとは思わなかったので驚いた。

「気長に待つさ」

面談を終えて自習室に戻ると、ほぼ全員の視線が揃《そろ》って僕の顔に向けられた。不穏な気配を感じたが、注目を集めた理由はすぐにわかった。

隣の席に座る美鈴が、一枚の紙を持って僕を見上げていた。困惑と非難が混じった視線だったのを覚えている。美鈴が握る紙には、二つの写真と短い文章が印刷されていた。

「なんだよ、それ……」思わず、そう呟いてしまった。

美鈴は何も答えなかった。ロースクールでは話しかけないと、僕たちは決めている。奪い取るように、美鈴が持つ紙に手を伸ばした。

Ａ４サイズの、つるつるとした手触りの上質紙。上部と下部に、均等なレイアウトで写真が配置されている。それらを見比べているうちに、血の気が引いていった。

一枚目は、「こころホーム」と彫られた表札の前で撮られた集合写真だ。中央に立つ制服の男子が丸印で囲まれ、「久我清義」と書かれている。

二枚目は、切り抜いた新聞記事を近接撮影したと思われる写真だ。

『児童養護施設〈こころホーム〉の施設長（48）の胸元にナイフを刺したとして、同施設に入所している高校一年生の少年（16）が傷害の疑いで逮捕された。警察の発表によれば、少年は容疑を認めているという』

数行の紙面しか割《さ》かれていない記事だが、内容は完全に覚えている。法務教官や調査官から、事実と向き合うことを繰り返し求められた。

これは、僕が過去に犯した罪だ。

皮膚を切り裂いた感触、流れ出した血液、少女の悲鳴――。

記事において、少年の名前は公表されていない。だが、あからさまな写真の並びと施設名の一致から、罪を犯した十六歳の少年と久我清義を結び付けるのは容易な作業だろう。

末尾には、『歪《ゆが》んだセイギの担い手に、法曹になる資格はあるのかな？』という一文と、天秤《てんびん》のイラストが添えられていた。

状況の一部は理解できた。僕に対して、無辜ゲームが仕掛けられたのだ。

無辜ゲームには多くのルールがあるが、加害者が果たさなければならないことは二つだ。刑罰法規に反する罪を犯し、サインとしての天秤を残す……。不特定多数の机に僕の名誉を毀損する紙をばら撒き、末尾に天秤のイラストを添えたことで、犯人は双方の要件を満たした。

密告するか、耐え忍ぶか、ゲームを受けるか。被害者には、その三択が突き付けられる。密告とは、教務課や警察に相談することを意味する。所詮《しょせん》ゲームさ――。無責任な一言が、正当な解決策を卑怯《ひきょう》な選択肢に追いやってきた。

今回の罪は、名誉毀損だ。僕が過去に犯した傷害事件を公然と摘示することで、社会的な評価を低下させた。正直なところ、罪の暴露という行為は目を瞑《つぶ》っても構わないと思った。他人の評価に興味はないし、既に決着がついた問題だからだ。

見過ごせないのは、施設で撮った集合写真が流出したことの方だった。誰が、何の目的で、この写真を手に入れたのか。答え次第では、最悪の事態に発展するおそれがある。

これは僕だけの問題には留《とど》まらない。美鈴まで当事者として巻き込まれてしまっている。だから、耐え忍ぶという選択肢がとれないのだ。

理不尽な三択のうち、二つは消えた。前に進むには、ゲームを受けるしかない。

4

「これが、馨に裁いてほしい罪だ」

十分ほど掛けて、上質紙を発見するまでの流れを説明した。奈倉先生との面談の内容については、ほとんどを省略した。僕と美鈴を除いた学生に合格の見込みはないと考えているなんて告げたら、この場で暴動が起きかねない。

いつものように馨は、告訴者である僕の言葉に無言で耳を傾けていた。

「立証はどうする？」

それが、僕の説明を聞き終えた馨の第一声だった。罪を特定したあとは、証拠調べに移る。告訴者が準備した証拠によって、事件を真相へと導くための手続だ。

「自習室で見つけた紙が書証。それと、僕の隣の席に座っている織本美鈴の証人尋問を請求する」

「書証の立証趣旨は？」

立証趣旨とは、その証拠で何を立証するのかという意思表明だ。

「犯行態様及び被害の程度等」

「証人については？」

「本件上質紙の発見の経緯及び犯人の特定等」

「わかった。じゃあ、書証を提出してくれ」

証言台を離れて、法壇に近付いた。

「証人尋問で使いたいから、確認したら返してくれるか」

馨は受け取った上質紙を右手で持ち、顔の前で前後に揺らした。

「ああ、もういいよ」

「ちゃんと読んだのか?」

「下らない内容だとわかったから充分だ」

一分も経《た》たないうちに返された。法服の袖《そで》から見える腕は、不健康なほど細い。

「証人は、前に」

馨に促《うなが》されて、美鈴は柵の内側に入ってきた。証言台の席を譲り、僕は法壇に向かって左側の当事者席に立った。刑事裁判であれば、検察官が座る席だ。告訴者は、立場としては訴追権者の検察官に似ている。被害者でありながら、訴追もこなさなければならない。

証言台の前に立った美鈴は、まっすぐ法壇を見つめた。隣の席だからとそれらしい理由は付与したが、証人請求したことを美鈴が快《こころよ》く思っていないのは明らかだ。

「名前と学籍番号は?」

「織本美鈴。Y8JB1108」

学生数が少ないので、織本と久我は五十音順の学生番号だと一つしか違わない。

「証人尋問のルールは理解しているね?」

「理解してる」

「今回は奈倉先生が傍聴しているから、一応確認しておこう。まず、証人は嘘《うそ》をついてはならない。ただし、この原則には例外がある――」

「自分の罪を暴露する質問に対しては、嘘をつくことが許される」

馨の発言を先読みしたように美鈴が答えた。

「そのとおり。次に、証人は、告訴者の質問には肯定か否定の意思表明のみを返す。また、質問の行間を読んで答えることも許されない。例えば、今日の天気は晴れかと質問されたとして、その日の天気が曇りだった場合、雨ではなかった事実を確認する意図が文脈から明らかでも、否定の答えを口にしなければならない」

「わかってる」

「最後に、告訴者が質問を終えて審判者に託したとき、僕の質問には自由に答えて構わない。偽証の可否については、告訴者の質問に答えるときと同様だ」

あらかじめ準備していたかのように、奈倉先生は一つの疑問を口にした。

「証人が理由なき嘘をついているかの判断は、結城がするのか？」

「そんなの、僕には判断できませんよ」

「原則として嘘をついてはならないというルールがあるのに？」

「実際の刑事裁判でも、偽証罪の制裁はありますよね。証人は、嘘発見器を付けながら証言しているんですか？」

「制裁の告知をして、事実上の抑制を図ってるだけだな。水を差して悪かった」

馨が説明したとおり、無辜ゲームの証人尋問では、イエス・ノー以外の答えを証人に求めることは許されない。筋の悪い質問に終始すれば、何の証言も得られない可能性もある。

ここが正念場だ。証言台に近付いて、上質紙を卓上に置いた。

「この紙に見覚えはある？」

施設や新聞記事の写真を見せると、美鈴の眉《まゆ》がぴくりと動いた。

「ある」

「これは美鈴の机に置いてあったものだけど、自習室にいた人も同じ紙を持っていたね？」

「ええ」

「前後の動きも確認させてほしい。一限が終わったあとは、すぐに自習室に向かった？」

美鈴が答えに詰まったのを見て、すかさず馨が口を開く。

「今の質問は抽象的だよ。すぐかどうかは、個人の感覚で変わる」

「わかった。撤回する」

不適切な質問があった場合は、このように審判者の介入を受けることになる。

「僕が自習室に入ったとき、既に美鈴は席に座っていた？」

「そう記憶してる」

「僕が美鈴の机に置いてあった紙を発見するまでの間に、席を外したことは？」

「一度も外してない」

想定どおりの答えだ。今回の犯人を導き出すことは、難しい作業ではないと思っていた。自習室の中に犯行を目撃した学生がいると予測していたからだ。そして、今の答えによって、美鈴こそがその学生だと確信した。

法都大ロースクールの自習室は、二十四時間利用することができる。犯人が深夜に紙を置いて回ったのならば、目撃者の存在は期待できなかっただろう。だが、僕が一限を受け終えて自習室に入ったとき、問題の紙はまだ配られていなかった。だとすれば、奈倉先生と面談をしている間に上質紙は配られたと特定でき、席を外さなかった美鈴は犯行の場面を現認しているはずだとの結論が導かれる。

次の質問に頷《うなず》いたら、馨に託せばいい。犯人の名前は、そこで明らかになる。

「僕が奈倉先生の研究室に行ってる間に、その紙を美鈴の机に置いた人物がいたね？」

「ううん、いなかった」

おや、と思う。特定する時間に漏れがあったか――。

「自習室を出てから戻ってくるまでの間……、という意味だけど」

「答えは同じ。そんな人はいなかった」

おかしい。犯行時刻を絞り込む論理に間違いはなかったはずだ。

念のために、一つの可能性を潰《つぶ》しておくことにする。

「美鈴が自習室に入ったときには、既に机に置かれていたってこと?」

「いいえ、置かれてなかった」

無辜ゲームは、何度も傍聴席で見てきた。イエスが返ってくるべき質問にノーが返ってきたとき、真っ先に疑うべき可能性が何なのかは理解している。

証人が、嘘をついている——。

それは同時に、証人が犯人であることを意味する。

僕が研究室に行っている間に自習室にいた者なら、証言を得る相手は誰でもよかった。避けなければならないのは、嘘が許容される犯人を、証人に指定してしまうことだった。だからこそ、嫌がるのを承知で美鈴を証人に選んだのだ。

落ち着けと自分に言い聞かせる。美鈴が犯人であるはずがない。

「僕が自習室にいる間に、この紙は配られた。そうだね?」

真っ先に排斥した可能性だが、それしか答えは残っていない。

「ええ、そのとおり」

傍聴席の一部がざわめいた。彼らも、答えを知っている。

まだ問題は解決していない。これでは、被害者がいる間に堂々と配られたのに、本人は気付いていなかったという間抜けな結論が導かれてしまう。

無意識のうちに力んでいたようで、証言台に置いた上質紙に右手を押し付けていた。手の平を上げると、紙も一緒に持ち上がった。汗でくっついたのかと思ったが、そうではない。紙の表面に、僅かではあるが粘着力が残っている。

つるつるとした手触りの上質紙、僅かに残った粘着力……。その二つが、頭の中で結び付く。辿《たど》り着《つ》いたのは、単純な結論だった。この紙には、なにかが張り付けられていた。

そうか――。無辜ゲームのルールを利用した子供騙《こどもだま》しに、危うく引っ掛かるところだった。訊くべきは、配られた時期ではなく、紙に印字されていた内容だ。

不安気な表情で僕を見上げている美鈴に微笑《ほほえ》みかける。

「最初に印刷されていたのは、ここに書かれた内容じゃなかった」

「うん。違う内容だった」

ようやく求めていた答えを引き出せた。あとは単純な答え合わせだ。自習室にいたとき、一枚のビラを受け取った。本件の実行行為が終了したのは、その瞬間だ。

「渡されたときは、来週の飲み会の案内が記載されていた」

「正解」

「僕以外に配られたビラは、シール印刷になっていた。よく見なければ気付かなかったと思う。僕が奈倉先生と面談をしている間に、シールを剝《は》がせという指示が出された。そして、紙の下地に印刷されていたのが、これだった」

「それも、正解」

息を吐く。次を最後の質問にしよう。

「美鈴は、飲み会のビラを配った人間が誰か、知ってるね？」

「ええ、知ってる」

「僕からの質問は以上だ」

証言台を離れて、左側の当事者席に戻った。

自由な質問が許される審判者は、ほとんど考える時間を取らず美鈴に訊いた。

「先ほどから訊かれている飲み会のビラを君に渡したのは、誰だい？」

「彼よ」

傍聴席を振り返った美鈴が指さしたのは、模擬裁判で検察官役を演じた人物だった。

なるほど……、そういうことか。

「僕は、藤方賢二を犯人に指定する」

5

「罰を宣告する前に言っておきたいことは？」

証人尋問を終えた美鈴は傍聴席に戻り、今は賢二が証言台に立っている。

「ただの悪ふざけさ。優等生のセイギも暗い過去を背負ってるんだって、皆に知ってもらいたかったんだ。大目に見てくれ、頼むよ」

媚《こ》びるような賢二の口元を見て、虫唾《むしず》が走った。

「悪ふざけで、こんな写真まで準備したのか？」

「世間話をする場所じゃない」馨に遮《さえぎ》られる。「特定した罪に対して弁明することがあるかを確認しただけだ。ないなら手続を終結する」

馨がゆっくり立ち上がる。その動きに合わせて、法服がふわりと揺れた。

「まずは、罰を告げる。有罪なら賢二が、無罪ならセイギが科せられることになる罰だ」

法廷で顕出した一切の資料を用いて、審判者は罰を決定する。

「待ってくれ」奈倉先生が手を挙げた。「俺は、この辺りで退散させてもらうよ。これ以上は聞かない方がいいだろう。白状すると、上から調査するよう命じられていたんだ」

「調査？」馨が訊き返す。

「模擬法廷を独占的に使用してるわけだからな。不適切な内容だったら、中止を勧告しろとも指示されている」

黙って報告すれば足りるはずなのに、正直な人だ。

馨は模擬法廷を自習室代わりに使っているので、独占的な使用は無辜ゲームの間に限らない。これまで黙認されてきたのが不思議なくらいだ。

「結果は？」

「刑事裁判の実践力を養成するための、適切な演習だった。そう報告するよ」

「いいんですか？　倫理的にも法律的にも、危ういゲームだと思いますが」

「俺は、倫理や道徳という曖昧《あいまい》な基準を信用していない。偉そうに語れるほど、できた人間だとも思っていないしな。法律的な問題については、検討したよ。今の時点では、特に問題はない。罰についても同様だと信じてるが、見聞きした以上は報告の対象に含めざるを得なくなる。だから、続きは俺が出て行ってからやってくれ」

奈倉先生は、立ち上がってから続けた。

「ただ、一つだけ言っておくよ。無辜ゲームはよく考えられているが、実際の刑事裁判はもっと刺激的な手続だ。現状に満足するなよ。お前たちが目指しているのは、法律の専門家として法廷に立つことであって、法律を使ったゲームに興じることじゃないはずだろ」

苦渋の表情を浮かべる者、奈倉先生の背中を睨みつける者、きょろきょろと周囲を見回す者。そんな傍観者が多くいた。突き付けられた無慈悲な現実が、反発を招いたのだろう。

「罰の宣告から再開しよう」

咳払《せきばら》いをした馨が、再び注目を集めた。

「名誉毀損が罰せられるのは、個人の社会的な信用が理由なく低下するのを防止するためだ。だとすれば、故《ゆえ》無く名誉毀損行為に及んだ者に対しては、同程度まで社会的信用が低下するのを甘受させるのが、無辜ゲームの理念と一致する。よって、僕は審判者として、敗者は勝者に対して、自己の社会的信用を保持する権利を二十四時間主張できなくなるとの罰を宣告する」

傍聴席から話し声が聞こえてきたが、馨は宣告を続けた。

「当ゲームで取り調べた関係各証拠により、今回の罪を犯した人物を藤方賢二と特定する。これによって、告訴者が指定した犯人と審判者が特定した犯人が一致したため、勝者は久我清義となる。敗者には、先ほど宣告した罰の執行を受けてもらう。執行は、適宜の方法で行えばいい。言渡しは以上だ。解散してくれ」

馨が閉廷を宣言すると、興味を失った傍観者は法廷から出ていき始めた。

手の平が汗ばんでいることに気付く。危ないところだった――。シール印刷になっている事実に気付かず、美鈴からの証言を得ることに失敗していれば、馨は敗者として僕の名前を告げていた。僕が罰の執行を受ける立場になっていても、おかしくはなかったのだ。

プレイヤーを演じるか傍観者に徹するかで、無辜ゲームはその正体を一変させる。

「さすがだな、セイギ」

柵に寄りかかっていると公平が話しかけてきた。細身の長身で、ロースクールでは珍しい体育会系の身体つきだ。開廷直後、公平に野次を飛ばされたのを思い出す。

「公平も、さすがの盛り上げ方だったよ」

「緊張をほぐそうとしたんだ。顔が真っ青だったからさ」

「こっち側に立つと緊張するものだね」

法廷には、僕と公平しか残っていない。馨もどこかに姿を消してしまった。

「面白い罰を勝ち取ったじゃないか。執行のしがいがありそうだ」

「そうか？　罰金一万円とかの方が楽でよかったよ」

「無辜ゲームの罰は、犯した罪が跳ね返る同害報復の考え方で決まる。やられたら、やり返せ。いつの時代だって感じだよな。だから、罰金にならないことはわかってただろ」

「冗談だよ」

罰がどうなるかに興味はなかったので、深くは考えていなかった。

「どう執行するつもりだ？」

「えっと……、罰の内容って何だった？」

「おいおい、大丈夫かよ。二十四時間の社会的信用の剝奪《はくだつ》。要するに、明日までセイギは、どれだけ賢二をバカにしても許されるわけだ。どうだ？　あいつの裸の写真をネットに晒《さら》すのは。需要があるのかは知らんが、制裁としては完璧《かんぺき》だと思うぞ」

想像しただけで鳥肌が立ちそうになった。

「それは駄目だろ。別の罪を犯すことになる。多分、わいせつ物頒布罪かな」

わいせつ物頒布罪の保護法益の一つは性秩序の維持なので、賢二の同意があっても違法性は阻却されない。本人が望んでも、裸の写真を見た者は不快に感じるからだ。

「頭は回ってるじゃん。まあ……、今回の一件で、あいつの信用は地に落ちたからな。他の利用の仕方を考えた方がいいかもしれない」

「例えば？」

悪巧《わるだく》みをしているときの公平は、妙に生き生きとしている。

「全裸の写真を晒されたくなかったら和解金を支払え、とかさ。それなら、信用剝奪の罰を罰金に塗り替えることができる」

「だから裸の写真は駄目だって。でも、和解って発想は面白いな。プライドが高い賢二は、失った信用を取り戻したいって考えてるだろうし」

「やりすぎるなよ」

「公平に言われたくないよ」

二人しかいない法廷で、僕たちは声を殺して笑った。

「賢二の彼女に手でも出したのか？　相当な恨みを買ってなきゃ、あんなことされないだろ。夜中に紙を置くんじゃなくて、あえてセイギがいるときに配った理由がわかるか？」

「自信があったから？」

「無辜ゲームのルールを利用して、セイギに恥をかかせたかったんだ」

それが正解だと確信しているかのような言い方だった。

「なんか、公平が犯人のような気がしてきたよ」

「劣等生の気持ちは、俺もわかるのさ。馨もセイギも、優秀な奴は他人に劣等感を与える。特にここみたいな、頭の良さが正義だと思い込まされる世界にいるとね」

「僕と馨を同列に並べるなよ。馨に失礼だ」

「セイギから見れば馨は別格なんだろうけど、俺みたいな凡人からしたら、別格は別格で一つの括《くく》りなんだ。俺の言ってることが理解できる？」

「いや、全然」

「ゴリラとヒグマが喧嘩《けんか》をしたら、どっちが勝つと思う？」

突拍子もない質問すぎて、想像力を働かせることもできない。

「正解を知ってるのか？」

「ヒグマの方が、三倍以上体重が重いんだ。ほぼ間違いなく、ヒグマが勝つ」

「へえ。でも、何の話だよ」

「人間からしたら、ゴリラもヒグマも敵《かな》わない相手で一括りにするって話。どっちが強いかなんて、学者か雑学マニアじゃない限り、調べようともしない。わかるか？同じレベルに立たないと、細かい違いは実感できないんだよ」

「僕たちを熊とかゴリラに例えるな」恥ずかしくなったので誤魔化した。

「それで、ゲームを仕掛けられた理由に心当たりはあるのか？」

「なくはないよ。そんなことでって思うけど、受け止め方は人それぞれだから」

公平と話したことで、それが正解だろうと思い至ることができた。

「そっか。じゃあ、俺の協力はいらなそうだな。でも、早めに罰は執行しとけよ」

「わかった。色々とアドバイスをしてくれてありがとう」

柵から出ようとすると、再び公平が話しかけてきた。

「奈倉の奴、最後に余計なことを言い残して行きやがったよな」

「無辜ゲームなんかで満足するなってやつ？」

「ああ。正直、グサッと来たよ。無意識だからこそ、たちが悪い」

「正しい手続を学ぶためのロースクールで、私的制裁を擁護《ようご》するようなゲームを開いてるんだ。奈倉先生じゃなくても、小言は言いたくなるんじゃないかな」

「裁判ごっこにすぎないことは、俺たちもわかってるさ。だけど、こんな底辺ローに通ってる奴らの多くは、本物のプレイヤーになって法廷に立つことを諦《あきら》めかけてる。化け物みたいな才能を持った人間が間近にいる辛《つら》さが、セイギに理解できるか？」

返答に窮してしまった。肯定しても否定しても反感を買うだけだろう。

入学当初は、他の落伍《らくご》者と自分は違うと信じていたはずだ。底辺ロースクールと評されていようと、司法試験に合格してみせると意気込んでいたはずだ。それなのに、試験が近付いてくるに従って、渦巻いていた熱意が消えていった。

「無辜ゲームが、法律知識を披露する機会になってる。奈倉先生は、その事実にも気付いてるはずだよ。それを理解した上で、法曹を諦めるなって伝えたかったんじゃないかな」

「落ちこぼれのことも気遣えるなんて、やっぱりセイギは弁護士になるべきだ」

自嘲《じちょう》気味に笑った公平を見て、複雑な気分になった。

「落ちこぼれは、僕の方だよ。新聞記事に書いてあった十六歳の少年は、僕のことで間違いない。傷害事件を理由に少年審判手続に付せられて、別の児童養護施設に入所することになったんだ。もっと詳しい事情を知りたい？」

今度は、公平が言葉に詰まる番だった。

「過去の話だろ。無理に訊くつもりはない」

「ありがとう。公平は優しいね」

気まずそうに立ち尽くしている公平を残して、僕は模擬法廷を出た。

公平のアドバイスに従って、さっそく自習室にいた賢二を呼び出した。空き教室に入ると、賢二は足を組んで椅子に座った。有名なブランドのジャケット、適量以上のワックスで固めた短い髪。自意識の高さが、全身から滲《にじ》み出《で》ている。

「どうして、あんなことをした？」訊きたいことは山ほどあった。

「だから、悪ふざけだって。そんなに怖い顔をするなよ」

「施設の写真なんて、どこで手に入れたんだ」

真っ先に問《と》い質《ただ》すべきは、施設の写真の入手経路だと判断した。

「やっぱり、あそこに写ってるのはセイギだったんだな」

「質問に答えてくれないか」

「道に落ちていたのを拾った。交番に届けた方がよかったか？」

言葉を切って、挑発的な体勢で座る賢二を睨んだ。

「なあ。自分の立場、わかってる?」

「ゲームで勝っただけなのに、ずいぶんと偉そうじゃないか」

「僕たちはゲームをして、負けたのは賢二だ。決められた罰は、ちゃんと受けてもらう」

罰と口にした直後、賢二の顔が僅かに歪んだ。

「俺の悪口を大声で喚《わめ》きながら、廊下を歩き回るつもりか? それで気が済むなら、好きにすればいい。大した罰じゃないんだ。脅しにすらなってない」

「そうかな。発想力があれば、それなりに魅力的な罰に仕上げられる。正直、さっきのゲームは不完全燃焼だったんだ。誰がやったのかと、どうやったのかまでは明らかにしたけど、なぜやったのかは説明できなかったから」

「へえ。優秀なセイギくんは、人の心の中までお見通しなわけだ」

「模擬裁判のときは、少しやりすぎたと思ってる」

「……何の話だよ」

必修の模擬裁判は、裁判官、被告人、検察官、弁護人、証人に割り振って手続を進める。ランダムに決まったグループが、馨が裁判官、美鈴が被告人、賢二が検察官、僕が弁護人、他の女子学生が証人というものだった。

準備されたシナリオに基づいて役を演じれば単位が取得できる、楽な講義だ。

しかし、賢二が無断でシナリオにアドリブを入れた。被告人が金銭的に困窮して窃盗行為に及ぶまでの過程を、冒頭陳述で長々と語り出したのだ。悪意はなかったのかもしれない。模擬裁判を盛り上げるためによかれと思ってやったともいえるだろう。

でも、僕は許せなかった。被告人役が、美鈴だったからだ。

「証人尋問も被告人質問も、検察官の進行があまりにひどかったから、僕もアドリブで返した。そうしたら、本来有罪になるはずのシナリオが、無罪になっちゃってさ。検察官役は、単位を落としかけたって聞いたよ。なあ、そうだろ？」

「覚えてないな、そんなこと」

声が震えているし、視線も泳いでいる。しどろもどろになっていた模擬裁判を思い出す。強気な態度は、自信のなさの表れでしかない。

「あれ、そっか。じゃあ、空振りだったかもな」わざとらしい口調で言った。

「空振り？」

「それが、今回の事件の動機だと思ったんだ。だから、無辜ゲームの理念に従って、同害報復をさせてもらった。動機を結果にして返したんだよ」

「なにを言って――」

「模擬裁判は、あとで教授が採点するために、実技の様子を撮影してるんだ。書記官席に置いてあるビデオカメラを確認したら、まだ消されていなかったよ。ついさっき、そのデータを添付したメールを、賢二以外に送信しておいた。それが、今回の罰の執行だ。でも、賢二が覚えてないっていうなら、意味がなかったな。僕の思い違いだったよ」

「嘘……、だろ？」

顔が青ざめている。わかりやすい奴だ。

「今頃、自習室でデータを再生してる頃じゃないかな」

勢いよく立ち上がった賢二は、僕の胸倉を摑《つか》んできた。

「落ち着けって。気にしてないなら、別にいいじゃないか」

「お前の、そういうところが気に食わないんだよ！」

「あの模擬裁判の仕返しが動機だと認めるんだな」

賢二は鼻息を荒くするだけでなにも言わない。もう充分だろう。言質《げんち》を取ることに意味があるわけではない。

「嘘だよ、まだ送信してない。メールを作っただけだ」

「え？」

「手を放してくれ。息が苦しい」

「あ……、ああ」

乱れたシャツを整えてから、単刀直入に言った。

「模擬裁判の映像を送信されたくなかったら、知ってることを全て話せ。施設の写真は、どこで手に入れた？」

賢二は数秒固まっていたが、観念したように話し始めた。

「本当に知らないんだ。先週、自習室のロッカーを開けたら写真が入ってた。久我清義って名前まで書かれた状態で」

「新聞記事は？」

「それも……、記事のコピーが一緒に入ってた」

「ロッカーに入れた人間に、心当たりは？」

「ないよ、嘘じゃない。俺は利用されただけなんだって」

自分は悪くないとでも言い出しかねない口調に、明確な苛立《いらだ》ちを覚えた。

「写真に悪趣味な加工をして配ったのも、誰かに指示されてのこと？」

「それは――」

「もういい」

これ以上言い訳を喋《しゃべ》らせても、得るものはないだろう。

「思い出したことがあったら教えてくれ。それから、次はないからな。逆恨《さかうら》みをする前に、自分の能力を向上させる努力をしろよ」

なにかを言いたそうにしている賢二を残して、教室から出て行こうとした。

「データを消してくれ。頼む」

ドアに手をかけながら振り返った。このままだと、さすがに可哀《かわい》そうか。

「そんなデータ、最初からないよ」

賢二は、口を半開きにして立ちつくしている。書記官席にビデオカメラが据え置かれているのは事実だが、撮った映像を長期間保存したままにはしないだろう。

「犯罪者のくせに……、偉そうにしやがって」

負け惜しみの捨《す》て台詞《ぜりふ》だとわかっていても、聞き流すことはできなかった。

「非行歴があるだけで、前科はないよ」

「犯罪は犯罪だろ。そんな屁理屈《へりくつ》、社会じゃ通用しない」

「そうかもしれない。でも、法律家を目指しているなら、法律論で語るべきじゃないのか？　法曹になる資格がないとか書いてたけどさ、非行歴は欠格事由には当たらないんだよ」

顔を歪めている賢二を放置して自習室に戻ると、美鈴からのメッセージが携帯に届いていた。すぐ隣に座っているのに、話しかけようとはしてこない。

『話がしたい』メッセージには、そう書かれていた。

『明日、部屋に行くから』

美鈴の携帯が振動するのを確認して、僕は再び席を立った。

6

満員電車の二歩手前とでもいうのだろうか。

ある程度は、手足を自由に動かせる。だが、乗客が同じ方向に動けば、体が衝突してしまう。不快な思いをしないためには、つり革を摑んで瞼《まぶた》を閉じ、無心で耐えるしかない。

ネガティブな要素しかないはずの、現在の地下鉄の乗車状況。しかし、それをポジティブに捉《とら》えられる稀有《けう》な存在を、僕は何種類か挙げることができる。

触る者、盗《と》る者、切る者、擦《なす》り付ける者。

停車していた地下鉄が動き出した。乗客の身体《からだ》が僅かに傾く。僕の前に立っていた体格のいい男性が降車したため、幾分自由に車内を見渡せるようになった。

デニム地のバックパックを背負った女子高生が、まず視界に入った。丈《たけ》の短いスカートに、小麦色の肌。これ以上の観察は止《や》めておこう。痴漢に間違えられてはかなわない。

そう――。触る者とは、痴漢を意味する。

実際に触ったか否かの判断は、乗車率が上がるほど曖昧なものとなる。偶然、手が当たっただけ。そんな言い訳が信憑《しんぴょう》性を帯びてくるからだ。彼女に狙《ねら》いを定めた痴漢の常習犯が機会をうかがっていたとしても、おかしな話ではない。

女子高生から少し離れたところに、学生の僕が見ても仕立てがいいとわかるスーツを着た中年の男性がいる。この混雑から抜け出すことを切に願っているような、そんな表情だった。パンツの後ろポケットから、長財布の端《はし》がはみ出ている。

言わずもがな、盗る者とは、スリを意味する。

身体が密着していれば、怪しまれずにポケットに触れる。盗ったのがバレても、拾ったと言い張る余地がある。この環境は、スリにとってもプラスに働く部分が大きい。

最近は、スカートを切る犯罪――切る者――も増えたと聞いたことがある。

込み合った電車は、犯罪の温床だといっても過言ではない。トラブルを起こさずに一日の営業を終了することができる鉄道会社は、はたして存在するのだろうか。

そして、犯罪が起きやすい環境は、裏を返せば、冤罪《えんざい》が起きやすい環境ということにもなる。皮肉な話だが、犯罪が冤罪を生むだけではなく、冤罪が犯罪を生むこともあるのだ。

加害者だと思っていた者が、実は被害者だった。

被害者だと思っていた者が、実は――。

女子高生の動きが、ずっと気になっていた。

最初は僕の背後にいたのに、いつの間にか前方に移動していた。きょろきょろ視線を動かしながら、立ち位置を調整している。ようやく止まったのが、スーツの男性の背後だった。肩と頭がぶつかりそうな、絶妙な身長差と距離感。

さり気なく、僕も近付いた。彼女は、なにかをしようとしている。身体の向きからすると財布が狙いではなさそうだ。そうだとすれば……。

周囲を観察したが、協力者らしき人物は見当たらない。単独犯なら、リスクが高すぎる。いや、無謀といった方が正確かもしれない。

そこで、電車が揺れた。男性がバランスを取るために身体を動かし、ジャケットのフラワーホールに留めてあるバッジが視界に入った。

なにを意味するバッジなのか、すぐにわかった。女子高生からは死角になっている。このまま犯行に及べば、返り討ちに遭う可能性が高い。

そんなのは自業自得だ。手を出さず、放っておけばいい。

しかし――、
ほつれたスカートの裾《すそ》。踵《かかと》がすり減ったローファー。小刻みに震える指先。

気付いたときには、女子高生の右手を摑んでいた。静電気に弾《はじ》かれたように、彼女の身体がびくんと跳ねた。

「な、なにするんですか……」か細い声で、女子高生は呟くように言った。

まいったな。どう説明すればいいのだろう。まだ動いていなかったのだから、現行犯逮捕でもない。傍《はた》から見れば、僕は痴漢に及ぼうとした変質者だ。

さて……、どうしたものか。神がかり的なタイミングで次の駅に到着した。こうなったら、あとは流れに身を任せるしかない。女子高生の右手を強く引いて、電車から降りた。

「ちょ、ちょっと」

地下鉄のホームで、僕たちは向き合った。

警戒と戸惑いが混じった表情で、女子高生は僕を見つめている。

「君が狙おうとしてたの、弁護士だよ」

「え？」

男性は、外側が向日葵《ひまわり》の花弁、中央に天秤がデザインされた、金色のバッジを付けていた。それが弁護士の記章であることは、少なくとも法学部生なら知っていてしかるべきだ。

「気付いてなかったでしょ。相手は選ばないと」

「さっきから、なにを言ってるんですか」

そりゃそうなるよねという展開だ。通行人が、物珍しそうに僕たちを眺《なが》めながら歩いて行く。兄妹《きょうだい》喧嘩をしているとでも思ってくれれば助かるのだが。

「弁護士に痴漢詐欺《さぎ》をふっかけるなんて、ボクサーに殴りかかるようなものだよ」

あえて、痴漢詐欺という具体的な単語を口にした。

「痴漢詐欺って何ですか。私、知りません」

「正しくは、痴漢冤罪詐欺。触られたと言い掛かりを付けて、解決金を支払えば通報はしないと詰め寄る。僕が止めなかったら、君は弁護士の右手を掴んで大声を上げてた。違う？」

「いい加減にしてください！　駅員を呼びますよ」

好きにすればいいと思ったが、大ごとにするのは避けるべきだろう。

「別に、君をどうこうしようってつもりはない。未遂に終わったし、証拠もないからね。目的の駅がここじゃないなら、次の電車に乗っていいよ。でもさ、気にならない？」

「なにが――」

「君が痴漢詐欺をしようとしてるって、僕が見抜けた理由」

「だから、何で決めつけてるんですか」

「言い掛かりなら謝るよ。でも、痴漢詐欺をしようとしていたなら、君は僕に訊くべきだ。どうしてわかったんですかって。そうしないと、同じ失敗を繰り返して、いつかは捕まる」

女子高生の視線が左右に揺れる。理解不能な展開に動揺しているのは明らかだ。

「二度と私に関わらないでください。次は許しませんから」

女子高生は、身を翻《ひるがえ》して階段を上って行った。

まあ、仕方ないか。携帯を開いて時間を確認する。一限には間に合いそうにない。

次の電車がやってくる時間を携帯で調べた。

あの子は、高校に間に合うかな。朝のホームルームは、何時に始まるんだったか。

そんなことをぼんやりと考えていたら、本人が目の前の階段から降りてきた。

「数分振りだね」

「一応、聞いておこうと思って」

「なにを?」

「私が痴漢詐欺をしようとしてるって……、あなたが勘違いした理由」

7

ホテルに連れ込まれるとでも思ったのか、女子高生は駅前のカフェを指定した。

「君の名前は？」

彼女が選んだロイヤルミルクティーの代金は、僕が支払った。

「……さくら」

「へえ、綺麗《きれい》な名前だね」

春に咲く桜だと思って、ありがちな反応を返した。

「佐倉は苗字《みょうじ》です。怪しい人に、名前は教えたくありません」

ストローで氷を回しながら、佐倉は言った。

「僕は清義。よろしくね」

「きよよし……、言いづらい名前ですね。嚙《か》んじゃいそう」

「だから、セイギって呼ぶ人が多い」

机上にあったアンケート用紙を裏返して、漢字を説明した。

「それはそれでダサいです」

「はは。好きに呼んでくれればいい」

高い場所で結った黒髪と、小振りな顔のパーツ。清楚《せいそ》な女子高生を体現したような外見だ。こうして向かい合っていると、痴漢詐欺を仕掛けるような子には見えない。

「それで、何でわかったんですか？」

「その訊き方だと、罪を認めてるのと一緒だよ」

「仮にってことです。そんなに不自然な動きをしてましたかね」

佐倉は小首を傾《かし》げた。ブラックのコーヒーを一口啜《すす》ってから答える。

「ああ、心配しなくていいよ。多分、他の乗客は気付いてなかったと思う。君ともう少し話がしたくてさ。誇張《こちょう》して、興味を引こうとしたんだ」

「新手のナンパですか？」佐倉が身構えたのがわかった。

「でも、痴漢詐欺をしようとしてたのは事実でしょ」

「お兄さんは、痴漢Gメン？」

コーヒーを吹き出しそうになる。初めて聞く単語だ。

電車を降りた瞬間、「あなた、彼女のお尻《しり》を触りましたよね」と別室に連れて行かれる。これだけ痴漢が蔓延《まんえん》しているのだから、そういった職種も存在するのかもしれない。

「君は、あらかじめターゲットを決めていたんじゃなくて、電車に乗ってからお金を持っていそうな中年男性を探した」

「ノーコメントです」

「電車の乗客がしてる行動って、どんなのが思い浮かぶ？」

「スマホを見てる、音楽を聴いてる、いびきをかいて寝てる」

「友達と大声で話してる迷惑な学生もいるよね」

「学生って決めつけるのは、偏見だと思います。酔っぱらって騒いでるおじさんもいるじゃないですか。そっちの方が迷惑だし、臭いです」

想像していたよりもレスポンスが早い。地頭はいい子なのだろう。

「共通するのは、他の乗客の存在はシャットアウトしてるってこと。他人に興味を持ってる人間って、電車にはほとんどいないんだよ。そんな中で、きょろきょろ車内を見回す君は、かなり浮いていた」

「電車で待ち合わせをしてる可能性だって、ゼロではないですよね」

「君が見つけたのは、高価そうなスーツを着た中年の男性だった。待ち合わせの相手としては、少し珍しいんじゃない？」

「女子高生と中年男性……。典型的な援助交際の組み合わせですね」

「最初に思い浮かべるべきなのは、親子だと思う」

「車内で待ち合わせをする仲良し親子なんて、私には想像できません」

「脱線したね」軽く咳払いをした。

「だけど君は、その男性に話しかけなかった。背後に立って、落ち着かない様子で身体を揺らしていただけ。そんな待ち合わせの仕方があると思う？」

クイズに答えるように、佐倉はテーブルを軽く叩く。

「次の駅で降りるために動いて、温《ぬく》もりがあるおじさんの背中で待機していたんです」

「残念。君が移動したのは、出口とは逆方向だった」

「うーん……。わかった！　私は、その人のストーカーなんですよ」

「そういうことを大声で言わない」他の客の様子をうかがった。「ちなみに、ストーカーならあんなに近付かない」

「確かに」佐倉は、けらけらと無邪気に笑った。面白い子だ。

「ギブアップしてくれる？」

「電車の中で、そんなことを考えてたんですか？　人間観察が趣味とか？」

「半分以上後付けだよ。実際は、直感でわかったんだ。男性の右手を握って大声を出しそうな雰囲気があった。最初からそう言っても、君は信じなかったでしょ」

「やっぱり、痴漢Gメンじゃないですか」

「そうかもね」

「私、そんなに怪しかったんだ……」

佐倉はミルクティーを飲み切った。解けた氷が、からんと音を立てる。

「お兄さんの直感はあってます。あのとき、私は大声で叫ぶ直前でした」

「そっか」

証拠はないのだから、知らぬ存ぜぬで最後まで押し通すべきだった。この子は、根つからの悪人ではない。そう思ったからこそ、彼女の右手を電車で握った。

「私を警察に突き出しますか？」

「そんなことはしないよ。アドバイスをしたかっただけ」

「どうして？　私たち、初対面ですよね」

佐倉は正直に打ち明けてくれた。ならば、僕も真摯《しんし》に対応するべきだ。

「僕も、似たようなことを昔してた。だから、君の不審な動きに気付いた」

「男性のお兄さんが、痴漢詐欺？」

「役割分担の問題さ。その頃は、そんな詐欺の存在を知ってる人は多くなかった。でも、今は違う。ネットで調べれば対応策がすぐにヒットするし、手の平に衣服の繊維片が付着しているかを調べるキットもある。生半可なやり方じゃ、すぐに捕まるだけだ。僕が止めなかったら、あの弁護士に訴えられていたかもしれない」

昼前のカフェでこんな話をしているなんて、周りの客や店員は想像もしていないだろう。

「バカな私には無理だと？」

「覚悟の問題だよ。君は、電車の中で迷ってるように見えた」

「私の……、なにがわかるっていうんですか」

「なにも知らない。でも、ライブのチケットとかブランド品のために、小遣い稼ぎをしてるわけでもないよね。スリルを楽しんでいるように見えたら、止めなかったよ」

佐倉は下を向いて、ぼろぼろの制服や、すり減った靴を眺めた。

「生きるためです」

これまでとは違う、芯《しん》の通った声だった。

「それなら尚更《なおさら》、捕まったら意味がない。中途半端《ちゅうとはんぱ》が、一番駄目なんだ」

「やめろって言わないんですね」

「高校生がまともに働いて稼ぐのが大変なのは、僕も知ってるから」

「何者なんですか、ほんと」

「君の人生の先輩」

「全然わからないなあ」

再び佐倉の表情が和らいだ。僕は彼女に、何と声を掛けるべきか。

「これからどうするかは、君が決めればいい。でも、一つだけ約束してほしいんだ」

「何ですか？」

「痴漢詐欺を本気でやっていくなら、いつか直面する問題がある」

「問題は、山ほど起きそうですけどね」

「絶対にやってない、俺は冤罪だって、頑《かたく》なに主張して折れないターゲットに出会ったとき、君はどうするつもり？」

数秒間、佐倉は考える素振りを見せた。

「警察に引き渡して逃げます」

「それだけは許さない」

僕の強い口調に驚いたのか、佐倉の返答が少し遅れた。

「……どうして？　中途半端は駄目だって言ったじゃないですか」

「生きるために罪を犯すなとは言わない。でも、自分が逃げるために無辜の人間に罪を被《かぶ》せるのは、最後の一線を越えてる」

僕にそんなことを言う権利はない。それでも、佐倉には伝えておきたかった。

「ムコって？　お婿《むこ》さん？」

「何の罪も犯していない人のこと」

「お金を騙し取るのは認める。でも、罪を被せるのは許さない。そういうことですね？」

無言で頷いた。言いたいことは伝わっただろうか。

「学校では、どっちも同じくらい悪い行為だって教える気がしますけど……」

「夜道で襲われそうになったら、股間《こかん》を蹴《け》り上げていい。いじめられたら、殴り返していい。そういうのも、学校では教えてくれないでしょ」

「いいんですか？」

「生きるためならね。少なくとも、僕は許す」

「力強いなあ」

茶化してはくるが、佐倉は僕の言葉を真面目《まじめ》に聞いてくれている。

「それで、答えは？」

「わかりました。約束します」

「これで僕は、詐欺の教唆犯だ」

「キョウサハン？」

「詐欺をしてもいいよって女子高生を唆した、悪い奴ってこと」

もともと罪を犯す意思はあったのだから、それを容易にした――、つまり、幇助《ほうじょ》に留まるのかなと、どうでもいいことをぼんやりと考えた。

「このダサい制服、コスプレなんです。本物の女子高生に見えました？」

「うん。疑いもしなかった」

「先月までは、本物の女子高生でしたからね。でも……、自主退学しました。身分がないとコスプレになっちゃう。不思議ですよね」

「そうなんだ」

「どうして退学したのかって、訊かないんだ」

佐倉は、自主退学だと、あえて強調していた。不祥事によるものではないと僕に理解してもらいたいのだろう。訊いてあげるのが優しさだったかもしれない。

「話したいなら、聞くよ」

「いや、つまらない話ですから。今回はいいです」

「次があるの？」

「また電車で不審な動きをしてたら教えてください。そのときは作戦会議です」

「あの時間帯に乗ることは、そんなにないんだ」

二人ともドリンクがなくなったので、店を出ることにした。佐倉と会うことは、もうないだろう。深く踏み込むべきではないことは理解している。

「サキです」トレイを持つ僕の背後から、佐倉が話しかけてきた。

「私の名前。花が咲くの咲」

名前を教えるつもりになったらしい。苗字と名前を繋《つな》げて呟いて、気付いた。

「桜咲く――」

「サクじゃなくて、サキ」

「やっぱり、綺麗な名前じゃないか」

やっと、正しく彼女の名前を褒めることができた。

8

予定よりも二時間近く遅れて、ロースクールに着いた。

カードキーを使って自習室に入ると、昨日と同じように多くの視線が向けられた。罰の執行を終えたのか、記事の少年は僕なのか。それらが気になって仕方ないのだろう。敗者の賢二は、僕の存在に気付いていない振りをして基本書を眺めている。あからさまな反応、過剰な自意識、無意味な強がり――。全てが気に障《さわ》った。

隣の席に、美鈴の姿はなかった。昼食に出ているのかと思ったが、机の上が綺麗すぎる。携帯には、何のメッセージも届いていない。公平を呼んで話を訊くことにした。

「罰ゲームの相談か？　とっておきのアイディアがあるぜ」

「それはもう済んだ」

公平は残念そうに肩をすくめた。「じゃあ、何の話だ？」

「美鈴って、一限には来てた？」

「いや、休みだよ。優秀なセイギと織本が欠席で、教授はかなり不機嫌だった」

法都大ロースクールでは、講義への出席が厳しく要求されている。三回の欠席で、単位の取得は絶望的になると言われているくらいだ。

「セイギは、何で休んだんだ？　珍しいじゃないか」

「電車でトラブルに巻き込まれてさ」

「トラブル？　痴漢に間違えられたとか？」

「惜しい」というか、ほぼ正解だ。

「織本とデートしてたんじゃないだろうな。抜け駆けは許さんぞ。美鈴って名前で呼んでるし、俺は疑ってるんだ。出席を気にしてる辺り、尚更怪しいな。もしかして、昨日の夜――」

「暴走するなって。名前で呼んでるのも僕だけじゃないだろ。お礼を言いたかったんだよ。勝手に証人請求しちゃったからさ」

「ああ、そういうことか」どうやら納得してくれたらしい。

公平と別れて、美鈴の部屋に向かうことにした。

表札を前に集合して撮った施設の写真には、美鈴も写っていた。化粧もほとんどしていない女子高生の姿なので、誰も気付かなかったようだ。

僕と美鈴は、あの児童養護施設で出会った。もう十年近くも前の話だ。

どんなときも一緒だった。美鈴の隣には僕がいて、僕の隣には美鈴がいた。

だけど、その更に隣には誰もいなかった。

僕たちの関係性は、友人でも恋人でもない。家族がもっとも近い表現だと思うが、しっくりとはこない。言うなれば、お互いがお互いに影の役割を担ってきた。

過ちを犯したときは、後始末を引き受ける。それが、当然のことだと思っていた。

美鈴が住んでいるアパートは、ロースクールから歩いて二十分ほどで着く場所にある。携帯を取り出して、とある番号に電話をかけた。

電話番号が変わっている可能性もあったが、呼び出し音が鳴ったので安心した。

「もしもし」相手は、すぐに通話に応じた。

「喜多《きた》先生ですね。久我清義です」

息を吞《の》む気配が、受話口越しに伝わってきた。

「お前……、どうして……」

「お元気でしたか？」

「……何の用だ」

「ひどいなあ。退所生なんだから、電話くらいしたっていいじゃないですか」

「清算は済んだ。今さら——」

おそらく喜多は、しわだらけの醜《みにく》い表情で携帯を握りしめているはずだ。

「事情が変わったんです」

「あれだけむしり取っておいて、まだ足りないというつもりか」

「違いますよ。充分いただいたので、お金はもう要りません。先生がいなかったら、大学には進学できませんでした。感謝しています」

「お前が……、先生などと呼ぶな！」

「自分だけ被害者面するんですか？　人生が狂ったのは、こっちも一緒ですよ」

喜多秀明《ひであき》は、こころホームの元施設長だ。僕は、この男の胸元にナイフを突き刺した。

「金じゃないなら、用件は何だ」

「僕たちのことを探ってる人間に、心当たりはありませんか？」

直球の質問をした。時間も限られてるし、喜多相手に駆け引きは不要だ。

「僕たち？」

「僕と、美鈴」

そこで若干の間が生じた。美鈴の名前を忘れたわけではないだろう。

「どうして、そんなことを俺に訊く」

「僕たちを恨んでる相手として最初に思い浮かんだのが、あなたの名前でした」

乾いた笑い声が聞こえてきた。

「そんな人間は山ほどいる。退所後のことを、俺が知らないとでも？」

「調べ回っていることには気付いてましたよ。それでも接触してこなかったのは、明確な証拠を集められなかったからじゃないんですか？」

喜多は押し黙った。追及するつもりはないので、話を進めることにした。

「その人間は、施設で撮った写真を流出させました。確かに僕たちは大勢に恨まれているのかもしれませんが、施設の関係者だとあなた一人に絞れるわけです」

「ふん……。知らんな。犯人だとして素直に認めると思っているのか？」

「反応を確かめてるんですよ。あなたはわかりやすいので」

「煽っても無駄だ。お前らの手口は知り尽くしてる」

怒りを抑えつけようとしているのは、震えた声ですぐにわかった。

「なにかわかったら教えてくださいね」

「ふざけるな。二度と、この番号にかけてくるなよ」

「わかりました。次は直接会って話しましょう」

「お前らのことが、殺したいくらい憎いよ」

老人の戯言《たわごと》だ。昔の僕は、この男のなにを恐れていたのだろう。

「偶然ですね。僕も、もっと深くナイフを突き刺しておけばよかったと――」

言い終わる前に通話は終了していた。用件は済んだので、携帯をポケットにしまった。

念のための確認にすぎなかったが、やはり喜多が犯人である可能性は低そうだ。僕が喜多を刺したのは、何年も前の話だ。今さら復讐《ふくしゅう》を仕掛けてくるとは思えない。

あれこれ考えているうちに、美鈴が住むアパートが見えてきた。

錆《さ》びたトタン屋根、歪《いびつ》に張り巡らされた樋《とい》、生い茂った草木。

老朽化した木造アパートは、苦学生でも住むのを躊躇《ためら》いそうな外観だ。そこに住む美鈴はまさに苦学生なわけだが、家賃の安さだけを理由に契約を即断していた。

変色した階段を上がると、みしみしと不安を誘う音が鳴った。

八段目で、美鈴はなにをしているんだろうという疑問が頭に浮かんだ。

十段目で、寝坊しただけかもしれないと楽観的に考えてみた。

しかし――、二階の通路が見えた十四段目で、事態の深刻さを思い知る。

手前から三番目にある部屋の様子が、明らかにおかしかった。平面であるはずのドアの一部が、通路側に突き出していたのだ。遠目でもわかるほど異様な眺めだった。

問題の部屋に近付いたことで、事象としてなにが生じているのかは把握できた。しかし、理解が追いつかなかった。

２０３号室のドアの中央より少し上に、木製の柄のようなものがめり込んでいた。

初めは、金属製のドア自体が突き破られているのだと錯覚した。だが、よく見ると、貫《つらぬ》かれているのはドアスコープだった。室内から外を見るための覗《のぞ》き穴のガラスが、粉々に破壊されている。

柄の先がどうなっているのかは、こちら側からではわからない。

数秒間その場所を見つめたあと、インターフォンを鳴らすでも警察に通報するでもなく、ドアに突き刺さっている柄を引き抜いた。

するりと抵抗なく抜かれたのは、アイスピックだった。

ドアスコープがあった場所には、小さな穴が開いている。明かりが点《つ》いているときに覗けば、室内の様子が確認できるだろう。犯人は、その窮屈な景色を欲したのか。

インターフォンを鳴らすと、ドアに向かって歩いてくる足音が聞こえた。

「誰……？」

聞こえてきたのは、美鈴の声だった。

「僕だよ。開けてくれ」

サムターンが回る音、チェーンを外す音が続けて鳴り、ドアがゆっくり開いた。僕が一人で通路にいることを確認したあと、美鈴は胸元に飛び込んできた。

「清義……！」

「大丈夫だよ。なにがあったんだ？」

シャツを握る力は強く、呼吸も乱れている。

「それは――、中で話したい。入って」

「このアイスピックは、どうすればいい？」

美鈴に抱きつかれたとき、危うく腕を傷付けてしまいそうになった。

「触らない方がいいと思ったんだけど……、抜いちゃったなら、中に持ってきて」

深く考えずに柄を触った僕の方が、よほど取り乱していたのかもしれない。

部屋に入ると、鍵《かぎ》だけでなくチェーンも掛けるように指示された。美鈴が恐れているのは、アイスピックを突き刺した犯人が侵入してくることだろう。

必要最小限の家具と家電しか置かれていない、六畳のワンルーム。可愛《かわい》らしいインテリアやぬいぐるみは、一つもない。

「大学に行こうと思ったら、ドアに刺さってたの」

「夜中にやられたってこと?」

「昨日、コンビニに行ったのが九時頃で、それから朝までの間ってことしかわからない。起きてるときにドアスコープを割られたら気付いたと思うけど」

訊きたいことが山ほどあって、なにから質問すべきか迷ってしまう。

「どうして、部屋にいるんだ?」

「ここにいる方が、安全だと思ったから」

「安全?　どこが――」

「ドアスコープの下には、鍵がある。アイスピックで開けた穴から紐《ひも》とかを通して、鍵を開けることって可能かな」

「あの小さな穴から？　無理だろ」

「私は、不可能とは言い切れないと思った。勝手に入られるのは、凄《すご》く困る」

「ドアチェーンだって、道具があれば簡単に切れるよ」

「盗犯等防止法一条」

その言葉の意味を理解するのに、若干の時間を要した。

「……防衛行為の特則か」

鎖鑰《さやく》――鍵及び錠――を開いて住居侵入を試みる相手に対しては、差し迫った危険を排除するために殺傷行為を加えても、防衛行為と推定されて違法性阻却事由になり得る。もちろん、私人逮捕に及ぶことも許される。

要するに美鈴は、部屋で待ち構えて、犯人に有形力を行使すると宣言している。

「部屋から出るという選択肢は、私の中には存在してなかった」

「冷静だな。さっきは、あんなに震えてたのに」

「ドアの前は監視されてる可能性があった。怯《おび》えて抱き着く彼女を演じただけ」

なるほど……。僕は、まんまと利用されたわけだ。

「すぐに僕を呼ばなかったのは？」

「今日来るってメッセージを受信していたから」

「あれは、講義が終わったらって意味だよ」

「でも、清義は来た。想定していたよりは遅かったけど」

二人でいるとき、美鈴は僕を清義と呼ぶ。大学ではセイギと呼ぶのに、よく器用に使い分けられるものだ。電車でのトラブルについて、一から説明する気にはなれなかった。

「警察には連絡したのか？」

「アイスピックの柄に、それが括り付けられていた」

美鈴が指さしたテーブルには、一枚の紙が裏返った状態で置かれている。

手に取って引っくり返すと、挑発的な文章が、太字のフォントで印字されていた。

『器物損壊罪が成立することに争いはないだろう。ドアスコープだって、財産的な価値はあるわけだから。問題は、住居侵入罪が成立するかだ。アイスピックの切っ先がドアを貫通しただけで、侵入したと評価できると思う？』

その下に、施設の集合写真があった。僕に対する犯行と同じ写真が使われているが、事後的な加工は異なる。端に立つ女子高生が赤い線で囲まれ、「織本美鈴」と、定規を使ったような不自然な直線で書かれている。

末尾は、次のような文言で締め括られていた。

『この穴から、君の行動は筒抜けだ。これで終わりじゃない、これが始まりなんだ。施設の友達に相談した方がいい。君は、犯人に辿り着けるかな？』

天秤のマークも、忘れずに添えられていた。

「無辜ゲーム。こんなの、ただの犯罪じゃないか」

「刑罰法規に反する罪を仕掛ける。それがルールでしょ。犯罪だから、ゲームが成立する」

「わかってるけど、やりすぎだって言いたいんだ」

「それでも、ルールに反していない以上は、私は選択しなくちゃいけない」

施設の集合写真の存在を認識した瞬間、密告の選択肢は美鈴の中から消え失せたのだろう。僕が昨日、同じ選択をしたように。

「アイスピックと脅迫文だけじゃ、犯人は導けないんじゃないか？」

「多分、情報はこれから増えていく」

これが始まりなんだという文言。この無辜ゲームは、長期戦になる。

「犯人に心当たりは？」

「同じ質問を清義にしたいな。最初に仕掛けられたのは、そっちだよね」

昨日の無辜ゲームのあと、賢二と交わした会話を美鈴に伝えた。

「施設の写真を手に入れたのは、賢二じゃなかった」

「模擬裁判で恥をかかされたくらいの恨みじゃ、過去を探ったりはしないと思う」

「ロースクールの同級生に、施設の出身者がいるのかな」

「私も清義も、施設の子から深く恨まれたりはしていないはず」

「その決めつけは安易じゃないか」

異常な動機に基づく犯罪なんて、判例や文献を探せば山ほど見つけられる。

「疑わなくちゃいけない相手は他にもいるでしょ」

「それは……、特定の個人か？」

美鈴は、首を左右に振った。

「名前も知らない、不特定多数者」

僕が思い浮かべている答えとは、僅かにずれがあるようだ。

「でも、僕たちを一番恨んでるのは——」

「私の前で、その話はしないで」

「もう何年も前のことなんだ。きっと……、大丈夫だよ」

「黙って！」珍しく、美鈴が声を張り上げた。

「とにかく、身の回りには注意してくれ」

「なにかが起きる前に、犯人に辿り着いてみせる」

そう言い切った美鈴の口元を見て、僕は覚悟を決めた。

因果《いんが》が巡ってきたのであれば、その鎖を断ち切るしかないと。

い。

9

馨の口から無辜の救済が宣告されたのは、翌週の火曜日のことだった。

告訴者が犯人に指定した人物を、馨は犯人と認めなかったのだ。盛り上がりはしても、驚きまではなかった。無辜の救済が宣告されるのは、それほど珍しいことではない。

日本の刑事裁判の有罪率は、約九十九・九％だ。つまり、起訴された被告人は、ほぼ例外なく有罪の判決を宣告される。このような有罪率が導き出される主たる要因が何であるのかも、刑事政策の講義で学んだ。

有罪判決を得られる高度の自信があるときに限って起訴する。この精密起訴の検察実務が、他国に類を見ない有罪率を根底で支えている。そして、精密起訴の背景に存在しているのは、検察の捜査能力や起訴の判断に対する司法の信頼だ。

刑事裁判と無辜ゲームでは、この信頼に大きな差異がある。

無辜ゲームで検察官の役割を担うのは、告訴者自身だ。専門家の検察官と、素人の告訴者。両者の優秀さは比べるまでもなく、その能力の差が無辜の救済の件数に直結している。

悪質な被害に怒り、充分な証拠を集めないまま告訴に踏み切って、審判者に否定される。そんなケースを、僕はこれまで何件か見てきた。

今回の罪は窃盗だ。無辜ゲームにおいては、もっともありふれた罪だといえる。

被害品は、幹事が事前に徴収した飲み会の代金。僕に対する名誉毀損の偽装に使われた飲み会でもあるので、幹事の賢二が告訴者の役割を担うことになった。

賢二曰《いわ》く、飲み会代が入った封筒を自習室の机に置いて離席し、用事を済ませてから戻ったら、消失した封筒の代わりに天秤を象《かたど》ったバッジが置かれていたらしい。供述の信用性は馨が判断すべきものだが、不合理な点は見受けられないように思えた。

罪を特定した賢二は、手続を進行させた。証拠として取り調べが請求されたのは、飲み会代が入った封筒と、久我清義――、僕の証人尋問だった。

証人に指定するのは賢二も気乗りしなかったはずだが、問題の封筒を発見したとき、その場に居合わせたのが僕だった。

「セイギ、証人尋問のルールは理解しているね」

「嘘はつかないし、肯定か否定かでしか答えない」

今日は奈倉先生のようなゲストもいないので、手続の確認は最小限のものだった。馨が手で合図を送り、賢二が口火を切った。

「それじゃあ、始めさせてもらう。この封筒に、見覚えはあるな？」

不機嫌な表情を隠そうともせずに、賢二は証言台に膨《ふく》らんだ封筒を置いた。

「うん、あるよ」

「中には、今日の飲み会の代金が入ってる。お前は参加するのか？」

「いや、欠席だね」

今の問答によって、被害金額について僕が中立の立場にあることが明らかになった。これ以降の証言は、それなりに信用できるものとして扱われるだろう。

「二限が終わったあと、俺だけが残っていた自習室に最初に入ってきたのはセイギだった。それであってるよな？」

「訂正する点はない」

封筒の代わりに天秤のバッジが置かれていることに気付いたのは、二限が始まる五分前だったらしい。その事実を認識した賢二は、二限を無断で欠席して、犯人捜しをする決断をした。無人の自習室で、クラスメイトの机を調べ回ったのだ。

「セイギが自習室に入ったとき、俺は安住尊《あずみたける》の机の前に立っていた。これは？」

「それもあってる」

背後がざわついたのがわかった。彼らは、傍聴席の左端に座る尊を覗き見ているはずだ。尊が座っている場所は、模擬法廷に入って真っ先に確認した。

「俺が持っていた封筒は、尊の机から出てきた。それでいいな？」

「…………」

「どうして答えない？」

肯定も否定もできないからだ。僕は、その質問に対して不知なのである。

「おい、あいつを庇《かば》うつもりか」

証人尋問のルールを無視した発言だ。無言で、法壇に座る馨を見た。

「それ以上の質問は無益だよ。他に訊きたいことは？」

馨の介入を受けて、賢二は舌打ちをした。

「もう充分だ。犯人の名前は――」

「待つんだ。僕の最終質問が終わってない」

「必要ないだろ。答えは出てる」

「その判断をするのは賢二じゃなくて僕だよ。セイギ、君が自習室に入ったとき、賢二は既に封筒を手に持っていたんだね？」

この質問を聞いて、無辜の救済が宣告されることを確信した。

「賢二が封筒を発見するところを現認したわけではないよ。ただ、机の引き出しは開いていた。一応、それは付け加えておく」

追加の証拠調べを請求することもせず、賢二は安住尊を犯人に指定した。証言台に呼ばれた尊は、馨に陳述を求められた。

「賢二が勝手に騒いでるだけで、僕はなにも知らない。とっとと終わらせてくれ」

普段は物静かで温厚な尊が、珍しく語気を荒らげた。

「他に主張立証がないなら、手続を終結する」

白《しら》けた空気が傍聴席に漂う。激情に駆られた賢二だけが、自分の勝利を信じている。

先週の無辜ゲームでの敗北以降、賢二の様子が明らかにおかしかった。自習室では机に突っ伏してばかりいるし、教授の初歩的な質問にすら答えられずにいた。まともな精神状態なら、大金が入った封筒を机に置いて離席したりはしないだろう。

「まず、罰の宣告をする」馨が、低い声で告げる。

「窃盗罪の保護法益は諸説あるけど、財産的秩序を維持するために、人が財物を占有している事実上の支配を保護していると解釈するのが素直だ。だとすれば、故なく財産的秩序を乱した者は、侵害の程度に応じた財産権の制限を科するのが、無辜ゲームの理念と一致する。そこで、僕は審判者として、敗者は勝者に対して、金一万円を支払うとの罰を宣告する」

ゲーム内で執行が可能な罰金の場合は、あとで余計な問題を生じさせないように、犯人の特定をする前に現金を差し出すことになっている。賢二と尊は、財布から出した一万円札を証言台の上に置いた。勝者が敗者の一万円を取り上げることで、今回のゲームは終わる。

「当ゲームで取り調べた関係各証拠では、罪を犯した者を特定することはできなかった。これにより告訴者が指定した犯人は無辜と推定されるため、勝者は安住尊となる。敗者の藤方賢二が差し出した罰金は、勝者が持ち帰って構わない」

賢二は、信じられないという表情で立ち尽くしている。

「今、何て言った？」

「賢二が敗者だって言ったんだ」馨は、再び非情な現実を突き付けた。

「何でだよ。どうして、俺の負けなんだ」

「理由の説明が必要？」

「当たり前だろ！」

「尊が封筒に入った現金を占有していたことすら、立証できていないんだ。負けるべくして負けたと思わないか？」

「こいつの机から封筒を見つけたって話しただろ。なにを聞いてたんだよ」

指さされた尊は、無表情で証言台の前に立っている。

「それは賢二の主張でしかない。引き出しに封筒が入ってる写真は？　発見した際の立会人の証言は？　犯行時刻や方法の特定は？　指紋を採取してこいとまでは言わないけど、犯人を導くために必要な立証活動くらいはしろよ。子供の喧嘩じゃないんだ」

冷静さを失った賢二は、馨の指摘を受けても未《いま》だ失態に気付けていないようだ。

「立会人なら、セイギがいる。俺が封筒を発見したのを後ろで見てた」

「セイギは、正確に証言をした。自習室に入ったとき、賢二は既に封筒を持っていたとね。残念だけど、何の証明にもなってないよ」

「馬鹿《ばか》げてる。そんなの、揚げ足を取ってるだけじゃないか」

「事実を摘示したんだ。言葉は正確に使いなよ」

「罪を犯した人間を自己満足で無罪にして……、神様にでもなったつもりかよ」

「本気でそう思ってるなら、法曹を目指すだけ無駄だ」

これほど馨が煽るのは意外だった。

「ふざけるな！」賢二は、大声を張り上げた。

「お前に……、人を見下してるだけのお前に、なにがわかるっていうんだ」

「そういう杜撰《ずさん》な決めつけが、冤罪を生むことくらいかな。一から法律を勉強し直した方がいい。そうしないと、また負けるよ。次で三度目か？」

やはり、わざと煽ってる。なにが狙いなのだろう。

「いい加減にしろ！」

賢二は証言台を飛び出して、法壇に駆け寄った。左右の段差を上れば、法壇に近付くことができる。突然の出来事だったため、賢二を止めようとする者はいなかった。

ほぼ全員の視線が、賢二の動きに釘付《くぎづ》けになっていた。だから、反応が遅れた。

二人の姿が視界に収まったところで、馨がなにかを握っていることに気付いた。

本革が巻かれたハンドル、ギザギザとした刃が目を引くセレーション、滑らかなエッジ、片手で開刃するためのサムスタッド。

見慣れた凶器だったので、その名称はすぐ頭に浮かんだ。

折り畳み式ナイフ――。僕が喜多の胸元に突き刺したものと似た凶器を、なぜか法壇に座る馨が握っている。なにが起こっているのか、理解が追いつかなかった。

賢二は、傍聴席から見て右側の段差から法壇に上り、裁判長席に近付いた。おそらく、馨の右手は死角になっている。

「危ない！」反射的に、僕は叫んでいた。

馨に危険を知らせる発言だと思ったのか、賢二は止まる素振りを見せなかった。

二人の距離が数歩分まで迫ったところで、馨は右手を頭上付近に持ち上げた。

そして――、折り畳み式ナイフが、垂直に近い角度で振り下ろされる。

鈍《にぶ》い音がした。賢二の動きが止まる。傍聴席から悲鳴が聞こえた。

ナイフの切っ先が突き刺さったのは、机の天板だった。

「なにを……」賢二が、後ずさりしながら呟く。

「ここに刺さってたんだ」

馨がハンドルから手を離しても、ナイフは倒れない。

「今朝のことを話してるんだよ。僕が模擬法廷に入ったら、ナイフが机に刺さってた。賢二がやった可能性があると思ったんだ。試すようなことをして悪かった」

「どうして、俺が？」

「ほら、このチャーム」

かなり小さいので、馨が指で弾くまで気が付かなかった。目を細めると、天秤のチャームがハンドルに括り付けられていた。

「馨に無辜ゲームが……」

「心当たりは山ほどあったけど、まずは直近の敗者を疑った」

気勢をそがれたように賢二は黙った。怒るべきか安心すべきかもわからないのだろう。

「今ので、なにを試したことになるんだ？」

傍聴席にいた公平が声を上げる。相変わらず、絶妙なタイミングだ。

「ナイフを突き刺した犯人が賢二なら、法壇に近付くのは躊躇うはずだ。僕が手元に保管してる可能性もあるわけだから。でも、賢二は怒りに任せて迫ってきた」

「猪《いのしし》みたいに突っ込んできた賢二は、無辜だと」

法壇に立つ賢二は、公平の顔を睨んだ。

「観察していたのは、賢二の様子だけじゃない。ナイフを振り下ろした瞬間の皆の反応も、興味深いものがあったよ。法壇からは、傍聴席がよく見えるんだ」

「自慢の観察力で犯人は絞り込めたのか？」

「さあ、どうかな」

「このままゲームを申し込んでもいいんだぜ。馨の告訴なんて、盛り上がるに決まってる」

突き刺さったナイフと、天秤のチャーム。確かに、無辜ゲームの要件は満たされている。馨が法廷で罪を特定すれば、ゲームは始まるのだ。

「公平が審判者をやってくれるなら、開いても構わないけど」

「え？」

「僕が告訴をするなら、審判者は別に立てる必要がある。そうしないと、出来レースもいいところじゃないか。別に、僕が審判者をやらなくちゃいけないなんてルールはない。人に罰を与える覚悟はあるのかって訊いてるんだよ」

「それは……」

口が達者な公平も、馨には太刀打ちできない。

馨は、驚異の成績で司法試験に合格した秀才だが、現時点では法都大ロースクールに在籍する一人の学生にすぎない。その馨が無辜ゲームで下す罰を――多少のいざこざが起きることはあるとしても――敗者が受け入れているのには、大きな理由がある。

半年前。初めて開催した無辜ゲームで、馨は審判者としての誓いを立てた。審判者が不正を働いたと証明されたときに下される罰。その誓いこそが、馨が口にした覚悟の意味だ。

「冗談だよ。誰かに審判者をやらせるつもりはない。犯人に伝えたかったんだ。僕は無辜ゲームを受けるつもりはない。だから、仕掛けても無駄だって」

そこで馨は、険《けわ》しい表情をしている賢二の方を向いた。

「僕を殴って気が済むなら、好きにすればいい」

「馨は……、あいつが無辜だと本当に思ってるのか?」

「封筒を盗ったのは、尊だったのかもしれない」

馨は、あっさりとその事実を認めた上で続けた。

「神様になったつもりかとさっき訊いたよね。僕はただの人間だよ。だからこそ迷うのさ。人間が人間を裁くには、確信に近い心証を形成しなくちゃいけない。立証は、そこに至るために必要な事実と論理の積み重ねなんだ。道案内って言った方がわかりやすいかな」

「有罪かもしれない人間に罰を与えない。そんなことが許されるのかよ」

会話が嚙《か》み合っていない。馨は、滑らかに語り出した。

「僕の前に十人の被告人がいるとしよう。被告人のうち、九人が殺人犯で一人が無辜であることは明らからしい。九人は、直ちに死刑に処せられるべき罪人だ。でも、誰が無辜なのかは最後までわからなかった。十人に死刑を宣告するのか、十人に無罪を宣告するのか――。審判者には、その判断が求められる。殺人鬼を社会に戻せば、多くの被害者が生まれてしまうかもしれない。だけど僕は、迷わずに無罪を宣告する。一人の無辜を救済するために」

賢二はなにも言わなかった。返す言葉が思い浮かばなかったのかもしれない。

「今日は、もう閉廷だよ。解散してくれ」

閉廷が告げられた模擬法廷に、気まずい沈黙が流れた。証言台に立っていた尊は、罰金の一万円札を放置して柵から出ようとした。その背中に向かって、賢二が声を掛ける。

「お前のものだ。持ち帰れよ」

「言っておくけど、本当に僕は盗ってないからな」

「もう、どうでもいい」

尊は躊躇う素振りを一瞬見せてから、「あとで蒸《む》し返したりするなよ」と言って、二万円をジャケットのポケットに押し込んだ。

法壇に視線を向けると、突き刺さったナイフは何処《どこ》かに消えていた。

10

それから二週間は、平和な日々が続いた。

地下鉄でトラブルに巻き込まれることもなければ、無辜ゲームが開催されることもない。自習室や資料室で基本書を読み漁《あさ》るだけの、いつもの日常だった。

晒された施設の写真と、ドアに突き刺さったアイスピック――。

積み残した二つの問題は、いずれも進展がないままだ。解決の糸口になりそうなのは写真の入手経路だが、こころホームに電話をかけても有益な返答は期待できない。施設で撮った集合写真をSNSに投稿した者がいれば、入手元を追いかけるのは不可能に近くなる。僕が喜多を刺した傷害事件も、同時期に施設にいた者なら誰もが知っていた。

最大の問題は、写真や新聞記事が出回った結果ではなく、その動機だ。僕や美鈴が施設の出身者であることを明らかにして、犯人はなにを得たかったのか。

僕より過激な仕掛けられ方をした美鈴からは、連絡が途絶えていた。ロースクールでは目も合わせようとしないし、進展はあったのかとメッセージを送っても返信が来ない。アパートの様子を見に行く機会をうかがっているうちに、二週間も経ってしまった。

なんだか、嫌な感じだ――。椅子の背もたれに体重を預けて、溜息を吐いた。

今は、301号教室で特別講義を受けている。刑事裁判が抱《かか》える問題点というテーマで、担当は奈倉先生だ。先生の講義を受ける機会はもうないと思っていたのだが、修了直前の帳尻《ちょうじり》合わせを押し付けられたと冒頭で愚痴《ぐち》をこぼしていた。

美鈴がどこに座っているのか確認するのが、癖《くせ》になっている。自由席のときは窓際を選ぶことが多く、今日も後ろから三番目の席に座っていた。

窓から差し込んだ日の光が、美鈴の席の周辺を照らしている。

目尻《めじり》がやや下がった大きな眼《め》、すっと通った鼻筋、糸で括ったように小さな唇《くちびる》。

美鈴の横顔を見て、以前に公平と交わした他愛《たわい》のない会話を思い出した。

「気になってる相手と、九十分待ちのアトラクションに並んでいたとするだろ。その時間を退屈せずに過ごせるかどうかで、二人が恋人になれるかは決まると言ってもいいくらいさ」

どんな流れでこの話題に繋がったのかは、よく覚えていない。おそらく僕は、「へえ」とか「ふうん」とか、興味がないことを示す返答をしたはずだ。

「会話をしなくちゃいけない状況を強制的に作り出して相性を調べるテストなんだよ。でも、織本は例外だよな。だってさ、隣に立ってるのが織本美鈴なら、その横顔を見てるだけで閉園まで並んでいられるだろ」

公平は、そんな発言を真顔でした。茶化せばいいのか同調すればいいのかわからず、結局何の返答もできなかった。

その一方で、誰かが美鈴に告白したという噂話は聞いたことがない。「付き合いたいなんて思わない。遠くから眺めるだけで満足だ」と公平は言っていた。

対等には付き合えないから、傍観者に甘んじる。それは無辜ゲームの考え方に似ている。弁護士や検察官などのプレイヤーにはなり得ないから、法律を用いたゲームで満足する。

ならば、あのアイスピックは……。金属製のドアに開いた、小さな覗き穴。

それは、消極的な傍観者ではなく、積極的なプレイヤーになるとの意思表明か。秘めたる想《おも》いなら片想いだが、そこに悪意が混ざれば評価は一変する。

悪意が混ざった片想い。それは、ストーカーと呼ばれる。

施設の写真、アイスピック、ストーカー、無辜ゲーム。

あれこれ思考を巡らせているうちに、美鈴の横顔が霞《かす》み、教壇に立つ奈倉先生の声が遠くなる。

美鈴に恋をした犯人は、全てを知りたいと望んだ。既存の情報では満足できず過去を探った結果、一枚の写真を手に入れた。こころホームで撮られた集合写真には、美鈴以外にも見知った人物が写っていた。久我清義――、僕だ。

施設にいた頃から知り合いだった二人が、ロースクールでは他人の振りをしている。そこに歪んだ解釈を加え、疎《うと》ましい邪魔者を排除しようと決めた。

僕の名前が書かれた写真は不特定多数に晒されたのに、美鈴の写真は本人の目にしか留まらないように配慮されていた。それは、僕の名誉だけを傷付けることが狙いだったからだ。美鈴には、『君が施設出身者でも受け入れる』というメッセージを伝えようとした。

これは、ただの下世話な妄想か、犯人の思考を見抜いた緻密《ちみつ》な論理か。

おそらく前者だろう。教壇から見えないように下を向いて苦笑した。法律を学んでいるにすぎないロースクール生が、探偵の真似事《まねごと》なんてできるはずがない。

「久我、面白いことでもあったか？」

奈倉先生の声だった。気を付けたつもりだったが、顔の角度が甘かったらしい。

「すみません。思い出し笑いです」

悪びれずに答えると、後ろに座っていた公平が小さく声を出して笑った。

非行歴を晒された日から、僕を見て囁《ささや》き合うクラスメイトの姿を見かけるようになった。でも公平は、これまでと変わらない調子で話しかけてきた。

「お前たちが興味を持ちそうな題材を選んだんだが、退屈だったかな？」

いつの間にか、講義のテーマが展開していた。ホワイトボードには、『冤罪と無罪』と、大きな文字で書かれている。

「無辜ゲームと通じるものがあるから……、ですか？」

「冤罪と無罪の違いはわかるか？」

奈倉先生は、教授と学生の対話形式によって講義を進めるソクラテス・メソッドを徹底していて、納得のいく答えが出るまで相手を解放しない。指名する順番はランダムなので、普段の講義でも試験のような緊張感が教室を支配している。

「罪に問われないという結論は共通しますけど、冤罪の方が狭い概念な気がします」

深く考えたことはない問題だった。反応をうかがいながら正解を導くしかない。レールを間違えていなければ、奈倉先生は正しいゴールへと誘導してくれる。

「無罪になるのは、どんな場合だ？」

「えっと……、被告人が罪を犯したかについて、合理的な疑いを差し挟む余地がある場合」

「それだけか？」

包括的に答えたつもりだったので、言葉に詰まってしまった。

「罪を犯したか否かというのは、言い換えれば構成要件該当性の話だよな」

「ああ、そうか……」的確な誘導だ。

例えば殺人罪の場合、殺意をもって人を殺した事実が認められれば、刑法百九十九条に定められた構成要件該当性が肯定される。だが、殺人罪の構成要件に該当しても、無罪となる道はまだ残っている。

「違法性阻却事由や責任阻却事由が認められた場合も、無罪になりますね」

正当防衛や緊急避難が前者、心神喪失や刑事未成年が後者の代表的な例だ。

「じゃあ、冤罪と認められる場合は？」

「やっぱり……、うん、そうですね。冤罪は、逆転無罪と同義で語られるイメージがあります。一度有罪宣告を受けてから、逆転で無罪を勝ち取る。その前提条件が付加されるので、無罪よりも狭い概念になるのかと」

奈倉先生は満足そうに頷いた。何とか答えを導けたようだ。

「それも、一つの定義の仕方だな」

「他にもあるんですか？」

「無罪は法律上の概念だが、冤罪はそうではない。学者によって定義が異なるというのが、実際のところでね。結城、他に思いつく分類の仕方はあるか？」

馨は、入り口に近い列の後ろの席に座っていた。しわ一つ見当たらない白いシャツを着た、シンプルな服装。審判者としてのスイッチが入っていない、普段の馨だ。

「有罪か無罪かは裁判官が決めますが……、冤罪かどうかは神様しか知りません」

神という単語が急に飛び出したので驚いた。

「面白い答えだ」奈倉先生は顎鬚《あごひげ》を撫《な》でた。「それぞれの定義は、どうなる？」

「無罪の定義はセイギと同じです。検察官が立証に失敗したという一つの結果でしかない」

「冤罪は？」

「罪を犯していないのに、有罪判決を受けたこと。再審請求を蹴られて死刑が執行されても、歴史的な犯罪者として文献に記されても、獄中で精神を病んで命を絶っても、その人が罪を犯していないのなら、全て冤罪です」

「罪を犯したか否かは、真理を見抜ける神にしか判断できない。そういうことか？」

奈倉先生の補足を聞いて、ようやく理解が追い付いた。

「はい。裁判を執り行うのは不完全な人間なので、冤罪という過ちが生じます」

「結城が言ったように、冤罪か否かは神のみが知る。だからこそ、神に代わって判断を求められる裁判官は、慎重に判断せざるを得ないんだよ」

「要するに、無辜ゲームという名称は不正確だと言いたいんですよね？」

ソクラテス・メソッドによる講義では、学生からの質問も当然に許される。

「俺は、まだなにも言っていないが」

「ゲームを見たあとにこんな講義をされたら、誰でも気付きます」

後ろの席を見ると、公平が首を捻《ひね》っていた。あいつはなにを言ってるんだという表情だ。僕も同じ気持ちだったので、軽く頷いてみせた。

「逆に訊こう。無辜とは何だ？」

それこそ、ソクラテスと弟子のやり取りのように、哲学的な問答になってきた。

「罪を犯していないことです。何だか、話が行ったり来たりしてますね。冤罪との違いは、有罪判決の宣告という前提条件の有無にしかありません」

「無辜か否かの判断は、結城が下すのか？」

なるほど……、そういうことか。

無辜ゲームで審判者を務める馨は人間であって、神様ではない。人が人を裁くゲームで、無辜の文言を冠するのはおかしいのではないか。二人は、そんな議論をしようとしている。

「学生のお遊びなんです。深い意味はないかと」

「珍しいな。結城なりに考えがあって付けたゲーム名なのかと思ったが」

馨を煽って楽しんでいるような口調に聞こえた。

「そもそも、僕が付けたわけじゃありませんよ。いつの間にか、そう呼ばれていたんです。でも、気に入ってはいます。だから、不正確でも変えるつもりはありません」

「気に入ってる？　どの辺りが？」

「人間だって頑張れば、神様みたいに無辜かどうかを判断できるようになるかもしれない。そんな気がしてくるじゃないですか」

「ふうん」拍子抜《ひょうしぬ》けだと言いたそうな表情を浮かべて、「冤罪と不可分の関係にある再審制度についての説明に移ろう」と奈倉先生は言った。

いつか馨なら、真理を見抜ける神様にだってなれるんじゃないか。

そんな非現実的な考えは心の中に留めて、再審制度に関する説明に耳を傾けた。

11

ストーカー犯人説を捨てきれなかった僕は、その推理を美鈴に伝えることにした。アイスピックが突き刺された日以降、美鈴は自習室に残ることが少なくなった。アパートにあえて留まって、犯人を迎え撃とうとしているのだろうか。

美鈴は、被害が重なっていくのを黙って眺めている性格ではない。取り返しのつかない結果を招く前に歯止めを掛けるのは、僕が果たすべき役目だ。

　水曜日は三限までしか講義がなく、現在の時刻は午後三時半——。

　美鈴が住むアパートの近くにある公園では、子供たちが無邪気に走り回っていた。砂場、滑り台、鉄棒。それら全てが、どんな遊園地のアトラクションよりも楽しいという表情だ。濁《にご》った大人の瞳には映らない、きらきらとしたなにかが見えているのかもしれない。

　子供がいる公園には、高い確率で彼らの親もいる。怪我《けが》や喧嘩をしないように見守り、悪い大人が近付かないように見張る。大変だなあ、と思った。

　公園はフェンスで囲まれているのだが、西側のフェンスの前に美鈴が立っていた。そんなところにいるとは思わなかったので、立ち止まってしまった。なにをしているのだろう。

　公園の内側から、フェンス越しに道路を眺めているように見える。視線の先にあるのは、美鈴が住んでいるアパートの入り口だ。

　三メートルくらいの届く距離まで近付いたところで、ようやく美鈴は僕の存在に気付いた。

「どうしたの？」

「アパートに行こうと思ったら、ここにいるのが見えたからさ」

「そう。用事は？」

「アイスピックの問題は解決したのか」

「その犯人を、追いつめようとしているとこ」

「え？」

美鈴は溜息を吐いてから、細い腕に巻かれた時計を見た。

「話を訊きたいなら、私の隣に立って」

「犯人が誰か、わかったのか？」

「私の予想があっていれば、あと二十分くらいで姿を現すと思う」

午後四時に犯人は来ると、美鈴は言っている。

「やけに具体的だな。私が犯人ですって自首しにくるのか？」

「ふざけないで。嫌がらせをしにくるの」

「どうして、そんなことがわかる？」

「犯行の周期を特定したから」

「ごめんなさーい！」

背後からサッカーボールが転がってきた。美鈴は凝視していたフェンスから視線を外して、小走りで取りに来た少年にボールを手渡した。

「お姉ちゃん、ありがとう！　なにをしてるの？」

「探偵ごっこよ」

美鈴は優しく微笑む。普段は見せない表情だ。公園と少年。その組み合わせから、かつて施設で生活を共にしていた、小さな入所者を思い出したのかもしれない。

「たんてい？」

「困ってる人を、助ける仕事」

「そっか。悪いやつをこらしめるんだね」

「そうなの。でも、他の子には内緒にしててね」

「うん。わかった！」

少年を見届けた美鈴は、いつもと同じ冷たい視線を前方に向けていた。

「終わりじゃない、始まりだ。あの紙には、そう書いてあった」

「続きがあったんだな。何で教えてくれなかったんだよ」

「教えたら、アパートに来ちゃうでしょ。あのアパートは、見張られている可能性がある。清義が来ると、犯人が姿をくらますかもしれないって思ったの」

「なにをされたんだ？」

「大したことじゃないよ。自転車がパンクしてたり、鍵穴に接着剤を入れられたり、郵便物を盗まれたり、あとは……」

淡々と語られていく生々しい被害を聞いて、返答に窮した。それによってわかったのは、嫌がらせは全てアパートの敷地《しきち》内で行われているということだった。

「思い切った嫌がらせだね。敷地内で犯行を繰り返すなんて」

今のところは、室内に侵入されたり、身体的な被害をうけたりといった、命に危険が及ぶ事態には陥《おちい》っていない。不幸中の幸いという不適切な単語が頭に浮かんだ。

「月曜日、水曜日、金曜日。平日の一日おきに、犯人は嫌がらせをしにやってきた」

「その間、ずっとアパートを見張ってるわけじゃないよな」

「そんな非効率的なことはしない。犯人が現れるのは四時前後。そこまで絞り込めてるの」

「……どうやって？」

「言葉で説明するのは難しい。とにかく、今は私の言ったことを信じて」

かなり自信があるようだ。危険だと止めても無駄だろう。

「四時にアパートを出入りする人影があるのかを見張るってことだよね」

「そう。先に帰ってもいいけど」

「付き合うよ。でも、どうしてこの公園なんだ？」

「これから嫌がらせをされるのは、郵便受けなの。あのアパートって、門を通ってすぐのところに郵便受けが置いてあって、駐輪場と階段は反対側でしょ。建物の壁と塀で郵便受けが死角になっていて、他の場所からは見張れない」

アパートの構造を思い浮かべてみると、美鈴の言ったとおりだった。このフェンスからは、郵便受けを視界に収めることはできないが、アパートへの出入りの有無は確認可能だ。

「郵便受けになにをされるのかも、わかってるのか？」

「見てればわかるから」

その一言で、フェンスと向かい合いながらの会話は強制的に打ち切られた。

美鈴は、犯行の場面を現認しようとしている。入り口を通っただけでは犯人と断定できないが、有力な容疑者とみなすことはできる。賃料の安さしか取り柄がないアパートに多くの入居者がいるとは思えないし、四時前後に出入りする者が大勢現れたりもしないだろう。

一人でフェンスを凝視しているよりは、隣に僕が立っている方が怪しさは紛《まぎ》れる。二人で横に並んで、四時になるのを待った。

十分前になった辺りから、不穏な緊張感が漂った。クラスメイトが出入り口を通った場合は、僕が率先して取り押さえるべきか。そんなことを考えたりもした。

しかし、四時十分を過ぎても、アパートを出入りする者は誰一人いなかった。

「おかしいな……」

十五分を過ぎた辺りで、ようやく美鈴は一言呟いた。それまで、僕たちの間には一切の会話がなかった。無言でフェンスを眺めている時間は、目的を忘れてしまうほど長く感じた。

「その周期っていうのは、本当に信用できるものなのか？　無辜ゲームを仕掛けられてから、二週間しか経ってないんだ。曜日とか時間が、偶然偏った可能性もあるんじゃないか」

「勘付かれたのかもしれない」

僕の声など聞こえていないかのように、美鈴は独り言《ひとごと》を口にしている。

「なあ、美鈴」

「あっ……、ごめん。なに？」

ようやく、視線を合わせることが許された。

「一人で抱え込むより、二人で考えた方がいい」

「部屋に行こう。そこで話すから」

アパートにはすぐ着いた。美鈴は郵便受けの前で立ち止まり、２０３号室のものを開いた。郵便受けの中で嫌がらせは行われると、美鈴は予測していた。だが、見張っている間に出入り口を通る者はいなかった。だから、良からぬことが起きているはずはない。

「どういうことなの……」

しかし、美鈴の反応は違った。素早く背後を振り向いて、怯えた視線で駐輪場や出入り口を見回したあと、郵便受けの中から一枚の紙を取り出した。郵便物であれば、封筒に入っていなければおかしい。つまり、何者かが、その紙を直接郵便受けに入れたのだ。

「そんなわけない……」

郵便受けが乱暴に閉められ、錆び付いた金属同士が擦れる不快な音が鳴った。

階段に向かう美鈴の背中を追いかけた。開錠した203号室に入り、フローリングに直接座る。冷たい床の感触が、思考を落ち着かせた。

「見せてくれないか」

「毎回、同じ紙が入ってるの。繰り返し、繰り返し」

手渡されたのは、インターネットの記事をプリントアウトしたものだった。

『女子高生による組織犯罪　中年男性をターゲットにした巧妙で悪質な手口とは』

四人の女子高生が逮捕された事実を伝える記事だ。

記事によれば、都内にある名門私立に通う女子高生が詐欺グループの実行役を担っていたことが発覚し、背後には暴力団関係者がいるらしい。

中盤では、組織的に行われていた詐欺が、具体的な手口と共に紹介されている。

出会い系サイトを利用してホテルに呼び出してから、未成年だと明かして金銭を強請《ゆす》り取る美人局《つつもたせ》。痴漢されたと言い掛かりをつけて、被害届を出さない代わりに和解金の支払いを求める痴漢冤罪詐欺。援助交際で妊娠したと主張し、中絶費用や慰謝料を騙し取る典型的な詐欺。

詐欺グループの犯行の特徴は、性的な被害を受けたと主張する実行役の女子高生と、それを理由に脅迫や詐欺を行う強請り役の暴力団関係者とに、役割分担がされている点にある。

他の女子高生の関与について現在も調査中だ——。記事は、そう締め括られていた。

「この記事が、何度も……」

シンプルであるが故に、不気味さが際立っている。これを読めば、なにが言いたいのかはわかるだろ。そんなメッセージが、透けて見えてしまったからだ。

「どう思う？」美鈴は無表情で尋ねてきた。

「……告発だろうな」

「何の？」

「僕や美鈴が犯した罪の告発だよ」

「この詐欺グループに、私は所属していない」

「でも、似たようなことをしてきた。そのせいで、人生を狂わされた人がいる」

僕の手元から奪い取った紙を、美鈴は両手でぐしゃりと潰した。

「今さら、蒸し返さないで」

「現実と向き合わなくちゃいけないと思っただけだよ。そうしないと、犯人に辿り着けない。確かに僕たちは、無実の大人からお金を奪い取った。でも、それだって過去の話じゃないか。あれからもう何年も経っているのに――」

「そんなの、加害者側の解釈でしかない。現に、施設の写真を手に入れたり、アパートを調べ上げてまで、私に復讐しようとしてる人がいる」

美鈴の部屋の郵便受けに、女子高生が犯した詐欺に関する記事が入っていた。そこから復讐以外のメッセージを読み取ることは、今の僕たちの心理状態では難しい。

「他には、どんなことをされた？」

「公園で話したでしょ」

自転車のパンクや鍵穴の破壊の被害を、美鈴は口にしていた。

「さっきの記事みたいな脅迫があったのか訊いてるんだよ」

「ううん。これだけで、あとは純粋な嫌がらせ」

「金銭の要求とかもないんだね？」

美鈴はただ首を横に振るだけだった。犯人の狙いが、ますますわからなくなる。

「一連の犯行が、ストーカーの仕業っていう可能性はあると思うか？」

「ストーカー？」

奈倉先生の講義中に考えたことを、美鈴に伝えた。

「私に好意を抱いている人間が、こんな嫌がらせをした？　理解できない」

「愛の反対は憎しみじゃなくて無関心だっていうだろ」

「どこかで聞いた言葉ね」

誰が残した言葉かは知らなかったので、曖昧に頷いてみせた。

「この名言に従えば、ストーキングは愛情が裏返った結果ではないことになる。関心を持ってるから、付きまとったり嫌がらせをしたりする。愛情と憎悪は、紙一重の感情なんだよ」

「犯人がストーカーだったとしたら、その目的は？」

「美鈴の全てを手に入れること」

「突き刺さったアイスピックを見て、私が犯人に惚《ほ》れるとでも？」

「まだ準備段階なのかもしれない。嫌がらせをして弱らせて、過去をバラされたくなかったら付き合えと脅す。一応の説明は付くんじゃないか？」

「素敵な想像力」

美鈴からすれば、犯人は理解不能な異常者でしかないのだろう。

「嫌がらせは全てアパートの敷地内で行われてるって言ったよね。それくらい近接した場所で繰り返してたら、痕跡《こんせき》が残っていてもおかしくないと思うんだけど」

「私も清義と同じように考えた。ううん……。もう少し踏み込んで、アパートでの私の動きを把握してるから、大胆な犯行に及べるんじゃないかと疑った」

「それって……」

僕が声を潜めると、美鈴は部屋の片隅《かたすみ》にある小棚を指さした。二段目に、トランシーバーのような形状をした器械が、無造作に置かれていた。

「盗聴探知器を使って部屋中を探したけど、なにも見つからなかった」

「信用できる器械なのか？」

「詳しい友達に選んでもらったから」

美鈴の交友関係は把握していないが、冗談を言っているわけではないだろう。

「犯行時刻は、どうやって特定したんだ？」

「定期的に繰り返される嫌がらせは、記事の投げ込みだった。だから、カメラを設置して、郵便受けの中を撮影したの」

「カメラって……、どこに？」

さっきから、意外な答えばかりが返ってくる。

「303号室の郵便受け。この部屋は、今は未契約で郵便受けにもロックが掛かっていない」

天井を見上げる。三階建てのアパートなので、上には303号室がある。

「赤外線とかで撮影できるカメラなのか？」

「暗闇《くらやみ》でも撮影できる暗視機能が付いてるだけで、そんなにハイテクなカメラじゃない。特殊なのは、郵便受けの構造の方。おんぼろアパートは、郵便受けまでへなちょこなの。上下面が粗《あら》いメッシュ形状になっていて、下にある郵便受けが覗けてしまう。その空洞部分に合わせるようにレンズの向きを調整すれば、郵便物が入る瞬間を撮影できるってわけ」

盗聴探知器と監視カメラ――。個人で施す対応の域を超えていると思った。

だが、犯人に辿り着くための情報は、着実に揃ってきている。

「今日の四時に犯人は郵便受けに現れると、美鈴は予想した」

「結果は、清義も見たとおり」

「四時前後にアパートの出入り口を通った人は、誰もいなかった。それなのに、郵便受けには記事が投げ込まれていた……」

「見張りを開始したときには、既に郵便受けに記事が入っていた。そう考えているんでしょ。これだけの準備をして、何十分も公園で見張ったのに、そこを見落とすと思う？」

「わかってるのか？　美鈴の勘違いじゃないんだとしたら――」

「私たちは、なにかを見誤っている。もう一度、一から考えてみる必要があるんだと思う」

犯人を追い詰めるための監視だったのに、事件の全体像はいまだ見えてこない。

僕や美鈴がもがき苦しむ姿を見て、犯人は嘲笑《あざわら》っているのだろうか。

12

翌日、自習室で憲法の判例集を読んでいると、馨が近付いてきた。自習室には馨に割り振られた机もあるが、そこに座っている姿は見たことがない。

「セイギ、少し話せないかな」

連れて行かれたのは模擬法廷だった。裁判長席に馨が座り、僕はその隣に座った。

「これ、覚えてる？」

馨は法壇の引き出しを開いて、中に入っていたものを取り出した。

「この前のナイフだよな」

近くで見ると、細部までしっかりと作り込まれていることがわかった。それなりに高価な物だろう。照明の光を反射したセレーションが、不気味に光った。

「迷惑なものを押し付けられたよ」

「そんなところに入れてるのか」

「返す相手がいないから。落とし物ですって教務課に持って行くわけにもいかないしさ」

「警察に届ければいいんじゃないか？」

「法壇にナイフが突き刺さっていた。これって、何の罪が成立すると思う？」

仕掛けられたのが僕だったら、無辜ゲームの冒頭でどのように罪を特定するか。

「財産的な要求はされていないわけだから、恐喝とするのは難しい。そもそも、その行為をもって、馨に対する脅迫があったと評価できるのかも怪しい」

「どうして？」

「模擬法廷は、馨のために造られた自習室じゃない。勝手に占有している法壇にナイフが刺さっていたからって、脅迫行為とは認定できない。宛名《あてな》を結城馨としたメッセージが添えられていたなら、話は変わってくるけど」

きちんと調べた上での発言ではないが、大筋は間違っていないように思えた。

「うん。やっぱり、セイギを呼んでよかったよ」

「何の話をするつもりなんだ？」

不穏な気配を感じた。机の引き出しが閉められ、物騒《ぶっそう》な凶器が視界から消えた。

「最近の無辜ゲームについて、どう思ってる？」

「どうって……、まあ、盛り上がってるのは間違いないよな」

含みを持たせた言い方になってしまった。

「そろそろ潮時じゃないかと思ってる。僕は審判者を降りるよ」

「もう、無辜ゲームは開くべきじゃないと？」

「他に審判者を立てるつもりがあるなら、続けてもらっても構わない」

「僕たちには無理だよ。荷が重すぎる。馨が降りるっていうなら、それまでさ」

「理由を訊かないの？」

「続けるのも辞めるのも、馨の自由だから」

ゲームは、いつか終わる。想像していたより長く続いたと思うくらいだ。

「みんながみんな、セイギみたいに物わかりがよければ助かるんだけど」苦笑した馨は、「無辜ゲームの一番の問題点はなにかわかる？」と続けた。

犯罪を許容していると勘違いされかねないこと、人間関係を破壊するおそれがあること、本業であるところの勉学が疎《おろそ》かになること――。

問題は多くあるが、ほとんどは自己責任の一言で片付けられる。馨が求めている答えは、もっと深いところにあるはずだ。

「罰の執行力の問題じゃないかな」

「驚いたな……。僕と同じ答えだよ」

「この前、初めて告訴者の立場でゲームに参加した。そのときに実感したんだ。ゲームに勝っても、敗者が罰を受け入れなければ意味がないって」

罰金なら、あらかじめ両者に対象額を差し出させればいいが、僕が勝ち取った社会的信用の奪取のような罰の場合は、勝者が執行の方法を考える必要がある。

「刑事裁判には、独立した刑罰の執行機関が存在する。懲役刑や禁錮刑は、身体の自由に制約を加えて執行するし、罰金刑でも、強制執行や労役場への留置が認められている。帰るまでが遠足ってわけじゃないけど、執行することができて初めて、罰は抑止力を持つ」

「でも、その欠点は審判者が気にするべきことなのか？」

罰と勝者を宣告した時点で、審判者の役割は終了する。罰が執行されるか否かは、馨にとってはあずかり知らない問題であるはずだ。

「最近、無辜ゲームが開かれる頻度が増えてるし、罪の悪質さも看過できない段階に至ってる。その原因は、罰を恐れてないからだと思うんだ。罪が悪質になれば、罰も重くなるのは当然だ。同害報復の考え方で罰を決めてるわけだから。もはや、遊びのレベルを超えてる」

「馨の言ってることはわかるよ。でも、まだ破綻してるってわけでもないだろ？」

「ナイフが刺さっていたのが、机の天板じゃなくて僕の身体だったら――。そんなことを、たまに考えるんだ。そのときの罪は、何になる？」

「えっと……、傷害か、殺人」

傷害致死や殺人未遂の可能性もあるが、全てを挙げていたらきりがない。

「それらに対する罰は、無辜ゲームじゃ与えられないものだよね。ナイフで突き刺すのを許容するなんて、僕の口からは言えない。そう考えたら、限界が見えた気がしたんだ」

無辜ゲームで科せられる罰は、敗者の同意により違法性が阻却されることを執行の根拠にしている。だが、生命に対する侵害行為は、被害者の同意だけでは違法性は阻却されない。

「犯人を捜すつもりはないのか？」

「情報が少なすぎる。目的があるなら、続きがあると思う。僕はそれを待つよ」

「続きって……」

「わかってる。今度は、僕の心臓にナイフが刺さるかもしれない」

「やっぱり、警察に行くべきなんじゃないか？」

似た忠告を美鈴にもしたことを思い出す。僕たちの周りで、物騒な事件が起きすぎている。

「僕に万が一のことがあったとき――、セイギに頼みたいことがある」

「審判者として犯人を裁けって依頼なら、お断りだ」

「そんな面倒な役を押し付けるつもりはないよ。簡単な頼み事さ」

「一応、聞いておくよ」

万が一とは、どの段階の話をしているのか。それを訊くのが怖かった。

「リンドウの花を持って、お墓参りに来てくれないか」

「は？」

冗談にしても、意味がわからなかった。

「父親と祖父が入っている墓があってさ。そこに、リンドウの花を手向けに来てほしい」

「それ、なにかの歌詞？」

「頭の片隅に留めておいてくれればいいよ。いつも残酷な罰の宣告ばかりしてるからかな。たまには、こういうことも言いたくなるんだ」

どう反応するべきかわからなかった。

だが、審判者としての馨の考えを聞くには、いい機会かもしれない。

「そもそも、どうして馨は同害報復に拘《こだわ》るんだ？」

「どういう意味？」

「罰の決定方法だよ。目には目を――みたいな同害報復って、古代とか、ずっと昔に通用していた刑罰の在り方だよな」

歴史の授業で習ったハンムラビ法典は、楔形文字《くさびがたもじ》で石板に記されていたはずだ。

「昔のものだから間違ってるなんて、ずいぶんと乱暴な考え方をするね」

「別に、そういうつもりじゃ……」

「そもそも、同害報復の考え方を、セイギは正しく理解してる？」

「要するに……、やられたらやり返せってことだろ？」

「へえ。セイギでも、そんな勘違いをしてるんだ」

法制史に関する知識には、あまり自信がなかった。

「勘違い？　復讐を容認する考え方が同害報復なんだと思ってたけど」

「いや、真逆だよ。同害報復は、寛容の論理なんだから」

復讐ではなく寛容――。確かにそれは、正反対の場所に位置する概念だ。

「もう少し、わかりやすく説明してくれないかな」

「自分の目を潰した犯人を差し出されて、好きに復讐していいと言われたとしよう。刑罰が存在しない無秩序な世界だったら、半殺しにするか、それこそ命まで奪いかねない。でも、奪われた視力の対価に命を求めるのは、さすがにやりすぎだ。視力の対価は、視力を奪うことで許してあげなさい。それが、目には目をの意味だよ」

「正当な対価で許すのが、寛容ってことか……。なるほど。全然知らなかった」

素直に感心したので、小さく頷いてみせた。

「まあ、その限度で報復を容認してるとは言い得るわけだけど」

「でもさ、犯した罪をそのまま跳ね返す同害報復は、現代では通用しないんじゃないかな。だって、誰かの命を奪った犯人には、それが事故か殺人なのかを問わず、一律に死をもって償わせるってことだろ？」

何気ない発言だったのに、馨の返答が珍しく遅れた。

「その考え方は、間違ってるのか？」

「……え？」

驚くほど冷たい声色だったので、思わず馨の顔を見た。法服を着ているときに稀《まれ》に見せる感情を押し殺した表情で、一点を見つめていた。

「死には死を――。それが正しいと考えてる人間に、セイギはなにを説く？」

突然の問い掛けに対して、僕は答えることができなかった。

「冗談さ。僕は、侵害された法益だけを基準に罰を決定しているわけじゃない。判断の根底に同害報復の考え方があるのは事実だけど、認定した罪によって科するべき罰が変わるのは当然だ。セイギの言葉を借りるなら、死をもって罪を償わせるのは、本当の意味で殺人を犯した者だけだと考えてる」

「本当の意味で罪を犯したか否か――。それは、どうやって決めるんだ？」

少し考える素振りを見せてから、馨は柔らかい表情を浮かべた。

「ずっと、その判断基準を模索してきた。僕が目指しているのは、犯した罪に対して適切な罰を選択できる審判者なんだ。だから、無辜ゲームを作って、敗者に罰を宣告し続けてきた。罪の認定と罰の決定の経験を積み重ねるために」

「答えは見つかりそうなのか？」

「ようやく、方向性が見えてきた。私利私欲のために、ゲームを開催してきたわけさ」

馨が語った考えの全てを理解できたわけではない。それでも、罪と罰の在るべき形について、真摯に向き合おうとしていることは伝わってきた。

馨にとって無辜ゲームは、重要な意味を持つ手続なのだろう。法律知識を披露する場所としか認識していない参加者とは、秘めている熱量に違いがありすぎる。

「もう、告訴を受けるつもりはないんだよな」

無辜ゲームが終わるなら――。馨に訊きたいことがあった。

「心残りでも？　セイギの告訴なら、最後に受けてもいいよ」

「ああ……そうじゃないんだ。今までは、ゲームに関する相談はできなかっただろ」

「予断を排除する必要があったからね」

「それも解禁されたと受け取っていいか？」

馨は、何度か瞬きをしてから頷いた。

「なるほど。告訴できない罪に苦しんでいるんだね」

他者に話すべきではないことは理解しているが、馨なら必要以上の詮索《せんさく》はしてこないだろうし、情報が漏れる心配もないはずだ。何より、馨の意見を聞いてみたかった。

「美鈴が住んでいる部屋のドアスコープに、アイスピックが突き刺さっていたんだ。その柄に括り付けられていた紙には、天秤のマークが記されていた」

「へえ。詳しく聞かせてよ」

美鈴の身に降り掛かっている災難を、手短に要約して伝えた。馨がいる模擬法廷で罪の特定をしていると、無辜ゲームの開催を申し込んだときのことを思い出す。

僕と美鈴の過去をほのめかす部分については、説明を省略した。どうして詐欺グループのネット記事が入れられるのか？　そう追及されたら、嘘をつき通せる自信がなかった。

被害の概要を伝えている間は、ちゃんと聞いているのか疑問に思うくらい、馨の反応は小さかった。だが、美鈴がカメラを仕掛けて犯行時刻を特定したことや、公園のフェンスから出入り口を見張ったことを打ち明けると、馨の表情に変化があった。

「今の説明で全部？」

「僕が知っていることは伝えきった……、と思う」

「わかった。それで、セイギはなにを相談したいんだ？」

「犯人を止めるために、事件の謎《なぞ》を解く手助けをしてほしい」

告訴者の立証を通じて犯人を特定してきた馨の意見を聞けば、犯人に辿り着くきっかけを得られるのではないかという期待があった。

「謎って、具体的には？」

「僕と美鈴は、アパートの出入り口を見張っていた。そこを四時前後に通った人はいなかったんだ。それなのに、郵便受けには記事が投げ込まれていた。美鈴は、見張りを開始する前はなにも入っていなかったと言っている」

一緒に頭を悩ませてくれると思ったのに、馨は首を傾げた。

「見張っていた出入り口以外から、アパートに入る方法は？」

「部屋を出たあとに敷地の周辺を歩いてみたけど、裏口の類いはなかった。それに、出入り口がある方角以外には塀があって、簡単に侵入できそうな場所は見つからなかった」

もっとも現実味がある方法だと思ったので、この辺りは念入りに確認した。

「その塀は、絶対に乗り越えられないって言い切れる高さなの？」

ずるい訊き方だ。不可能や不存在の証明が困難な作業であることは、馨だって承知しているはずなのに。嘘にはならないよう、慎重に答えることにした。

「有刺鉄線が張り巡らされているわけじゃないから、よじ登ることはできると思う。でも、そんなルートを選択する動機は二つしか考えられないし、どっちも容易に否定できる」

馨の誘導に乗っているからか、言葉がすらすら出てくる。

「教えてくれるかな」

「一つ目は、普段から塀をよじ登って敷地に侵入していたから、今回も同じルートを選択したというもの。だけど、これは明らかにおかしい。美鈴の話を聞く限り、犯人はアパートで何度も犯行に及んでいる。その度に塀をよじ登っていたら、さすがに誰かが気付く」

「続けて」

「二つ目は、僕と美鈴が出入り口を見張ってるのを知っていたから、監視を掻《か》い潜《くぐ》ろうとしたというもの。筋が通っているように感じるけど、僕たちが立ち去るのを待ってから犯行に及べば済んだ話だと思うんだ。出入り口を見張っていたのに被害が生じたと知られることは、犯行方法を特定するヒントを提示するだけで、犯人にとってはデメリットしかない」

ここまでの検討に漏れはないはずだ。犯人は、出入り口を見張られていることを認識していなかった。かといって、塀をよじ登ったわけでもない。正式な出入り口を通ったにもかかわらず、僕たちは気付けなかった。そんな幽霊のような人間が、犯人だというのだろうか。

「ちゃんと整理できてるじゃないか。安心したよ」

それなのに――、どうして馨は、これほどの余裕を見せていられるのか。

「だから困ってるんだよ。出入り口を通らないで郵便受けに近付き、そこで犯行に及んで、出入り口を通らずにその場を去る……。そんなの、不可能じゃないか」

「いや、それが答えだよ。僕は実際に現場を確認したわけじゃないからね。今回の場合は、それが有利に働いた。俯瞰《ふかん》的に考えれば、すぐにわかるはずだ」

「考えたさ。だけど、わからなかった」

「どこかに事実の誤認があると考えてるんじゃないか？　そうじゃなくて、全てが正しいと受け入れるんだ。騙されたと思って、試してみて」

郵便受けの確認に漏れがあった。正式な出入り口以外に敷地に入るルートが存在していた。公園での監視が不十分だった。考察の前提になっている条件に変更を加えて、あらゆる可能性を検討したつもりだった。混在しているはずの誤りを、必死に探そうとした。

だが、馨が言うとおり、全てが正しかったのだとしたら。

「あっ……」閃《ひらめ》くと同時に、思わず声が漏れた。

「わかったかい？」

出入り口を通らずに郵便受けに近付けたのは、初めから敷地にいたからだ。

出入り口を通らずに郵便受けを離れられたのは、敷地に留まっていたからだ。

完全に失念していた――。あの建物が、共同住宅であることを。

「……アパートの住人なのか」

「多分、それが正解だよ」

部屋から直接郵便受けに向かい、記事を投げ入れて、自分の部屋に戻った。これなら、塀を乗り越えなくて済むし、出入り口を通る必要もない。気付いてしまえば、どうして今まで閃かなかったのか不思議に思うほど単純な答え。

「だけど……、他の可能性はないのか？」

「僕とセイギの答えが一致した。それでも疑うというなら、好きにすればいい」

「美鈴と同じアパートに、犯人が住んでる……」

その状況の恐ろしさを想像して、言葉を失った。いや、怯えている場合じゃない。

椅子を押し退けて立ち上がり、法壇から傍聴席を見下ろした。

「どうするつもり？」

「美鈴に伝えに行く。アパートにいるのは、危険すぎる」

「それなら、少しだけ補足しておこうか」

馨が語った犯行の手口は、にわかには信じがたいものだった。

だからこそ、この事件の真相としては相応《ふさわ》しいのかもしれない。

13

その男は、巨大な段ボール箱を抱えながら、錆び付いた階段を下りてきた。

狭い階段ですれ違うのは危険だと思い、郵便受けを眺めて待つことにした。この四角い箱の集合体が、今回の事件では大きな役割を担っていた。

各部屋の郵便受けは、実際の部屋の並びと合致するレイアウトで設置されている。つまり、２０３号室を基準にすると、左右には２０２号室と２０４号室の郵便受けが、上下には３０３号室と１０３号室の郵便受けが、それぞれある。

美鈴は、郵便受けを監視することで犯行時刻を特定しようとした。驚くべきことに、被害者と犯人の思考は、監視という一点においてリンクしていた。監視の対象が、郵便受けだったか、アパートの一室だったか――。もちろん、部屋の天井や床がメッシュ構造になっていたわけではない。犯人が用いた方法は、もっとシンプルなものだった。

３０３号室の郵便受けを開きたい衝動に駆られたが、落ち着けと自分に命じる。優先すべきなのは、美鈴の安全を確認して、危険が差し迫っていると知らせることだ。

視線を戻すと階段から男性の姿が消えていたので、そのまま二階に上った。

踊り場に着いたとき、僕は二階の通路ではなく三階に続く階段の先を見ていた。馨の推理を聞いていなければ、三階に興味を持つことはなかっただろう。

すると、三階にある一室のドアが開いていた。そこは、２０３号室の直上の部屋だった。

３０３号室――。段ボール箱を持っていた、先ほどの男性の姿を思い出す。ゴミ捨てにしては慎重に運んでいたし、引っ越しにしては中途半端なサイズだった。

まさか……。振り向くと、すぐ後ろにその男性が立っていた。

「すまんけど、通してくれんか」

「あっ、どうぞ」

二階の通路にどいてから、おかしな口調で話しかけてきた男性の顔を見た。

一重瞼《ひとえまぶた》と切れ長の目、少しとがり気味の鉤鼻《かぎばな》、酷薄そうな薄い唇。爬虫類《はちゅうるい》を想起する陰湿な顔立ちだ。僕より年上なのは間違いないが、だらしなく伸びた黒髪や口元を覆《おお》う髭のせいで、具体的な年齢まではわからない。

こんな不気味な男と、美鈴が知り合いだとは思えない。

本当に……、こいつが犯人なのか？

男は、階段を上り始めた。すぐに三階に着き、室内に姿を消してしまうだろう。瞬時に思考を巡らした。普通に考えれば、なにもするべきではない。確証もなければ、正当化できる理由もない。郵便受けを調べたり、罠《わな》を仕掛けたりして、犯人の尻尾《しっぽ》を掴もうとするのが正しい行動だ。時間があるのなら、当然そうする。

だが、あの段ボール箱。僕の予想があっていれば、男はこのまま姿をくらます可能性がある。そうなれば、男を追う術《すべ》はない。これが、最初で最後のチャンスかもしれないのだ。

階段を駆け上がり、部屋に入ろうとしている男の背中に声を掛けた。

「あの……」

ゆっくりとした動きで、男は振り返る。

「なんか？」

「引っ越されるんですか？」

見ず知らずの人間を追いかけて話す内容ではないが、他に話題が思い浮かばなかった。

「そうね。まあ、引っ越しといえば、引っ越しなんかな」

「ここって空き部屋だと思ってたんですけど、いつから住んでましたか？」

「は？　いつでもいいでしょが。おたく、誰と？」

男は玄関に入ろうとした。ドアを閉められてはいけない。

「僕は、下の部屋に住んでる女子大生の知り合いです」

「へえ……。うるさくしとったか？　もう引っ越すから気にせんどいて」

「静かだって言ってましたよ。誰も住んでいないと思っていたみたいですし」

「そうかい。隣の部屋ならあれかもしれんけど、上の階の物音なんて聞こえんもんね。こっちも忙しいんよ。もう、いいとか？」

口調が独特なので、会話のペースを掴みにくい。関西弁に似ているが、イントネーションや語尾が微妙に異なる気がする。どこかの方言なのだろうか。

「実は、引っ越される前に謝りたいことがあって。空き部屋だと思っていたので、郵便受けを勝手に使わせてもらっていたんです。すみませんでした」

「……は？　なに言っとる？」

男の瞼がぴくりと動いたように見えた。

「下に住んでる子の知り合いだって言いましたけど、一方的に想いを寄せているだけでして。その子のことを知りたくて、郵便受けを監視していたんです」

「おいおい。何のカミングアウトよ」

「監視カメラを設置するのに利用させてもらったのが、この部屋の郵便受けだった。

気付きませんでした？」

男はなにも言わない。僕の真意を計りかねているように。

「一週間以上もカメラを入れていたのに、一度も郵便受けを開けなかったんですか？」

「人の部屋のものを勝手に使っとったくせに、ずいぶんと偉そうやね」

「郵便物なんて届くわけがない。そう決めつけてたから、放置していたんじゃないですか？　だとしたら、どうして届かないと思ったんでしょう。住んでいることを誰にも話してなかったから？　まともな使い方をしてなかったから？　最近まで空き部屋だったのに、もう引っ越すんですか？　まるで、夜逃げみたいですね」

畳みかけるように疑問をぶつけた。言い訳を考える時間を与えるべきではない。

「こっちの勝手やろ。郵便物を放置するなんて、普通にあるんと違う？」

男の言い分の方が正しい。だが、動揺はしている。躊躇《ちゅうちょ》するな。あと一押しだ。

あえて一呼吸を置いてから、室内を覗《のぞ》き込むように視線を動かした。

「ずっと気になってたんですけど、あの集音器は何ですか？」

男は、僕の言葉に反応して振り向いた。室内を確認しようとしたのだろう。

今だ――。男の脇《わき》をすり抜けて、土足で廊下を突っ切る。

「おい！」

制止を無視して部屋に入ると、馨が予想したとおりの光景が広がっていた。

「これは？」

フローリングの床の中央を指さした。そこだけ基礎部分が露出しており、お椀《わん》形の器械が聴診器のように嵌《は》め込《こ》まれている。

「お前は、何者なんよ」

「わからないのか？　それで聞いてたんだろ。女子大生と話してた男だよ」

「そうか。お前が……」

集音器からはコードが何本か伸びており、一本はテーブルに置かれたノートパソコンに繋がっている。下方向から伝わってくる音の振動を増幅して保存する仕組みなのだろう。

録音されているのは、直下の部屋――。すなわち、美鈴の部屋の音声。

「凄いね。今は、こんなので盗聴ができるんだ。この部分で音声を増幅するの？」

「へえ……。全てお見通しって感じやな」

「老朽化が進んで防音性が低くなったアパートは、盗聴するには打って付けの場所だった」

「どうして、わかったんかな？」

盗聴の証拠を発見したのに、これほど余裕を見せていられるのはなぜだろう。

「あんたが嫌がらせを仕掛けていた相手はさ、ただ黙って耐えるような人間じゃないんだ。どうにかして、犯人に辿り着こうともがいていた。アパートでの行動を監視されているんじゃないかと疑って、盗聴探知器で自分の部屋を調べた。でも、盗聴器は発見されなかった」

「そいで？」

手札を隠す必要はない。むしろ、男に白状させるには、誤魔化しても無駄だと思い知らせる必要がある。

「他人の生活空間で行う盗聴は、相手に見つからないことが重要視される」

「基本中の基本やな。バレたら盗聴しとる意味がない」

「見つからないために小型化し、小型化するために受信器と発信器をわけ、発信器を手元に置くために無線化する。盗聴探知器は、無線の電波を検知して盗聴器を発見する。だから、堂々と集音器とパソコンを有線で繋げれば、探知器を搔い潜ることができる」

男は頷きながら、僕の言葉に耳を傾けていた。

「動きを見透かされとるから、盗聴されてると決めつけたわけか。面白いな、お前」

「あんたに褒められても嬉しくない」

それに、集音器を使った盗聴の可能性を初めに指摘したのは馨だ。僕は、馨が語った論理を繰り返したにすぎない。

「方法はわかっても、どの部屋から盗聴してるのかは特定できないんと違う？」

「拾った音を増幅するには、最低限近付かなければならない距離がある。盗聴している203号室を基点とした、上下左右の部屋のいずれか。そこまでは、簡単に特定できた。あとは、可能性の大小の問題だ」

「そいで、四分の一の可能性に賭けたんか？」

不気味な存在感を放っている集音器を、横目でちらりと見た。

「そんな無謀な賭けはしない。そこで思い出したのが、303号室の郵便受けに設置したカメラだった。そこに住んでいる人間がいて、郵便受けのカメラにも気付いていないのだとしたら、盗聴部屋として使ってる可能性が高い」

階下の部屋を盗聴するために部屋を借りているなら、チラシ以外の郵便物が届くわけもなく、郵便受けの確認を一切していなくてもおかしくはない。

「同じようなやり方で、女は郵便受けを監視して、俺は部屋を盗聴しとったわけか。はっ、考えてもみんかったよ」

「部屋の音声を聞いていたんじゃないのか？」

盗聴探知器の結果を信じた僕と美鈴は、赤裸々に話をしてしまった。

「リアルタイムで聞き続けてたわけやない。音声としては保存してあったけどな。そういや、女のストーカーだと言ったのも嘘だったんか」

言い逃れをするつもりはないようだ。

「あんた……、何者なんだ？」

アイスピックに括り付けられた紙には、天秤が添えられていた。だから、ここに来るまで、僕が対面するのはクラスメイトの誰かだと考えていた。だが、目の前に立つ年齢不詳の男は、そうではない。だとすれば、誰かの差し金だというのか。

「俺は、ウェブニュースの配達員よ」

「ふざけるな。自分がなにをしたかわかってるのか」

「ネットの記事を届けた。あってるやろ？」

「ドアスコープにアイスピックを突き刺したり、鍵穴を壊したりもしただろ」

「知らん。そいつらは、俺がやったことじゃない」

「そんなわけ――」

問い詰める前に、男の言葉が重なった。

「下の部屋の音を聞いて、安全なタイミングで記事を入れる。それだけの依頼よ」

「依頼した人間の名前は？」

「バカか。クライアントのことを話すわけないやろ」

「警察に突き出されたいのか」

それを聞いた男は、くっくっと小刻みに笑った。

「なにがおかしいんだよ」拳《こぶし》を強く握りしめる。

「ネットの記事を郵便受けに入れるのが、犯罪なんか？　卑猥《ひわい》なチラシ、求めていない宗教の勧誘。そいつらも、全て犯罪なんか？」

男が余裕を見せていられる理由がわかってきた。依頼人は、犯行が露見したときの言い訳まで指示していたのかもしれない。だから、明確な犯罪行為は認めなかったのか。

「その集音器で盗聴してたことは？」

「盗聴器を仕掛けるために、女の部屋に入り込んでもない。電話回線を傍受《ぼうじゅ》したり、無線式で盗聴した音声を第三者に漏らしたわけでもない。結局、何の犯罪にもならんのよ」

盗聴に関連する規制の話をしていることはわかるが、その内容が正しいのかは僕の知識では判別できない。だが、一つだけ確かなことがある。

「それ、依頼人の入れ知恵だろ」

「だったら？」

法律に詳しい人間というだけでは、犯人を絞り込むことはできない。

「罪を犯してないなら、依頼人が直接やればいい話じゃないか。あんたに罪を被せるために、都合のいい嘘をついただけだよ。そんな依頼人のことを、律儀に守る必要があるのか」

「勘違いしとるみたいやけど、俺はクライアントが善人だなんて思っとらんよ。この依頼を受けたのは、利害が一致したからにすぎん。罪を被せられるとか、的外れもいいところやね。クライアントの秘密を守るのは、契約内容に含まれとるからよ」

「利害って、お金？」

「もちろん。しかも、こんなに快適な部屋も用意してくれたんや。ぼろくても、住居不定者にとっては天国のような環境よ。至れり尽くせりってな」

追い詰めようとしても、のらりくらりとかわされる。この喋り方も、相手を欺く手段の一つなのかもしれない。思った以上に厄介だ。

「金を払うと言ったら、依頼人の名前を教えてくれるのか」

「無理せん方がいい。お前、ただの学生だろ？」

「借金でも何でもして払うさ」

男は、伸びた顎髭を手の平でさすった。

「どうして、そこまでするん？　それでたまに話を聞いとったけど、女の恋人ってわけでもないらしいやないか」

「僕が、守らなくちゃいけないんだ」

「お前みたいな人間は嫌いじゃない。でも、力にはなれんのよ。俺は、クライアントが誰か知らんくてね」

苦し紛《まぎ》れの言い訳とは思えない、断定的な口調だった。

「そいつとは、メールのやり取りしかしとらん。誰から紹介を受けたのかは知らんけど、仕事の依頼をしてきた。契約するアパートの部屋、設置する器械、投げ入れる記事のデータ、報酬の振り込みに使うための電子口座……。そいつら全てを、メールで受け取った」

「見た目に似合わない仕事の受け方だね」

精一杯の皮肉だった。だが、気分を害した様子もなく男は歯を見せる。

「そうじゃなきゃ、やっていけない業界なのさ」

「盗聴請負人か何かなの？」

「住居不定の何でも屋よ。その界隈《かいわい》では、結構有名でね」

どこまで本気で受け取ればいいのだろうか。軽口を叩いてはいるが、僕が踏み込んでいるのは相手の領域だ。気を緩《ゆる》めることは許されない。

「郵便受けに記事を投げ込むために、アパートの一室や盗聴用の器械まで準備させた。おかしいとは思わなかったのか？」

「俺のところに集まる依頼なんて、怪しげなもんばっかりよ。まともな方法で解決できるなら、こんな人間を頼らんさ」

僕がしなければならないのは、この男に罪を認めさせることではない。男を裏で操っていた人物の情報を、何とかして手に入れなければ。

「さっき、依頼人とはメールでやり取りをしてたと言ったね」

「ああ……、それは無理よ。クライアントにメールを送って、誘《おび》き出せとでも言うんやろ？　残念やけど、送信専用のアドレスしか教えられてなくてね。それに……、そいつとの契約はもう終了しとる。撤収しろってメールを、昨日受け取った」

「撤収？　どうして？」

「そんなん知らんて。満足したんじゃないか」

段ボール箱を運び出していたのは、その後片付けだったのか。依頼人の情報はなにも手に入れられていない。警察に通報するわけにもいかず、男をこの場に留め置く理由もない。

「女に、よろしく伝えといてな」

こいつを殴っても、なにも解決しない。そんなことはわかっている。

「僕たちの前に二度と姿を見せるな」

「そのつもりよ。俺に仕事を頼みたくなったら、何でも屋の佐沼《さぬま》という名前で捜しな。広告は出しとらんが、その辺のホームレスに訊けば見つかるはずやから」

「あんたを許したわけじゃない。いつか、絶対に償いはさせる」

「はっ。楽しみにしとるで」

敗北感に打ちのめされ、奥歯を噛みしめながら、部屋を後にするしかなかった。

14

一言でいえば、完敗だった。

美鈴に無辜ゲームを仕掛けた人間の名前は訊き出せず、佐沼に制裁を加えることも叶《かな》わなかった。アパートでの嫌がらせは止まったが、佐沼は既に撤収を命じられていたのだから、僕が303号室に踏み込んだことが契機になったわけではない。

アパートの契約料、盗聴器の購入費、佐沼に支払った報酬、その他の諸経費。依頼人は、この一件にかなりの金額をつぎ込んでいる。美鈴を苦しめることだけが目的なら、やりようは他にいくらでもあったはずだ。それに、二週間程度で撤収を命じた理由もわからない。

消化不良で残った謎が、あまりに多すぎる。待てと命じた主人が、命令を解かずに死んでしまった。そんな哀《あわ》れな飼い犬になったような気分を味わった。

僕に対する名誉毀損と、美鈴に対する嫌がらせ。いずれも非常に手の込んだ犯行だった。他者を駒《こま》として使いながら自分は姿を見せず、僕や美鈴を精神的に追い詰めていった。

これで終わりだとは思えなかった。本命の犯行が待ち構えていると覚悟して、怯えた日々を過ごしていた。しかし、不吉な予感が現実に変わることはなかった。

待てど暮らせど――待っているわけではないし、実現してほしいとはつゆほども期待していなかったが――僕や美鈴の周りでは、なにも起きなかったのだ。

沈黙を保つことになったのは、無辜ゲームも同じだった。

今後の告訴は認めないと馨は宣言し、新たな審判者に立候補する者が現れることもなかった。唯一の娯楽を奪われたクラスメイトの中には、一方的にゲームを仕掛けることで抗議の意思表明をする者もいた。

エレベーターを外から緊急停止させて、天秤のキーホルダーを籠《かご》に残しておく。そんな悪質な監禁事件が起きても馨は開廷を認めなかったが、納得しなかった被害者が教務課に駆け込んだことで、防犯カメラに映っていた犯人は処分を受けた。馨の決断が揺るがないことを悟ったのだろう。その事件以降は、天秤が学内で見つかることもなくなった。

そして、僕たちは法都大ロースクールを修了した。

修了生は、司法試験に合格するまで、学生でも社会人でもない宙ぶらりんな存在になる。わかってはいたのに、実際にその立場になってみると、地に足がついていないような感覚に襲われた。不安を払拭《ふっしょく》するには、六法と基本書が並んだ机にかじりつくしかなかった。

施設の集合写真や、郵便受けに入っていた記事のことを忘れたわけではないが、それらについて考察する余裕はなく、なにも起こらないのなら構わないと考えるようになった。

努力の甲斐《かい》あってなのかはわからないが、初回の受験で僕と美鈴は司法試験に合格できた。五年振りの合格者が出たということで、ロースクールは大いに盛り上がった。それだけで表彰式が開かれ、学長に握手まで求められるなんて、他では考えられないことだろう。

その場には、教職員側の参加者として馨の姿もあった。首席で修了した馨は、遅らせていた司法修習に行くのではなく、大学に残る道を選んだ。法曹にはならず、研究者になる決断をしたのだ。今は、奈倉先生の下で論文を書いているとの噂を耳にしていた。

合格者は、司法修習に行くか否かの選択を迫られる。

不合格者は、翌年の試験に向けて走り出すか、方向転換するかの選択を迫られる。

無辜ゲームを仕掛けられたときと同じだ。結果が出れば、それに応じた選択肢が強制的に提示される。どの選択肢が正解だったのかは、次の結果が出るまでわからない。いや――、何十年も経たなければわからないのかもしれない。

一つの試験をきっかけに、それぞれが、それぞれの道を歩み始めた。

僕と美鈴は、司法修習に行く道を選んだ。約一年間の修習が終われば、ようやく法曹として実務に出ることが認められる。そのうちの八ヵ月間は配属された任地で実務修習を行うのだが、僕たちは別々の県に飛ばされた。

修習の間は、ほとんど連絡を取らなかった。忙しかったというのもあるが、無辜ゲームの一件を経て、これまで以上に距離を置くべきだと考えるようになった。

無名のロースクール出身ということもあって、就職活動には苦労した。それでも最終的には、複数の法律事務所から内定をもらうことができた。

なぜ、弁護士になろうと思ったのか。面接で何度も訊かれた質問だ。

きっかけになったのは、喜多を刺した傷害事件だった。

少年審判の手続を通じて、僕は多くの法律関係者と出会った。付添人の弁護士、鑑別所の法務教官、家庭裁判所の調査官や裁判官。

彼らの誰かに熱烈に憧《あこが》れて、同じ道を志そうと決めた……。残念ながら、そのような運命的な出会いはできなかった。ただ、法律の面白さや奥深さを教えてくれた人物はいた。

心惹《ひ》かれたのは、法律を扱う人間ではなく、法律そのものだったのだ。

施設に入る前から、周りと諍《いさか》いを起こすことが多かった。取っ組み合いではなく、口喧嘩。その度に、論理よりも感情が優先される現実に腹を立てていた。泣かせた方が悪い。情勢が悪くなったら声を荒らげる——。そういった不条理が、どうしても許せなかった。

そんな捻《ひね》くれた人間だからこそ、鑑別所で初めて接した法律学に強烈な衝撃を受けた。条文に書かれている内容が全てで、論理的な解釈だけが正義とされる世界。付添人になった弁護士は、感情論ではなく法律論をもって僕に語りかけた。どのように更生していくのかよりも、少年法の理論や根底にある考え方に興味を持った。付添人は、次第に踏み込んだ法律講義をしてくれるようになった。

感情が入り込む余地がない学問は、ただひたすらに学んでいて心地良かった。

法学部に進学したあとも、法律学に対する興味を失うことはなかった。むしろ、学部程度の講義では満足できず、資料室に籠《こ》もって専門書を読み漁った。ロースクールへ進むことを決めたのも、このまま就職したら後悔すると思ったからだ。

かといって、研究者を志そうとは思わなかった。そこまでのスペシャリストにはなれないとわかっていたからだ。

だから、弁護士という職種に強い思い入れがあるわけではない。だが、法曹三者のカードが提示されたとき、判事補や検事のカードは、最初から選択肢に入っていなかった。

能力の問題もあったが、僕の中に存在する歪んだ正義の定義が、判事補や検事の職務と相容《あいい》れないことは明らかだった。自分の信念に従って受任の有無を決定できる弁護士だけが、僕に残された唯一のカードのように思えたのである。

どんな弁護士を目指すのか、美鈴との関係をどうするのか、過去との決別をどのように果たすのか——。答えが出そうにない問題をあれこれ考えているうちに月日は流れ、長かった最後の修了試験も終了した。

落ちてるわけない。そう思いながらも一抹の不安は残っているような、そんな複雑な心境で合格発表までの無為な日々を過ごしている最中のことだった。

一通のメールが、僕の下に届いた。

『久しぶりに、無辜ゲームを開催しよう——』

無辜ゲームの開催を認めることができる人物は、一人しかいない。

それは、馨からのメールだった。

15

『久しぶりに、無辜ゲームを開催しよう。

とある人物から、告訴の申し立てがあった。それが誰なのかは、来てからのお楽しみにしておこう。きっと、意外な人物だと思うよ。僕だって驚いたくらいだから。

言い訳に聞こえるかもしれないけど、開催を認めるべきか迷ったんだ。中止を宣言してから何件もの告訴を無視し続けたわけだし、どうして今になってと憤りを覚える人がいたとしても当然のことだと思う。

あれから、それなりの時間が経った。僕なりに考えるところもあったし、何より、今回の告訴は、かつての審判者として受けざるを得ないものだった。

急な話なのは承知しているけど、今週の土曜日に実施することに決めた。みんなが自習室に揃っていた頃とは違って、集まれない人がいるのは仕方がない。

土曜日の午後一時、場所は模擬法廷で。再会できるのを楽しみにしてるよ』

本文を読み返してから、携帯をポケットに入れた。

土曜日の午前十時発の新幹線に、僕は乗っていた。左手で瞼をこすりながら、後方に流れていく窓の風景をぼんやりと眺めている。正直、メールを読んだときは欠席するつもりだった。無辜ゲームを見るためだけに、わざわざ遠出をする気にはなれなかったからだ。

しかし、その翌日に、今度は美鈴からメッセージが届いた。

『土曜日、行くよね？』

僕はすぐに、『うん、行くよ』と返した。我ながら、情けないほど薄弱な意志だ。

メールに書かれていた受けざるを得ない告訴とは、何のことなのだろう。

馨が告訴を受けるか否かの判断は、罪の重大さだけで決まるものではない。むしろ、罪が悪質になれば罰も重くせざるを得ず、執行のハードルは高くなる。重傷を負ったり性的自由を侵害されたりといった重大な罪に関する告訴であれば、馨は警察に行くことを勧めるだろう。無辜ゲームを開催するために、積極的に招集をかけるとは思えない。

それよりは、馨の知的好奇心を刺激する告訴がされた可能性の方が、まだあり得そうだ。具体的な罪を想定するのは難しいが、防衛の意思が認められるのか微妙な正当防衛や、故意の認定に争いがある窃盗に関する告訴なら、研究者としての血が騒ぐかもしれない。そんな馨の姿は、あまり想像できないけれど。

一方で、なぜこの時期にという疑問は残る。僕たちは、法都大ロースクールを既に修了している。そんなタイミングで、誰が誰に対して無辜ゲームを仕掛けたというのだろう。

何にせよ、全ては模擬法廷で明らかになる。罪の特定がされるのを待とう。

うたた寝をしていると、あっという間に目的の駅に着いた。久しぶりに行ったカフェで昼食を食べ終えたときには、指定された開始時刻の二十分前になっていた。コートを羽織っていてもおかしくない季節なのに、正門を通ったときには背中が汗ばんでいた。息を整えながら腕時計を確認すると、十二時五十五分だった。

これが仕事なら小言の一つくらいは言われるかもしれないが、無辜ゲームは歪《いびつ》な同窓会のようなものなので許されるだろう。きっと、遅刻してくる者も何人かいる。

そう考えたら、急がなくてもいい気がしてきた。冒頭の手続は見逃しても構わない。ぐるりと建物内を見て回ってから、模擬法廷の扉を開こう。

吹き抜けのエントランスを通り抜けて、停止時にやたらと揺れるエレベーターに乗った。二階の通路の手前に自習室があるが、カードキーは返却したので中には入れない。

こうして建物内を歩いてみて、思い出が美化されるというのは本当のことだと実感した。懐かしい匂《にお》いだとか、あの教授は元気にしてるだろうかとか、そんな懐かしさを覚える日がくるなんて、在学中は想像もしていなかった。

学費の免除制度があるロースクールから選んだのが、ここだった。初めは、レベルの低さに愕然《がくぜん》とした。でも、結城馨という異端の才能に出会って、それ以上の衝撃を受けた。

二年目には、信頼できる教授やそれなりに親しい友人もできた。司法試験の存在に怯え、やみくもにペンをノートに走らせた。

無辜ゲームが始まってからの記憶は、特に色濃く残っている。

修復不可能なほど拗《こじ》れた人間関係を見てきた。下らないとしか思っていなかったゲームに興味を持つようになった。告訴者の立場で参加して、罰の恐ろしさを知った。美鈴の部屋に突き刺さったアイスピックを見たときは、本気の憤りを覚えた。

修了と同時に、ロースクールでの記憶は思い出に変換された。

母親との思い出、学校の思い出、施設の思い出――。たくさんの思い出をインデックス化して保存することで、過去に囚《とら》われずに生きてきたつもりだった。

でも、ロースクールの思い出だけは、何のラベルも貼《は》られないまま表層に留まっている。それは多分、無辜ゲームの記憶が、思い出の中に澱《おり》のように沈んでいるからだ。

記憶と思い出の変換――。全て変換できたと思っていたのは、錯覚にすぎなかった。溶け切っていない記憶が異物のように邪魔をして、前に進もうとする僕の足を搦《から》め捕っている。

ここに戻ってきてよかった。もう一度、記憶と向き合ってみよう。

模擬法廷の扉を開いたのは、一時五分だった。

人定確認は終わっているのだろうか、誰が告訴者として証言台に立っているのだろうか、どれくらいの傍観者が集まったのだろうか。そんなことを考えながら足を踏み入れた。

しかし、模擬法廷に入った瞬間、頭の中が真っ白になった。

何もかもが違った――。僕が想定したものは、何一つ存在していなかった。

五分も遅刻して扉を開いたので、数人の視線が向けられるだろうと予測していた。

だが、僕を見る人はいなかった。傍聴席に座る者は一人も存在しなかったのだ。

入る扉を間違えたわけではない。

予告された無辜ゲームが、開催されているはずだった。

一体、なにが起きているのだろう。混乱しながら、木の柵の内側を見た。

そこに答えがある気がした。答えがあってほしかった。

眼前に広がっていたのは、凄惨《せいさん》としか形容できない光景だった。

証言台の前に、人が倒れていた。天井を見上げるように、仰向けに倒れていた。

胸元に、ナイフが突き刺さっていた。

天秤のチャームがついた、折り畳み式ナイフ。
それは、机の天板ではなく、人体の胸元に……、突き刺さっていた。
ナイフが、赤く染まっていた。白かったはずのシャツも、赤く染まっていた。
染み出した血液の赤色は、途中で法服の黒色に吸収されていた。
何色にも染まらない漆黒の法服は、裁判官の職務の中立性を象徴している。
確かに赤くは染まらなかった。だが、それが何だというのか。
大量の血液が流れ出したという事実自体は、なにも変わらないのに——。
法服の袖からだらりと伸びた、細い腕。目元に掛かっている、癖のある黒髪。
見誤りようがない、見間違いようがない。
どうして……、こんなことに……。
血を流して倒れているのは、馨だった。
生きているとは思えなかった。それほどの出血量と歪んだ形相だった。
非現実的な光景と直面して、吐き気を催す。
視覚と嗅覚《きゅうかく》が結合して、死を認識する。
不意に、涙が出そうになった。死に触れるのは、これが二度目のことだった。
悲鳴すら出なかった。助けを呼ぼうという発想も浮かんでこなかった。
証言台の奥には、書記官席がある。そこに置かれた横長の机の背後で、なにかが動いた。傍聴席からは死角になる場所だ。反射的に後ずさりをする。
「清義……！」
ずっと捜していた人物が、そこに居た。だが、この場には居てほしくなかった。
まだ危難が去っていない可能性があったから。
彼女が危難を生んだのかもしれないという憂慮があったから。
「動かないで。そっちに行くから」
彼女に近付くしかなかった。それは、僕に課せられた義務だと思った。
震える指先で木の柵を押すと、みしっと軋《きし》む音が鳴った。
証言台から顔を背けて、書記官席に向かった。心臓の鼓動が烈《はげ》しくなる。
大きく息を吸った。そうしなければ、言葉を発することができなかった。
「美鈴——」
ぺたりと座り込んだ美鈴が、僕の顔をまっすぐ見つめている。
ブラウス、スカート、両手。全てが赤く染まっていた。
その色の正体は、もうわかっている。馨の胸元から噴き出した、大量の血液だ。
音もなく立ち上がった美鈴が、右手を差し出してきた。
美鈴の右手と、僕の右手が触れ合った。
糊《のり》を擦り付けられたような血液の感触と共に、美鈴の細い指が拳の中に入ってくる。手が離れたあとも、僕の手の平にはビニールのようなものが残っていた。雨の日の鉄棒を喚起させる独特な血の匂いが、鼻にまとわりついている。

「これは？」

美鈴は、なにも言わない。言葉を忘れたみたいに、口を閉ざしている。

「なにがあったんだ？　みんなは？」

答えがほしかった。肯定でも否定でもいいから、美鈴の声が聞きたかった。

「馨は、どうして倒れてる？」

違う——。倒れているだけじゃない。

だが、死という単語を口にすることはできなかった。

「美鈴が、見つけたのか？」

それも違う——。発見しただけなら、全身が赤く染まったりはしない。

僕は、現実を受け入れることを恐れているだけだ。

「何で黙ってるんだよ」

僕は向き合わなければならない。

ナイフ、血液、馨の死体——、その全てと。

「私が殺したんだと思う？」

感情の起伏が感じられない口調で、美鈴は訊いてきた。

「それは……」

「私のことを、信じてくれる？」

なにを信じればいいのかわからない。それでも、頷く以外の選択肢はなかった。

「信じるよ。だから、全てを話してくれ」

美鈴が次に発する言葉が、まったく予想できなかった。

私が殺した――。私は殺してない――。

僕は、何と答えればいい。どんな言葉を返せばいい。

「もう少しで、警察がここに来る。私は、近いうちに逮捕される」

「そんな……」

「起訴されるのは、しばらく先のことだと思う」

「美鈴、なにを――」

「お願い、清義。私の弁護人を引き受けて。あのときの模擬裁判みたいに。覚えてるよね。清義が弁護人役で、私が被告人役だったやつだよ」

今日、この模擬法廷で、無辜ゲームの記憶に幕が引かれるはずだった。

だが――、違った。

馨の胸元で前後に揺れる、小さな天秤のチャーム。

その不規則な動きが、次のゲームの開催を告げているように、僕には見えた。

第2部　法廷遊戯

1

僕が初めて死に触れたのは、中学三年生の夏だった。

部活を終えてアパートに帰ると、母が首を吊《つ》って死んでいた。

いつか、こんな日がくるかもしれないと思っていた。だから、泣けるだけ泣いて、こみあげてきた胃液を吐《は》き出して――、ほどなくして母の死と決別できた。

父親は、最初からいなかった。詳しい事情を母が語ることはなかったが、そもそも誰かわからないのか、わかるけど拒絶されたのか、そのどちらかだろう。

母は、愛情も憎悪も等しく与えようとしない、中立な育て方をしてくれた。

そういう意味では、借金も財産も残さない死に方は、母の生き様そのものだった。

葬式には、親族と呼べる人は誰も来なかった。市の職員は、引受人が現れることを期待していたようだが、僕は血が繋《つな》がった人間を母以外に見たことがない。

エキストラのような無関係の人たちに囲まれて、母の身体《からだ》は燃やされた。白い煙を眺《なが》めて、スカスカの骨を持ち帰る。あの儀式には、どんな意味があったのだろう。

かくして、僕は十五歳で独《ひと》りぼっちになった。

でも、その後の人生に絶望していたわけではなかった。哀《あわ》れな中学生を見捨てる国ではないはずだと、どこか楽観的に構えていた。一人で生きていくことが理想だったけれど、権利には義務と制約が付きまとう事実や、自由を得るには対価が必要な事実を、僕は子供ながらに理解していた。

予想していたとおり、国からは最低限の生活環境が与えられた。

それが、児童養護施設——こころホーム——での共同生活だった。

こころホームでは、僕と同じような年齢の子供から、まだ一人では立てない幼い子供まで、さまざまな入所者が生活を共にしていた。入所条件は、二十歳未満であることと、家族や親族とは生活できない事情を抱《かか》えていること——。最初の説明で、施設の中で不幸話をすることは禁止だと職員に言われた。同情を欲しているわけではないので、そのルールは有り難かった。

施設での生活は、想像していたより快適だった。過度に干渉してくる職員はいなかったし、煩わしい人間関係に悩まされることもなかった。入所者との付き合いも、距離感を掴《つか》むまでは苦労したが、学校のクラスメイトより気楽に接することができた。

小学生からは兄のように慕《した》われて、高校生からは弟のように可愛《かわい》がられる。家族ごっこをしているみたいでむず痒《がゆ》かったけれど、次第に不思議な温かさを感じるようになった。

いつの間にか、こころホームが唯一の居場所になっていた。

施設に美鈴が入所してきたのは、高校の入学式を迎えた辺りだった。

美鈴の第一印象は、あまり良《い》いものではなかった。

不幸に支配されているとでも言いたそうな、暗く淀《よど》んだ目。口には出さずとも、顔を合わせているだけで不幸自慢をされている気分になったのだ。

近寄りがたいほど整った容姿も相まって、美鈴は馴染《なじ》むのに苦労しているように見えた。いや、そもそも美鈴は、仲良くするつもりなんてなかったのかもしれない。

出会ってから一ヵ月ほどが経《た》ったある日、僕と美鈴は初めてまともに言葉を交《か》わした。

僕たちは、別々の高校に通っていた。だから、施設の外でなにをしているのかは、お互いの知るところではなかった。僕は、放課後になると図書室で時間を潰《つぶ》していたのだが、その日は本の入れ替え作業があって学校に残ることができなかった。

どこかに寄るお金もないので帰路につくと、施設の近くの公園で見覚えのある顔を見つけた。ジャージ姿の美鈴が、砂場でトンネルを作っていたのだ。美鈴の正面には、小学校の高学年くらいに見える少年が座っていた。砂だらけになった美鈴の笑顔に目を奪われて、二人の姿をしばらく眺めていた。

すると、僕の存在に気付いた美鈴が、スコップを握ったまま右手を挙げた。

「ねえ。暇なら手伝ってよ！」

柔らかい表情、汚れたジャージ、大きな声。全てが、それまでの美鈴のイメージとは掛け離れたものだった。砂場に近付き、慣れない手つきでトンネルを広げた。

「お兄ちゃん、へたくそだね」

少年が言うと、美鈴は笑った。小さなトンネルが開通したときには、すっかり日が暮れていた。そろそろ帰るねと少年は言い残して、公園から走り去って行った。

「あの子は？」

「いつも、一人でこの公園にいるの。近くに住んでるんじゃないかな」

「へえ。弟なのかと思った」

「まともな家族がいたら、あんな施設にいない」

気まずい沈黙が流れた。

「えっとさ……、君は子供が好きなの？」

咄嗟《とっさ》に思い付いた質問だったが、美鈴は冷たい眼差《まなざ》しを向けてきた。

「子供が好きって、どういう意味？　あなたは、好き嫌いを、子供か大人かで決めるわけ？　私は、あの子が好きなだけ」

ジャージに付いた砂を手で払ってから、美鈴は一人で施設に戻ってしまった。美鈴の怒りを買った理由が、そのときの僕は理解できなかった。

次の日の放課後、図書室には寄らないで、同じくらいの時間に自転車で公園に向かった。美鈴と少年は、ブランコに乗りながら笑い合っていた。

「あっ！　お兄ちゃんだ！」

日が暮れるまで遊んだあと、少年はどこかに帰っていった。

次の日も、そのまた次の日も――。

美鈴が言ったとおり、少年は毎日のように公園にやってきた。時間の都合がつくときは、声を掛けて一緒に遊んだ。僕と少年だけのときもあったし、三人が揃《そろ》うこともあった。

公園で遊んでいるときは、普段は目も合わさない美鈴とも自然に話すことができた。少年が抱えている事情について、美鈴は多くを語ろうとしなかった。それでも、ずっと一緒に遊んでいれば、見たくないものも見えてきてしまう。

少年の名前は、トオル。最初の見立てどおり、彼は小学五年生だった。通っている小学校が近くにあり、放課後になると一人で公園にやってくる。指示した時間までは帰ってくるなと、母親に強く言われているからだ。言いつけを破ると、ひどい目に遭う。言いつけを守っても、ひどい目に遭う。

鉄棒にぶら下がる細い腕、泥団子を握る手の甲、敷地《しきち》を駆け回る両足。

身体の至る所に、生々しい傷が残っていた。

それとよく似た傷跡を、僕は施設で何度か見たことがあった。

いじめか虐待——。トオルの話を聞いて、後者の可能性が高いと結論付けた。

当然、美鈴も気付いていていた。その上で、あえて触れずにいるように見えた。

初めて、他人を助けたいと思った。でも、行動に移す勇気を振り絞れなかった。

自分の無力さを呪《のろ》ったが、問題は意外な形で解決の道を辿《たど》ることになる。

トオルが、こころホームに入所してきたのだ。

母親に見捨てられたのか、学校の先生や警察が保護したのか、それは未《いま》だにわからない。切迫した危険から免《まぬが》れたという事実だけで、僕は満足することにした。

驚いている僕の顔を見て、トオルはけらけらと笑った。

トオルの入所は、美鈴にとっても良い結果を招くものだった。人懐《ひとなつ》っこいトオルはすぐに施設に馴染んだが、美鈴は入所する前から繋がっていた僕たちの背中を追いかけ回した。それによって、美鈴は溝が生じていた他の入所者と打ち解けることができた。

僕と美鈴とトオルは、施設の中で多くの時間を共に過ごした。僕と美鈴が並んで歩いて、その少し後ろをトオルが小走りで付いてくる。

陳腐《ちんぷ》な言葉かもしれないけれど、それは幸せな日々だった。

大学に進学して、有名な企業に就職して、幸せな家庭を築く――。そんな非現実的な幸せに憧《あこが》れることはなかったし、退所の日を迎える二十歳まで、今の関係が続けば満足だった。

でも、その些細《ささい》な願いすら叶《かな》わなかった。

トオルが入所して二ヵ月程が経った頃、施設ではかくれんぼが流行《はや》っていた。下級生が隠れて、上級生が見つける。制限時間まで見つからなかった下級生は、夕食のデザートを一つ多くもらえる。それだけの、ありふれた遊びだ。

その日のデザートは、トオルの大好物のシュークリームだった。賞品に心を奪われて、絶対に勝ちたいと考えたのだろう。タブーとされている場所に、トオルは隠れてしまった。

制限時間が過ぎて勝者が決まっても、夕食の時間になりシュークリームを二つ並べても、トオルは姿を見せなかった。どうしたのかなと思ったが、夜になれば現れるだろうと決めつけていた。実際、消灯の時間になる少し前に、トオルは僕の部屋を訪ねてきた。

「キヨヨシ――」舌足らずな声で、僕の名前を呼んだ。

「どこに行ってたんだよ。みんな捜してたぞ」

「ぼく、どうしよう……」

トオルは、完全に取り乱していた。なにかが起きたのだと、すぐに悟った。

「落ち着けって。誰かと喧嘩《けんか》でもしたのか？」

「違うよ！　そんなんじゃないんだ」

「もっと悪い話？」

この時点で、嫌な予感はしていた。

「内緒にしてくれる？」

「うん。誰にも言わない。とりあえず座れよ」

ベッドの端《はし》に座らせて、トオルが口を開くのを待った。

「ぼくね、先生の部屋に隠れてたんだ」

「あそこは入っちゃダメだって言われてるだろ」

こころホームで先生と呼ばれている職員は一人しかいない。施設長の喜多《きた》だ。

「だって、シュークリームが……」

「わかった。叱《しか》るのはあとにする。花瓶《かびん》を割っちゃったとか？」

「ううん。服がたくさん入っているところに隠れた」

「クローゼットのこと？」

「あそこなら見つからないと思って」

「まず、あの部屋を捜そうとしないしな。それで？」

ルールには反しているが、何食わぬ顔で戻れば問題は生じなかったはずだ。

「先生が入ってきて、出れなくなっちゃった」

「ああ……、そういうことか」

喜多が部屋に居座り続ける限り、トオルはクローゼットを出ることができない。

息を潜めて、気付かれないことを願う。確かに、恐ろしい体験だっただろう。

「怒られたくなかったから、先生がいなくなるのを待ったんだ」

「それを待ってたら、こんな時間になったって？」

「そうなんだけど、そうじゃなくて……」

「トオル。はっきり言ってくれないとわからないよ」

喜多の部屋でなにが起きたのか、頭の中で考えを巡らせた。

だが、返ってきたのは想定外の答えだった。

「ミレイが、部屋に入ってきた」

「え？」

混乱する頭で状況を整理しようとした。部屋に隠れている下級生を捜そうとしたわけではないだろう。そもそも美鈴は、かくれんぼに参加していなかった。

「面談でもしてたのか？」

「ううん。よくわかんない。でもね、服を脱いだの」

「誰が？」

「だから……、ミレイだよ」

「嘘《うそ》……、だろ？」

「先生は、裸のミレイをカメラで撮ってた。それでね――」

「もういい！」

これ以上語らせるべきではないと思った。

「ぼく、知ってるんだ。お母さんが、いろんな男の人と、そういうことをしてたから」

「トオル――」

結局僕は、喜多の部屋で起きた一部始終を聞いてしまった。

「怖くて、ミレイを助けられなかった」

「違う。トオルが悪いんじゃない」

「ミレイ、泣いてたんだ」

トオルが発する一言一言が、僕の心に突き刺さった。

「今日は、もう眠ろう」

「でも……、みんなに話さなくていいの？」

「二人だけの秘密にしておこう。僕が何とかするから。いいね？」

小さく頷《うなず》いて、トオルは部屋を出て行った。

美鈴が性的な暴行を受けている。僕は、その事実に気付くことができなかった。施設長の喜多と話す機会はほとんどなく、気難しそうな人だという印象しかなかった。

大切な人を汚された――。その事実だけで、心を鬼にすることができた。

次の日から、僕は美鈴の行動を観察し始めた。単独行動をしても怪しまれないタイミングを見計らうように、美鈴は喜多の部屋に通っていた。出入りする際の強張《こわば》った表情を見て、トオルが語った内容が真実であることを確信した。

素直に認める性格ではないことは理解していたので、本人に事実関係を確認しようとは思わなかった。どうすれば美鈴を助けられるのか、それだけを考え続けた。

ある日の消灯後、トオルがノックもしないで部屋に入ってきた。

「セートーボーエーって知ってる?」

小学生には似つかわしくない単語だったので、漢字に変換するのに時間を要した。

「正当防衛? うん、聞いたことはあるよ」

「悪いことをしたやつには、やり返しても許してもらえるんだ」

少し勘違いしている気もしたが、否定はしなかった。

「ふうん。それで?」

「あいつは、ミレイにひどいことをした。だから、ぼくたちがやっつけよう」

「ひどいことをされてるのは、僕たちじゃないだろ。正当防衛って、本人がやり返したときにしか成立しないはずだよ」

「違うよ。テレビでやってたもん」

トオルは譲らなかった。施設にあったパソコンで調べてみると、刑事上の正当防衛は他人の法益を防衛する行為にも成立すると書いてあった。間違っていたのは僕の方だった。

その記事を読みながら、一つの計画を頭の中で組み立てていった。

情報や道具を集める下準備には、それほど多くの時間は掛からなかった。

美鈴を守るための武器は、リサイクルショップに売っていた中古の折り畳み式ナイフにした。刃は錆《さ》び付いていたが、新品を買うお金はなかった。証拠を残すためのカメラを手に入れるのには苦労したが、喜多の部屋にあるものを使うことにした。

あっという間に、決行の日を迎えてしまった。

小学生の相方には不安が残ったが、他に頼れる人間はいなかった。美鈴に計画を見抜かれている様子はなく、午後四時半に喜多の部屋を訪ねることもわかっていた。

僕たちが考えた計画は、シンプルなものだ。

いつもどおりの時間に、いつもどおりの役割分担で、かくれんぼを始める。

喜多の部屋に入ったトオルは、ビデオカメラを持ってクローゼットに隠れる。僕も下級生を捜す振りをして、カーテンの裏に隠れる。あとは、美鈴と喜多が部屋に揃うのを待つだけだ。ポケットの中にあるナイフを握り、これは許される行為だと自分に言い聞かせた。

まず、無人だと信じ切っている喜多が部屋の扉を開いた。僕が潜むカーテンのすぐ手前にある椅子《いす》に腰かけたときは、心臓がばくばくし始めた。

そして、美鈴がやってきた。かちゃりと鍵《かぎ》を閉める音が聞こえた。

「なにをしてる？」品のない、喜多のだみ声。

「いえ……、別に」

「時間がないんだ。さっさと脱げ」

拒《こば》むこともなく、美鈴はシャツのボタンを外し始めた。

「撮ってるときくらい笑ってくれよ」

テーブルに置いてあるビデオカメラを喜多が取ったのが見えて、驚いた。それは、トオルの手元にあるはずのものだったからだ。

あれこれ考えている時間はない。僕は、カーテンから飛び出した。

「美鈴から離れろ！」

突然現れた僕の姿を見て、喜多の表情が固まった。

美鈴は、はだけたシャツを手で握って僕から顔を背けた。

「何だ……、君は」

「あんたがしてきたことは、全部知ってるんだ」

ナイフをポケットから出して、切っ先を喜多に向けた。

「落ち着きなさい。これは、ただの教育だよ」

「なにが教育だ……」

少しずつ、二人がいる場所に近付いた。

「そんなものまで準備して、この施設には残れなくなるぞ」

「こんなところに、未練なんてない！」

喜多を刺すつもりはなかった。ナイフで脅して真実を語らせ、その様子をトオルが撮影する。そして、映像の消去と引き換えに、二度と美鈴に危害を加えないと約束させる――。

それが、美鈴を助ける唯一の方法だと思っていた。

「対価を要求して、なにが悪い？」

「……何だって？」

「行き場のない君らを拾ったのは誰だ？　金がない君らを育ててるのは誰だ？　その費用がどこから出ているのか、君らは知らないだろう。お前たちは、厄介な荷物でしかないんだよ。ほら……、遊びは終わりだ。ナイフを下ろして、部屋から出ていきなさい」

喜多の語気や迫力に、僕は気圧《けお》されていた。

「ふざけるな！」

「強がっても、手が震えてるぞ」

喜多の方から、つかつかと歩み寄ってきた。ナイフを持っているにもかかわらず、近付かれた分だけ後ろに下がってしまい、すぐに背中が壁にぶつかった。

「……来るな」

「それを、下ろせと言っただろ」

ナイフを握っていた右手首を摑まれ、痛みに顔が歪《ゆが》んだ。

「放せ！」

「口の利き方がなってないな」

喜多の手を振り払うために上半身を捻《ね》じったが、膝《ひざ》でみぞおちを蹴《け》り上げられた。うめき声が漏れ、胃液がせり上がってきた。

「やめて！」美鈴が、悲痛な叫び声を上げた。

手首を力任せに振り上げると、歯止めを失ったナイフが喜多の左頰《ほお》を掠《かす》めた。

「この……」

目を血走らせた喜多が、僕に摑みかかろうとした。

反射的に、ナイフを胸元に引きつけた。飛び込むように、喜多の体が重なった。

「ぐっ――」

鈍《にぶ》く唸《うな》る声。確かな感触が、手の平に残った。

ナイフを引き抜くと、喜多はカーペットに倒れた。

「違う、そんなつもりじゃ……」

頭が真っ白になっていた。うろたえながら、すがるように美鈴を見た。

そこで、クローゼットに隠れているトオルの存在を思い出した。

「誰かを呼んできてくれ！」

だが、トオルが出てくる気配はなかった。僕が立っていたのは、クローゼットの近くだった。小刻みに震える手を伸ばして、取っ手を引いた。

ぽっかりと開いた空洞。クローゼットの中には、誰もいなかった。

「どうして……」

わけがわからなかった。トオルは、どこに行ったんだ。シャツを直した美鈴が近付いてきた。瞳《ひとみ》に涙を浮かべながら、倒れている喜多の傍《そば》にしゃがんだ。

「まだ、助かるかもしれない」

喜多は苦悶《くもん》の表情を浮かべているが、意識は失っていなかった。刃が錆び付いていたから、深くは刺さらなかったのか。

「……とどめを刺した方が良《い》いか？」

そんな言葉が自分の口から飛び出したことに驚いた。

「もう充分だから、落ち着いて」

「違うんだ、美鈴……。刺すつもりなんてなかったのに」

「わかってる。全部、わかってるから」

シャツの袖《そで》で涙を拭《ぬぐ》ってから、美鈴は言った。

「トオルが一緒にいるはずだったんだ……」

「考えるのは、あとにしよう。今は、彼を助けるのが先」

「でも――」

それ以上の言葉を発することはできなかった。

美鈴の唇《くちびる》が、僕の唇を塞《ふさ》いだからだ。

「今度は、私があなたを守る」

唇を離した美鈴は、僕に向かって微笑《ほほえ》みかけた。

2

模擬法廷での悲劇から約四ヵ月後――。

七海《ななうみ》警察署留置施設。この建物内で、僕は一人の被疑者と接見をしている。

アクリル板の向こう側に座っているのは、墓荒らしだ。

「自分が何の罪で捕まっているのかは、理解しているんですよね」

「ええ、ええ。わかっていますとも」

墓荒らしの名前は、権田《ごんだ》聡志《さとし》という。

年齢は六十六歳、職業は無職、住居は不定……。

犯罪者としては、申し分のない身上経歴だ。反社会組織の面接を受ければ即採用されるくらいの逸材といえるだろう。身軽でしがらみがない人間は、捨て駒《ごま》として重宝される。

媚《こ》びた笑みを浮かべながら、権田は黄ばんだ歯を見せてきた。声を通すために開いた通声穴から、饐《す》えた口臭が流れ込んできているような気がした。

「七海にある墓地で、あなたは窃盗を繰り返していたんですね？」

「お恥ずかしい話です」

「なにを盗んでいたんですか？」

書類には目を通したが、自分の口で語らせることに意味がある。

「そりゃあ……、色々ですよ」

「その色々を答えてください」意識して強い口調で言った。

僕と権田の間にはかなりの年齢差があるが、強気な姿勢を崩してはならない。弁護人と被疑者の力関係なんて、簡単にひっくり返るのだから。

資力が一定額に満たない被疑者は、国選弁護人の選任を裁判所に対して請求できる。国の費用で被疑者の権利を守る制度だ。

「厳しい先生だなあ。花立や香炉ですよ。意外と高く売れるんです」

へらへらと権田は笑う。これまでの人生で何度も逮捕勾留《こうりゅう》を経験してきたせいで、根拠のない余裕を持っているのだろう。初犯の被疑者なら、こんな態度はとれないはずだ。

選任通知書を受け取って駆け付けたばかりなので、手探りで情報を得ていく必要がある。

「転売目的で盗んだわけですか。でも、どうしてお墓なんかから？」

「いえね。実は私、お墓に住んでいるんです」

「お墓……。住職をしているということですか？」

僕の手元には勾留状の写しがある。どのような被疑事実で勾留されているのかについて記載された書面だ。そこには、職業は無職で住居は不定だと、はっきり書かれている。

「そんなに大層なものではありません。墓地で寝泊まりをしているだけです」

「要するに、ホームレスということですね」

「ええ。これまた、お恥ずかしい話です」

「墓地で寝泊まりというのは……、管理者の許可を取って？」

その言葉の意味が、いまいち理解できていなかった。

「許可が必要とは知りませんでした。勉強になります」

わざとらしい反応。つまりは、確信犯だ。

「親族のお墓が、そこにあるんですか？」

「さあ。知りません」

「どうして、墓地に？　住みやすい場所だとは思えないのですが」

丑三《うしみ》つ時《どき》、虫の鳴き声だけが聞こえる暗闇《くらやみ》。老人が、墓石の近くで横になっている。そんな恐ろしい情景を思い浮かべたが、返ってきたのは現実的な答えだった。

「雨風は防げませんが、食べ物には困りませんから」

「それって……」

「お供え物ですよ、お供え物」

一瞬、言葉を失ってしまった。

「墓参りをしにきた人が残していくお供え物を、盗んで食べていると？」

「そんなところです。気に入っているお墓がありましてね」

信仰心を持っていない僕でも、罰当たりと罵《ののし》ってやりたいと思うくらいの愚行だ。

「それ、取り調べで喋《しゃべ》りました？　あなたが勾留されてる被疑事実は、花立や香炉の窃取に限られているようですが」

「どうやって生活してるんだと訊《き》かれたから、答えましたよ」

悪びれもせずに権田は言う。墓地のお供え物を盗み食いしていた事実は、取り調べを担当した警察官が調書化しているということだ。情状面でも、最悪の証拠が揃いつつある。

「基本的な事実関係については、認めているんですか？」

「もちろんです。争う気はありません」

そうなると、被疑者段階の弁護人ができるアドバイスは限られてくる。

「やってしまったことについては、相応の報《むく》いを受けるべきだと私は思います」

反発を招くかもしれないと思いながら、続けた。

「前科があるなら実刑……、刑務所に行くことを覚悟するべきですが、その価値観を改めずに裁判を迎えると、必要以上に重い刑を科せられることになりかねませんよ」

「価値観？」

「お供え物の盗み食いについて、あなたは悪いことをしたとは考えていませんよね。罪に関する価値観がずれていると言わざるをえません」

上下共にスウェット姿の権田は、右頬を指先で掻《か》いた。

「持ち帰って捨てるか、放置して猫やカラスに食べられるだけのものじゃないですか。それを食べるのが悪い行為だと言われてもなあ……」

「仮にそうだとしても、あなたに食べさせるために、お供えしてるわけではない」

「いや、それが違うんです」

「なにが？」

苛立《いらだ》っては駄目だと思いつつも、徐々に口調が乱暴になっていく。

「見ちゃったんですよ。お供え物を片付けに来たおばあさんと女の子が、空になった容器を見て喜んでるのを」

「は？」

「おじいちゃんが食べてくれたんだねって、女の子は話してました」

ああ……、そういうことか。

その少女は、故人がお供え物を食べたと解釈したのだろう。死後の世界を信じる人間であれば、そういった反応を示してもおかしくはない。

「権田さんが食べたことを喜んだんじゃない。それくらいわかりますよね」

「でも、次に来たときにお供え物が残ってたら、二人は悲しむじゃないですか。私は、お腹《なか》を満たせる。おばあさんや女の子は、おじいちゃんが食べてくれたんだと喜ぶ。皆が幸せになってるんです。これのどこが悪いことなんですか？」

ただの詭弁《きべん》にすぎない。お供え物に手を付けていなければ、期待も誤解も生じなかった。その時点から負の連鎖は始まったんだ。正当化することはできない。

権田を非難する言葉はいくらでも浮かんできたが、僕は本心を押し殺して頷いた。

「わかりました。権田さんなりに考えて選択した行動だったんですね」

「おお、さすが先生！　他の奴《やつ》らとは違う。これは、人を幸せにする犯罪なんです。あいつらは、私をバカにするだけで、まったく理解してくれなかった」

「でも、それが多数意見です。多くの人は、権田さんがお供え物を盗み食いしていたと知れば、不敬で非常識な人間だと考えます。今回の事件で問われているのは、花立や香炉の窃取です。他の事実については、取り調べでは話さない方がいいと思います」

「なるほど……。わかりました、そうします」

どうやら、僕のことを信用してくれたようだ。権田は、話せば話すほどボロが出るタイプの人間だ。取り調べが続いている間は、余計なことは喋らせない方が賢明だと判断した。

「あなたが勾留されていることを知らせてほしい人はいますか？」

突然やってきた警察に逮捕された場合、被疑者はその事実を周囲に知らせることができないまま身柄《みがら》拘束が継続してしまう恐れがある。勾留の段階に進めば親族に通知が届くこともあるが、それも限られた範囲に留《とど》まるのが実情だ。

「いえ、特にいません。両親は既に他界してますし、嫁も子供もいませんから」

「あなたの指導監督を約束してくれそうな人は？」

「まさか。そんな人がいたら、お墓に住んだりはしませんよ」

説得力がある一言だった。社会復帰後に同居して見守ってくれる親族がいれば、情状面で有利に働くのだが。

「じゃあ、もう少し具体的な話をしましょうか」

どこから切り出そうかと考えていると、権田が「すみません」と右手を挙げた。

「どうしたんですか？」

「盗んだ花立とかは売却してしまっていて、もう手元にはないんです」

「ああ……、なるほど。所有者には返せないと」

返還できたとしても、一度盗まれた装飾品を再度飾ろうとする者は少ないだろう。

「被害者の方には、弁償した方がいいですよね」

「それはそうですけど、お金はあるんですか？」

権田の身上経歴を見たときから、金銭的な解決は期待できないと決めつけていた。

「ある程度は貯蓄がありまして。弁償に充てるくらいは残っていると思います」

「被害弁償ができれば、裁判で有利な主張ができます」

「ですが……、その……、少し変わったところに保管してありまして」

歯切れが悪い言い方だった。その理由がわからず、困惑する。

「銀行じゃないんですか？」

「こういう生活をしていると、通帳は作れません」

「では、どこに？」嫌な予感がした。

「お墓の中です」

「……え？」

「骨壺《こつつぼ》のすぐ近くに置いてあります。先生、知ってましたか？　お墓には、拝石《おがみいし》という大きな石があって、これを退《ど》かすと骨壺が現れるんです」

その答えは、僕の予想を大きく超えていた。もちろん、悪い意味で。

「冗談ですよね？」

「こつこつ貯《た》めたへそくりを、とある人物のお墓の中に隠しておいたんです。備えあれば患《うれ》いなしというわけですな」

権田は、再び黄ばんだ歯を見せてきた。背筋にぞくりと悪寒が走った。

「先生……、私の代わりに、へそくりを回収してきてくれないでしょうか」

墓荒らしと接見をしていたら、墓荒らしをしてほしいと依頼された。

ミイラ取りがミイラになるとは、こういう状況を指すのだろうか。

3

地方裁判所から徒歩で五分程度の場所に、国分《こくぶん》ビルという名称の建物がある。一階から三階までは法律事務所が入っているのに、四階では歯医者が営業している不思議なビルだ。

学生のときは、なぜ裁判所の近くには法律事務所が多いのだろうと疑問に思っていた。でも、実際に弁護士になってみると、すぐに理由がわかった。弁護士や事務員は、コンビニに行くのと同じくらいの頻度で、裁判所に足を運ばなければならないのだ。記録の閲覧謄写《とうしゃ》、書面の受領、印紙の購入——。とにかく多くの用事が、裁判所では発生する。

国分ビルに入ってすぐのところに、各事務所の名前が彫られたプレートが掲げられている。来訪者は、それらを眺めて目的の事務所を探すことになる。一階から三階のプレートに彫られているのは有名な法律事務所の名前だが、その中に僕の事務所はない。

地下に向かう階段を下りた。蛍光灯の数が少なく、洞窟《どうくつ》に入っていくような薄暗さが不評の階段だ。地下のフロアは、もともとは倉庫代わりに使われていた。オーナーに無理を言って、事務所として格安の賃料で使用する許可を得たのだった。

スチール製の扉には、『ジラソーレ法律事務所』と彫られたプレートが固定されている。この怪しげな入り口の奥にある事務所が、僕が構えた小さな城だ。

室内に入ると、温かみを感じる花の香りが鼻腔《びこう》に流れ込んできた。

ジラソーレとは、イタリア語で向日葵《ひまわり》を意味する。それが理由なのかは知らないが、事務所の至る所に向日葵が飾られている。扉が開いた音に反応して、室内の飾り付けを担当した自由奔放な事務員が、明るい笑顔を浮かべながら振り向いた。

「こんにちは！」

しかし、入ってきたのが僕だとわかった途端、笑顔のコーティングが剝《は》がれた。

「なんだ……、センセか」

「ただいま、サク。また向日葵を増やしただろ」

唯一の事務員――、佐倉咲《さくらさき》は、ぺろりと舌を出した。

「だって暇なんですもん。自宅栽培なので、お金はかかってません」

「向日葵が咲くのって、八月くらいじゃないのか」

今はまだ四月だ。早咲きというレベルを超えている。

「そういう品種なんです。ジラソーレを名乗る以上、向日葵は年中咲かせておかないと」

「さすがに冬は無理だよね」

満開の向日葵が冬に飾られていたら、訪問者は驚いてしまうだろう。

「頑張って調べているところです。そんなことより、お客さんの前でサクって呼ぶのやめてくださいよ。何回サキだって言えば覚えてくれるんですか」

「そっちも、せめて先生にしろって言ってるのに、センセって呼んでるだろ」

最初は依頼人に先生と呼ばれるのも抵抗感があったが、慣れてしまった。

「滑舌が悪いんです」

「嘘をつくな」

水色のワンピースを着たサクは立ち上がり、冷蔵庫がある方に向かった。

サクと出会ったのは、満員電車の二歩手前くらいに混《こ》んだ車両内だった。痴漢詐欺《さぎ》を仕掛けようとしていた彼女の右手を握って、さまざまなアドバイスをした。

困惑した表情、震えた声――。だが、真剣に僕の言葉に耳を傾けてくれた。

そんなサクも、今では二十歳の女性になった。自主退学をした高校に通い直すことも、高卒認定試験を受けることもせず、この事務所で働いている。

事務員を雇おうと決めたとき、真っ先に頭に浮かんだのがサクだった。

早朝の電車に乗り続けてサクを捜し、何とか見つけることができた。高校の制服は着ていなかったが、右手を掴んで引っ張ると出会ったときと同じ反応を返してくれた。

「センセ、接見はどうだったんですか？」

テーブルの上に僕の分のアイスコーヒーを置いてから、サクは訊いてきた。

「ああ。面白い人だったよ」

「書類を見たときは、墓荒らしだって笑ってましたよね」

「お墓に住んでるんだってさ。墓石の前で眠って、お供え物を食べて空腹を満たす。あそこまで開き直られると、逆に清々《すがすが》しい」

「その人、いい死に方はできなそうですね。絶対に呪われますよ」

「まあ、罰が当たって捕まったのかもしれない」

「そんなのじゃ全然足りません。死者の呪いは凄《すご》いんですから」

サクは両手を前に出してだらんと垂らした。幽霊のポーズのつもりだろう。

「窃盗の同種前科も大量にあるみたいだし、実刑になるのは間違いないと思う」

僕が留守にしているとき、サクは事務所にある専門書をぱらぱらと読んでいる。基本的な用語は身についてきていて、僕との会話で首を傾《かし》げる回数も減ってきた。

「たくさん接見に行って、報酬をがっぽり稼いでくださいね」

「ああ……、それについてなんだけど」

「どうしたんです？」

「墓荒らしを頼まれたんだよね」

「え？」

お墓からへそくりを取り出してほしいと頼まれたことについて、サクに説明した。

改めて考えても、非常識すぎる依頼だ。弁護人を、何でも屋かなにかと勘違いしているのだろう。

「はっきり断ったけど、納得してくれなかった。脅してくるようだったら、辞任することも考えなくちゃいけない」

「辞任……、せっかくの仕事を……」

「だって、あり得ないじゃないか」

サクは、アイスコーヒーを手に取って一気に飲み干した。

「ちょっと、それ僕の……」

「怠け者に飲ませるコーヒーなんて、この事務所にはありません！」

空になったグラスが、どんっとテーブルに置かれる。

「いや、僕の話を聞いてた？　墓を掘り返すのって、礼拝所不敬とか墳墓発掘の犯罪なんだぞ。それこそ死人に呪われるよ」

「弁護士なら、バレないように罪を犯してください」

言ってることが滅茶苦茶《めちゃくちゃ》だ。まさか、この件で責められるとは思っていなかった。

「諦めてくれるなら続けるけど――」

「この事務所の経営状況、わかってます？」

痛いところを突いてくる。会計も任せているので、おおよその収支はサクも把握しているはずだ。

「サクの給料は、ちゃんと払ってる」

「赤字経営で払ってもらっても、素直に喜べません」

「開業したばかりなんだから、こんなものだよ。すぐに軌道に乗る」

年下の事務員に言い訳する弁護士。同期の修習生に見られたら笑われるだろう。だけど、これが今の僕だ。見栄《みえ》を張ったって意味はない。

内定を全て断り、僕はジラソーレを開く決断をした。いわゆる即独弁護士というやつだ。考え直した方がいいと何度も説得された。僕が反対の立場でも、同じように止めたと思う。

それでも、独立するしかなかった。覚悟を示す必要があったのだ。

「原因は明らかじゃないですか。センセ、いろんな依頼を断ってますよね」

「なんだ、気付いてたのか」

この事務所は地下にあるため、日の光は差し込まない。サクが飾った向日葵がなければ、収容施設のような息苦しさが立ち込めているだろう。

「隠す気もないくせに」

「しばらくは、一つの刑事事件に集中しなくちゃいけないんだ」

内定を辞退して独立したのも、それが理由だった。大きな報酬が期待できない刑事事件しか受任していないのだから、事務所の経営が逼迫《ひっぱく》しているのは当然の結果である。

他の刑事事件も、弁護人としての経験を積むために受任しているにすぎない。本命の事件で満足のいく弁護活動を行うための下準備だと割り切っていた。

溜息《ためいき》を吐《つ》いてからサクは立ち上がり、新しいアイスコーヒーを作って、僕の前に置いた。

「そんなにいろんなことを犠牲にしてまで、受けなきゃいけない事件なんですか？」

「もしかして、妬《や》いてる？」

「そのコーヒー、今度は顔にかけますよ」

本気でグラスに手を伸ばそうとしていたので、テーブルの端の方に寄せた。

「サクは、どうして高校を自主退学したの？」

「前に話したじゃないですか。忘れるなんて、薄情な人ですね」

「覚えてるよ。稔《みのる》くんのために退学した。そうだね？」

「それなら、何でまた訊くかなあ……」

掛け時計を見ると、午後三時半を回ったところだった。もう少しだけ時間がある。

「サクと稔くんは優秀な姉弟だった。でも、経済的な援助は受けられなかった。どれだけ努力しても、二人揃って大学に進学するのは難しい。そう考えたサクは、自分の進学は諦《あきら》めて弟の学費を稼ぎ始めた。普通のバイトの稼ぎでは足りず、高校を中退して違法行為にも手を出した頃に、僕と電車で出会った。これであってる？」

肯定も否定もせず、サクは顔を下に向けた。

「ずいぶん雑にまとめましたね」

「話を要約するのも、弁護士の仕事」

「このストーリーを聞いた他の人は、大変だったねって慰めてくれたのに」

「僕も、似たような境遇で生きてきたから。同情と理解って、正反対の関係だと思わない？　サクの人生に同情はしないけど、理解はしてるつもりだよ」

「そういうことを真顔で言うのは、やめてほしいなあ」

テーブルに付いた水滴を指でなぞりながら、サクは笑う。

「サクは、稔くんの犠牲になったって考えてるの？」

「そんなわけないじゃないですか」

「でも、自分の幸せだけを追求するなら、退学はしないはずだよね」

「唯一の家族なんだから、助け合うのは当然です」

サクの中では、両親は死んだことになっているのだろう。

「僕が今回の事件を引き受けたのも、同じ理由だよ。こんな経営状況だけど、誰かの犠牲になったとは考えてない。自分の意思で決めたんだから」

「その人は、センセの家族じゃないですよね。恋人でもないって言ってました」

「家族でも恋人でもないけど、特別な存在なんだ」

「どうして？」

納得できないという表情を、サクは浮かべている。

「何でかな……。気付いたら特別な存在になってた。それじゃ駄目？」

他に説明のしようがなかった。理由を積み重ねても、嘘が混じるだけのような気がした。

「理屈じゃないと」

「まあ、そうなるのかな」

「あんな事件を起こしたかもしれないのに、気持ちは変わらないんですね」

「うん。信じてるから」

アイスコーヒーを飲み干して、ゆっくりと立ち上がった。これから僕は、織本美鈴の弁護人として裁判所で開かれる手続に出頭する。

美鈴を被告人とした起訴状には、刑法百九十九条が罰条として記載されている。

『人を殺した者は、死刑又は無期若しくは五年以上の懲役に処する』

すなわち、殺人罪――。

この重罪に対して美鈴は、無罪を主張している。

4

午後四時二十分。裁判所の職員に案内されて、会議室のような小部屋に入った。

まず振り向いたのは、白髪が目立つが精悍《せいかん》な顔付きをした古野《ふるの》検事だ。目力が強く、この人の取り調べは受けたくないというのが初対面で抱いた印象だった。

古野に従うように、隣に座る留木《とめき》検事が首を動かした。若手の検事だが、いつも自信に満ち溢《あふ》れた表情を浮かべている。薄いチェック柄のネイビースーツ、丹念に磨《みが》かれたプレーントゥシューズ。プライドの高さが滲《にじ》み出ていて、僕が苦手とするタイプの人間だ。

二人の検事が、今回の事件で闘わなければならない相手である。無辜《むこ》ゲームの告訴者とは異なり、彼らは正真正銘のプロだ。美鈴に罰を与えるために雇われた専門家とも呼べる。

検事と桜井《さくらい》書記官が座っているだけで、裁判官はまだいない。

傍聴が禁止された非公開の手続が、間もなく始まる。

「どうも。お疲れのように見えますが、大丈夫ですか？」

検事の反対側に座ると、留木が話しかけてきた。手元では、くるくると万年筆が回っている。目障《めざわ》りだが、裁判官が入ってきたら止まるだろう。

「お心遣いありがとうございます」

「弁護人には、荷が重いんじゃないですかね」

留木は、絶対に僕のことを先生と呼ばない。そう呼ばれたいという願望はないが、ここまで頑《かたく》なに弁護人と呼ばれると、何らかの意思を感じてしまうものだ。

「というと？」

「新人が一人でこなせる事件じゃないってことですよ。事務所のベテラン弁護士に手伝ってもらった方がよろしいのでは？」

困難な事件を複数の弁護士で担当するのは、珍しいことではない。しかし、留木が親切心でアドバイスをしてくれているわけではないのは明らかだった。

「あいにく、事務所には私しか所属していないもので」

「そうでしたね。大層な名前の事務所なのに、弁護士は一人しかいないんだった」

「おい、下らない話をするな」

上司の古野に制された留木は、肩をすくめて口を閉じた。

そこで扉が開いて、二人の裁判官が入ってきた。右陪席の萩原《はぎわら》と、左陪席の佐京《さきよう》である。

「お待たせしました」

柔らかい声で佐京が挨拶《あいさつ》した。くっきりとした二重瞼《ふたえまぶた》、肩にかかるくらいの長さのミディアムボブ。街を歩いていたら、女子大生と勘違いされそうな見た目をしている。判事補に任官して二年目の左陪席だと聞いているが、基本的な進行は彼女に任されているようだ。

萩原は、そんな佐京を見守るような立場で事件に関わっている。中東系を思わせる端整な顔立ちで、年の頃は三十代半ばくらいに見える。複数の裁判官で構成される合議体での審理しか認められていない佐京とは異なり、単独での事件処理も可能な特例判事補である。

この事件には、長老のような外見の赤井《あかい》裁判長も関わっているが、今日は左陪席と右陪席の二人だけで手続を進めるようだ。

「織本被告人は、不出頭でよろしいですね」

被告人――。美鈴がそう呼ばれる度に、強烈な違和感を覚える。だが、弁護人として、僕はその呼び名を受け入れなければならない。

「はい、そうです」

これから始まるのは、公判前整理手続期日と呼ばれる手続だ。事件の審理を行う公判期日を開始する前に、具体的な争点や取り調べる証拠を整理するための期日である。

単純な事件であれば、すぐに公判期日が開かれるのだが、一定の重大事件や争点が複雑化することが予想される事件の場合は、公判前整理手続期日を経ることになる。今日の期日には、被告人が出頭することも認められている。だが、まだ美鈴を関与させられるような段階には至っていなかった。それは主に、弁護人側の準備状況に原因がある。

「わかりました。それでは始めましょう」佐京は手元の資料に視線を落とした。「期日間に、検察官から書面が提出されていますね。ええっと……」

「証明予定事実に関する追加的な書面と、人証についての証拠調べ請求書を提出しました」

前回の期日以降の準備状況について、ペン回しを止めた留木が説明を始めた。既に把握している内容だったので、要点だけを聞いておけば足りる。

「証人として、通報を受けて現場に駆け付けた警察官を新たに請求しました。本来であれば、第一発見者に証言を求めたいところなのですが、なぜか弁護人を引き受けていますからね……」

嫌味っぽく笑ってから、留木は説明を終えた。

第一発見者が弁護人を受任することに、弁護士倫理上の問題があるのは事実だ。本来なら、事件の発見状況について法廷で証言すべき立場にあるからである。

その代わりというわけではないが、馨の死体を発見した経緯に関する僕の供述調書の取り調べに同意する見込みであるため、弁護人を引き受けるのもやむなしと判断された。とはいえ、この件について関係者が快《こころよ》く思っていないのは明らかだ。

「検察官は、順調に準備が進んでいるようですね。弁護人は、いかがでしょうか？検討をお願いしていた事項が、幾つかあったと思うのですが――」

「佐京裁判官。この場ではっきり釈明を求めてもらいたい」古野が、冷たい口調で言った。「弁護人の準備が、明らかに遅滞しています」

佐京は姿勢を正して頷いた。右陪席の萩原は、口を出さずにやり取りを見守っている。

「わかりました。弁護人、予定主張記載書面の作成状況は？」

「申し訳ありません。もう少し時間をいただければと」

予定主張記載書面とは、弁護人が公判で明らかにする予定の事実上及び法律上の主張について記載した書面のことである。

検察官が証明予定事実記載書面を提出して、弁護人が予定主張記載書面を提出する。それを受けて、双方が再び書面を提出する……。この繰り返しによって争点を整理していくのが、本来あるべき手続の流れだ。

「前回の期日でも、そのように言われていましたよね。準備が遅れている理由は?」

当然、こんな答えでは佐京の追及は免れられない。

「被告人との打ち合わせが未了でして……」

「ふざけるのも、いい加減にしていただきたい」古野の顔が険しくなる。

「御迷惑をお掛けしているのはわかっています」

この点については、言い訳をする気も起きないほど、こちらに非がある。留木は、僕の顔をにやにやと愉快そうに見ていた。

まったく納得していないという表情で、古野は再び口を開いた。

「被告人との信頼関係が崩壊しているのなら、そう答えればいい。我々が知りたいのは、予定どおりに公判期日を開くことが可能なのか否かですよ」

「弁護人として、必ず間に合わせます」

「この事件が裁判員裁判の対象になっていることは、弁護人も承知していますよね」

静観していた萩原が訊いてきた。聞く者を落ち着かせる声をしている。

「もちろんです」

「我々だけで公判期日を開くのであれば、法廷でイレギュラーが発生した場合でも、ある程度は対応できます。例えば、急に被告人が正当防衛を主張しても、それが法的に認められるのかを事実に基づいて淡々と判断すればいい。ですが、裁判員の方々は、法的な素養を持ち合わせていない一般人なんです。彼らが困惑してしまうような訴訟進行になることだけは、絶対に避けなければなりません」

「予定主張を速やかに明らかにしなければならないことは、理解しています」

「それならば結構です」

「書面の提出を遅らせることを認めるんですか？」古野が萩原に訊く。

「この場で弁護人を問い詰めることで、書面が出てくるわけではありませんから」

「甘いですな」古野は大きく首を左右に振る。「一点、弁護人に確認しておきたいことがあります。これだけは譲れません」

「何でしょうか」

「被告人は、被害者を殺害していない。そういった無罪主張になるんですよね」

「大枠においては、そうなります」

「法律家として、殺害していないという言葉の意味を明らかにしていただきたい」

この点についての追及は避けられないと覚悟していた。

「というと？」

古野にぎろりと睨《にら》まれた。

「被害者の胸元にナイフを突き刺したという実行行為自体を行っていない。ナイフで刺したが、別の介在事情によって被害者は死亡した。そのいずれも認めるが、被告人には殺意がなかった。要するに、弁護人がこの事件の争点をどう捉えているのかを訊いているだけです。答えに窮する質問はしていないと思いますが」

スタートラインをどこに設けるのかを明らかにしろという質問だ。

「凶器には被告人の指紋が、被告人が着ていた服や身体には返り血が、それぞれ付着していた。それらの事実については争いません」

「事実の認否を訊いてるわけじゃない」留木が割って入ってくる。

「つまり、ナイフが突き刺さったときに被告人は被害者の正面に立っていて、そのナイフを握りもした。そこまでは認めます」

「犯人は別にいて、被告人はナイフに触れたに留まる。そんな主張もあり得ると?」

「可能性としては」

「それを絞り込んでくれと、我々は言っているんですけどね……」

「現時点ではできません」

「裁判官。今のやり取りは、調書に残していただきたい。こちらの準備に不足はなく、主張の釈明まで求めた。訴訟遅滞の責任は、弁護人にあります」

古野は、語気を荒らげながら二人の裁判官を睨んだ。

「わかりました。残しておきます」

承諾した萩原が視線を向けると、書記官は小さく頷いてパソコンのキーボードを叩《たた》いた。期日で行われた当事者間のやり取りを調書の形で残して記録化するのは、裁判手続の公証者としての裁判所書記官の役割だ。

検察官から開示を受けた証拠――特に司法解剖結果に関する捜査報告書や模擬法廷で行われた実況見分調書――は、隅《すみ》から隅まで読み込んだ。

死因は、ナイフが心臓に突き刺さったことによる失血死。防御創は見当たらず、即死だった可能性が高い。凶器のナイフからは、馨と美鈴の指紋のみが検出。美鈴が着ていた衣服に大量に付着していた血液は、馨のもので間違いないという鑑定結果も出ている。

死亡推定時刻は、午後一時前後。僕が模擬法廷の扉を開いたのが一時五分なので、まさにその直前に、馨の心臓にナイフは刺さったことになる。昼食の時間帯ということもあって、自習室を利用していた学生から、模擬法廷に入った者の目撃情報が多く集まっている。それによれば、馨が十二時二十分、美鈴が十二時三十分、そして僕が一時五分――。その他の者が模擬法廷を出入りしたのを見たという目撃者は、現時点では現れていない。

これらの状況証拠は、美鈴が極めて不利な状況にあることを示している。

「今日できるのは、ここまでのようですね」

しばらく口を閉じていた佐京が、話をまとめようとする。

「我々としては、手続を進める準備はできているのですがね」

留木の皮肉を聞いても腹は立たない。今の僕には、そんな権利はないからだ。

「弁護人。繰り返しになりますが、次回期日までに主張内容を明らかにしていただく必要があります。くれぐれも、よろしくお願いします」

5

裁判所を憂鬱《ゆううつ》な足取りで出たあと、僕は法都大ロースクールに向かった。

事件以降、この建物にはなるべく足を踏み入れないようにしていた。行かなくてはならないと思いつつ、忙しさを理由に先延ばしにしてしまっていた。

怖かったのだ。あの日の光景が、フラッシュバックする気がして——。

模擬法廷は使用が中止されているらしい。もう、無辜ゲームが開かれることは二度とない。審判者がいないし、教職員が認めないに決まってる。

法服を身にまとった大学教員が、凄惨《せいさん》な刺殺体で見つかった。

事件の第一報がもたらされると、瞬間的な盛り上がりが起きた。現場の状況からして、単純な殺人事件ではないらしい。その時点で特集を組んだマスコミもあったが、捜査機関から目ぼしい追加情報が得られなかったからか、ニュースを目にする機会は減っていった。

だが、再び燃料が追加された。無辜ゲームの存在を嗅《か》ぎ付けた週刊誌が、その内容を紹介する記事を書いたのだ。情報をリークしたのは、かつてのクラスメイトだろう。

法律を正しく学ぶべき場所で、私的制裁を楽しむゲームが行われていた。被害者は中心的な役割を担っていた人物で、ゲームで生じたトラブルが悲劇を招いたのではないか――。

炎上を招くには充分すぎる燃料だった。管理体制を糾弾する記事や、審判者が無辜ゲームの敗者に科した罰に関する記事が、次々と公開された。

そして、クラスメイトの美鈴が逮捕されたことで、盛り上がりはピークを迎えた。第一発見者の僕の下にも、大勢の記者がやってきてコメントを求められた。

目的の場所に着いたので、強制的に回想を終えた。

木製の扉に鍵は掛かっていなかった。事前に開けておいてくれたのだろう。

「やあ、久我。久しぶりだな」

模擬法廷で僕を待っていたのは、奈倉准教授だった。いつも馨が座っていた裁判長席から、僕をまっすぐ見下ろしている。

柵《さく》の内側に入って、弁護人側の机の前で立ち止まった。

「無理を言って、すみません」

「弁護人なら、現場の調査は必須《ひっす》だろう。むしろ、遅すぎるくらいだよ」

正論だと思って、苦笑してしまった。

「証拠の量が多すぎて……。ようやく一段落ついたので、動き始めたんです」

「類型証拠開示請求もしたのか？」

「はい。かなり広い範囲で」

捜査情報が不足している弁護人にとって、証拠開示は生命線となる制度だ。

通常の事件では、検察官が取調請求をした証拠と任意に開示された証拠しか弁護人は開示を受けられないが、公判前整理手続に付された事件においては、検察官が保有しているに留まる証拠も、開示を求めることができる。それが、類型証拠開示請求である。

「その花は、先生が？」

証言台の前に、白い花が手向けられていた。

「ああ。普段は閉鎖していて花も置けないからな。久我たちの方が、よっぽど合理的な使い方をしていたと思うよ。ここは、人を裁くための場所なんだから」

「そんな評価をしてくれるのは、先生だけだと思います」

死者に手向けられた花を見て、生前の馨と交わした会話が脳裏に蘇《よみがえ》った。

法壇で隣同士に座りながら、僕たちは話をしていた。

『僕に万が一のことがあったとき、セイギに頼みたいことがある』

『父親と祖父が入っている墓があってさ。そこに、リンドウの花を手向けに来てほしい』

あのときは、意味がわからずに聞き流してしまった。だが、それが現実の出来事として起きたことになる。折り畳み式ナイフという凶器まで一致して――。

「大丈夫か、久我」

法壇の奈倉先生の声で我に返った。ずっと黙り込んでいたようだ。

「考え事をしてました」

これについては、後で考えることにしよう。もしかしたら、重大な意味が秘められているのかもしれない。それに、馨の墓参りには行くべきだと思っていた。

「僕を模擬法廷に入れたりして、大丈夫なんですか？」

「余計な心配をするな。学生も担当講義も減ったんだ。いい暇潰《ひまつぶ》しになる」

今年の法都大ロースクールの入学者数は激減したと聞いている。原因は、改めて訊くまでもない。世間を賑《にぎ》わせたロースクールに進学したいと考える受験生は、極少数だろう。

「そんなことより、織本は元気にしてるか？」

「まあ、相変わらずです」

被告人になってからの美鈴の体調を気遣《きづか》う言葉を、初めて耳にした。

「久我が支えてやれよ。それも、弁護人の仕事の一つだ」

「わかってます。あの……、色々と調べさせてもらってもいいですか？」

「もちろん。気の済むまでやってくれ」

「そんなに時間はかからない予定ですが」

馨が倒れていた場所は、証言台の前だった。引きずられた跡も見受けられなかったので、別の場所で殺害したあとに死体を動かしたわけではない。

無辜ゲームにおける馨の定位置は、常に法壇だった。

立場が変われば、定位置も変わる。弁護士となった僕が当事者席を選んだように。

だとすれば、あの日、馨が担っていたのは審判者の役割ではなかったのか？

告訴者、証人、犯人に指定された者――。法壇とは違って、証言台には多くの人間が立つ。

馨は、何者として、この場所に立っていたのだろう。

同様の疑問は、美鈴にも当てはまる。あるいは、僕自身にも。

それぞれが、いずれの立場で、あの日のゲームに参加していたのか。

わからないことが、あまりに多すぎる。僕よりも先に現場に居合わせた美鈴なら、幾つかの疑問に答えを与えられるはずだ。それなのに、美鈴は口を閉ざしてしまっている。

法壇に視線を向けると、腕組みをして待っていた奈倉先生が訊いてきた。

「事件が起きた日、どうして久我は、この場所にやってきたんだ？」

「無辜ゲームを開催すると書かれたメールを、受け取ったからです」

内容を暗記するくらい、メールには何度も目を通した。意外な人物から告訴が申し立てられたことが開催の決断に繋がったと、そこには書かれていた。

「送信者は結城で間違いないのか？」

「アドレスは馨のものです。受信したのは事件の何日も前のことだったので、誰かが馨に成りすまして送信した可能性は低いと思います」

「クラスメイト全員に送られたわけじゃないんだろ？」

模擬法廷に来たのが僕と美鈴しかいなかった事実から、そう推測したのだろう。

「はい。確認した限りでは、僕以外に受信した人はいませんでした」

「織本も？」

「美鈴は、なにも答えてくれません」

「苦労してるみたいだな。まあ、それもいい経験になるさ」

奈倉先生と話していると、気持ちが楽になる。だが、それに甘えてはならない。僕がここに来たのは、気持ちの整理をするためではないのだから。

「このまま公判期日を迎えれば、美鈴は間違いなく有罪になります」

「さっきの口ぶりだと、織本は黙秘を貫《つらぬ》いているんだろ？　それなら、被告人質問での逆転も期待できるんじゃないのか？」

「証拠が、揃いすぎているんです」

監視カメラが設置されていたり、模擬法廷の扉を見張っていた者がいるわけではないので、馨を刺した犯人は別にいて、僕が踏み込む前に逃げたと主張する余地はあるのかもしれない。だが問題は、ナイフの指紋や返り血だ。その点を合理的に説明できなければ、犯人性を争ったところで裁判官の心証は覆せないだろう。

「ずいぶんと弱気じゃないか」

「殺人罪の法定刑は、短期五年以上です。酌量《しやくりよう》減刑が認められない限り、執行猶予付きの判決は下されない。有罪を宣告された途端、刑務所に収容されることがほぼ確定します」

「織本が、その事実を認識していないと思うか？」

「え？」

「あいつだって、司法試験に合格した法律家の卵だ。自分が置かれた状況は理解している。その上で黙秘を選択したのは、そうせざるを得ない理由があるからじゃないのか？」

ロースクールに通っていたときからそうだった。奈倉先生が発する言葉には、厳しさと優しさが絶妙なバランスで共存している。

「……ありがとうございます。少しすっきりしました」

「役に立てたなら、なによりだ。弁護人だけは、最後まで被告人を信じてやれ」

大きく息を吸って、思考のスイッチを切り替えた。

「事件が起きた辺りで、馨の様子がおかしいと思ったことはありませんか？」

ロースクールで馨の指導に当たっていたのが、奈倉先生だった。

「結城は、いつだっておかしかったよ。そうじゃなきゃ、この大学に残って、俺の指導の下で論文を書いたりはしないさ」

「馨が研究者の道を選んだ理由は、先生も御存じないんですね」

それを聞いた奈倉先生は、曖昧《あいまい》に首を動かした。

「積極的な理由で決定される選択肢なんて、ほとんど存在しないと俺は思ってる」

「ゼロではないわけですよね」

「ごく稀《まれ》にはあるだろうが、そういう理由は他人には説明できないものだよ。複雑な葛藤《かっとう》の中で導き出された選択ほど、言語化の作業には馴染まない、例えば……、そうだな。久我は、どうして織本の弁護人を引き受けたんだ？」

「それは――」

同じ質問をサクにもされた。そのときも僕は、はっきりとは答えられなかった。

「無理に答えなくていい。これでわかっただろ？　即答できる問題に、意味はないんだ」

「馨は、消極的な理由で研究者を志したわけではないと思います」

「それは俺も同意見だ。不合理な選択の場合は、さっき言った相関関係が逆転する。進路に関する結城の決断は、愚行ここに極まれりだからな」

そこまで自分の指導力を卑下する理由がわからなかった。

「どんな論文を、馨は書いていたんですか？」

「色々さ。執筆の速度が異常に速くて、手当たり次第に書いていた。クオリティが低ければ注意もできたが、下手な准教授よりいいものを書くから、たちが悪い」

懐《なつ》かしむように目を細めながら、奈倉先生は言った。

「刑事系の論文という共通点はあるわけですよね」

「ああ。その中でも多かったのは、刑事政策に関わる論文だった。修了直前に、冤罪《えんざい》と無罪に関する講義をしたのを覚えてるか？」

「はい、覚えてます」

「あれも、刑事政策だ。犯罪論を対象とするのが刑法で、刑罰論を対象とするのが刑事政策だと一般的には整理されている。それほど明確に区別できるものではないんだけどな」

「なるほど」大筋は理解できたので頷いてみせた。

「俺の指導を受けようと決めたのも、刑事政策の論文を読んだからだと言っていた」

「へえ……」

「あいつは、優秀な研究者になれる素質を持っていた。こんなことになって残念だよ」

本心から出た言葉のように聞こえた。表面的な指導関係しかなかったのなら、わざわざ花を手向けたりはしないだろう。

「美鈴が、憎いですか？」思わず、訊いてしまった。

「そうだな。織本の有罪判決が確定したときは、憎むことにするよ」

無罪推定の原則を、先生は口にした。

何人《なんぴと》も、有罪と宣告されるまでは無罪と推定される――。

僕は、弁護人として、その原則を最後まで信じ抜くことができるだろうか。

6

数日後、僕は再び七海警察署留置施設にいた。

今回の接見の相手は、墓荒らしではなく、織本美鈴だ。

七海警察署の留置棟には、男性専用と女性専用のものがそれぞれある。美鈴は、殺人事件の被告人として、女性専用の留置棟に勾留されてきた。保釈が認められる見込みはないので、何らかの形で裁判が終わるまで身体拘束が解かれることはない。

アクリル板の向こう側に座る美鈴は、背筋を伸ばして僕を見つめている。しわだらけの服装で、化粧もしてないはずだ。

「あんまり見ないでほしいな」

美鈴はそう呟《つぶや》いたが、顔を背けたりはしない。手を伸ばせば届く距離にいるのに、僕たちの間を隔《へだ》てるアクリル板が、それを許してはくれない。

「施設にいたときは、化粧をしてないのが当たり前だった」

「何年前の話をしてるの」

美鈴にとっては、遠い過去の出来事なのだろうか。

鮮やかな思い出ではなく、色彩を失った記憶としての——。

「二回目の公判前が終わったよ。あと、模擬法廷にも行ってきた」

「詳しく話してもらえる？」

誰もいないとわかっていたが、入り口の扉を振り返った。弁護人は、立会人に監視されずに被告人と接見することが権利として認められている。

「じゃあ、まずは期日でのやり取りから――」

古野検事は、僕と美鈴の信頼関係が崩壊しているのではないかと期日で指摘してきた。明言はしなかったが、二人の裁判官も同じことを危惧《きぐ》しているだろう。

しかし、彼らは事実を見誤っている。事件の内容や自分が置かれた立場について、美鈴ほど精通している被告人はほとんどいないはずだ。

全てを理解した上で、美鈴は誰にも相談せずに認否を伏せる決断をした。

「美鈴。次の期日までには、予定主張を明らかにせざるを得ないよ」

「こんなに検察官の準備が早いとは思わなかったな……」

心ここにあらずといった様子で、美鈴は答えた。

「類型証拠開示のリストは、目を通したか？」

「あれで全部なんだよね？」

「かなり広めに請求したから。これ以上は難しい」

美鈴が希望したので、本来であれば不要と思われる範囲まで、検察官から開示を受けた。その標目を一覧化したリストを事前に差し入れたのだった。

「わかった。じゃあ、この件はもういいや」

「何の証拠を探してたんだ？」

「別に。変な証拠があったら困ると思っただけ」

その言い分を信じたわけではないが、追及しても答えは変わらないだろう。

「一応訊いておくけど、情状立証の準備は進めなくていいんだな？」

「罪を認めろってこと？」美鈴の表情が険しくなる。

「そうじゃない。無罪主張の組み立て方次第では、予備的に情状立証をする弁護方針もあり得るってことだよ」

情状とは、犯行に至った経緯、犯行態様、再犯防止策といった、量刑において主に考慮される事情のことである。これらを被告人側が立証することで、仮に有罪となった場合でも、有利な量刑が下される可能性が出てくる。

「その立証をすると、争点が曖昧《あいまい》になる」

「でも……」

「清義は、私の無罪を信じてないんだ」

そんなことは言っていないと声を荒らげるのは簡単だ。だが、感情的になるのが弁護人としての正しい向き合い方だとは思えない。美鈴は、僕のことを試しているのだろうか。

「信じてほしいなら、隠し事はなしにしないか」

「全ては話してないけど、なにかを隠してるわけじゃない」

「それ、一緒のことだよね」

「私の中では、明確に区別されてる」

「じゃあ……、このＳＤカードには、なにが保存してあるんだ？」

ポケットから取り出したＳＤカードを、アクリル板に付くくらいの距離まで近付けた。意表を突いたつもりだったが、美鈴の表情に変化はなかった。

「まだ話せない」

「どうして？」

「お互いのためだと思って黙ってるの」

「それを隠し事っていうんだ」

模擬法廷で馨の死体を発見したとき、美鈴は無言でビニールパックを手渡してきた。そこに入っていたのが、このＳＤカードだった。

「データを見ようとはしたんでしょ？」

「ああ。でも、暗号化されていて開けなかった」

拡張子すら表示されないので、データの中身を想像することもできない。

「安心して。ウイルスが入ってるわけじゃない」

「警察の手に渡ることを避けるために、僕に渡したんだろ」

「そう。清義の荷物まで調べるとは思わなかったから」

悪びれる様子もなく美鈴は言った。あのとき美鈴は、重要参考人として任意同行を求められることを覚悟していた。第一発見者に留まる僕に預けた方が安全だと判断したのだろう。

「美鈴……、わかってるのか？　この中身が重要な証拠なら、僕は証拠隠滅に加担したことになりかねないんだぞ。僕には、中身について訊く権利があるはずだよ」

「重要な証拠って、例えば？」

「それがわからないから訊いてるんだ」

「私が犯人であることを示唆《しさ》するものなら、壊せば済む話だよね」

答えになってないと思って、首を左右に振った。

「逆に無実を証明するものなら、隠す必要がないじゃないか」

「だから、隠してるつもりはないよ。時がくれば、データは開ける」

「いつまで待っていればいい？」

「それは、清義次第。すぐかもしれないし、もっとあとかもしれない」

不毛なやり取りに嫌気が差してきた。僕を信用していないから、情報を伏せるのか。あるいは、その他の理由があるのか。

「どうして、僕に弁護人をやらせたんだ？」

「清義じゃないと、やり遂げられないと思ったから」

「美鈴を信じるのにも限界がある」

このまま公判期日を迎えてしまえば、満足のいく判決は勝ち取れない。

「弁護人を降りるってこと？」

「信頼関係を築けないなら、そうするしかない」

僕が美鈴を見捨てることはない。それでも、その可能性を示唆せずにはいられなかった。力を合わせて立ち向かいたいだけなのに、どうしてこうなってしまうのか。

「お願い。もう少しだけ、私の我儘《わがまま》に付き合って」

「弁護人を引き受けてる間は付き合うよ」

これが、精一杯の譲歩だ。

「ありがとう」美鈴は、目を伏せながら呟いた。

「次は、なにをすればいい？」

法都大ロースクールに行って現場を見てきたのも、美鈴の指示によるものだった。

「佐沼って人のことは、覚えてる？」

「……あの、何でも屋の？」

あまりに意外な人物の名前が、美鈴の口から飛び出した。

「彼を捜してほしい」

美鈴の直上の部屋に住み、盗聴しながらアパートでの嫌がらせを続けた犯人。

名前や肩書は自ら名乗っていたにすぎず、彼に関する情報はほとんど無いに等しい。佐沼を捜す……。頭を支配したのは、方法ではなく動機に関する疑問だった。

「今さら見つけ出して、何になるっていうんだ」

「あの事件は、未解決のままでしょ」

「そうかもしれないけど……」

処理しなければならない問題が、山ほど積み残されているのだ。既に手遅れになりつつある状態なのに、佐沼に構っている時間なんて確保できるはずがない。

「今、捜さなくちゃいけないの」

「どうして？」

「あの人なら、私の無実を証明できるかもしれない」

佐沼が、美鈴の無実を証明する？　すぐに言葉を返すことはできなかった。

「本気で言ってるのか？」

「こんな状況で、下らない冗談は言わない」

「だけど——」

「時間がないことは理解してる」

「彼が、なにを知ってるんだ？」

「ごめん。まだ言えない」

接見室に入ってから何度目かの溜息を吐いた。

「わかったよ。捜してみる」

「できそう？」

「見つけ出すさ。どんな手段を使っても」

7

美鈴との接見を終えたあと、僕は七海警察署のロビーで考え事をしていた。

どうやって、佐沼を捜せばいいのか――。

３０３号室で対面したとき、僕は彼に罪を認めさせることはできなかった。のらりくらりと言い逃れられ、謝罪の言葉すら引き出せずに部屋を後にしてしまった。

佐沼と話したのは、あれが最初で最後だ。当然、居場所や連絡先も把握していない。だが、コンタクトを取る方法に、心当たりがないわけではなかった。

だからこそ、僕はまだ警察署のロビーに残っている。

俺に仕事を頼みたくなったら、何でも屋の佐沼という名前で捜しな。広告は出しとらんが、その辺のホームレスに訊けば見つかるはずやから――。

あのとき佐沼は、そんなことを僕に言ってきた。現状では、それが唯一の糸口になっている。椅子から立ち上がって、受付に向かった。やはり、彼を頼ってみることにしよう。

基本的に弁護人は、制限なく被疑者や被告人と接見することが認められている。ただ、取り調べや捜査で警察署にいない場合もあるので、事前に接見が可能か確認するのが通例だ。今回は急な訪問になってしまったが、接見は問題なく認められた。

墓荒らしの権田は、突然訪ねてきた僕の顔を怪訝《けげん》そうな表情で見つめてきた。

「こんにちは、権田さん」

「今日は、どうされたんですか？」

「権田さんに、お訊きしたいことがありまして」

「先生が、私に？」

「佐沼という住居不定者に、心当たりはありませんか？」

墓に住んでいるとはいっても、権田もれっきとした住居不定者だ。どこかで佐沼と繋がっている可能性があるのではないかと考えていた。

「何でも屋のことですよね」

「そうです」よし――、と心の中で呟く。「彼の居場所を捜していまして」

「あいつ、なにかやらかしたんですか？」

「いえ、そういうわけでは……」

どこまで話すべきか迷った。理由を説明しなければ、話は前に進まないだろう。

「際どいことばかりやるくせに、引き際だけはわきまえてる奴ですからね。私のように簡単に捕まったりはしないんじゃないかな」

「私が受任している別の事件の関係で、佐沼さんから話を聞きたいだけです。ただ、住居不定なので、居場所がわからず困っていまして」

「同じホームレスの私なら、奴がどこにいるか知ってるのではと考えたわけですね」

「そうです」

頷いた僕を見て、権田はにやりと口の端を歪ませた。

「確かに、私は佐沼の居場所を知っています」

「思い切って訊いた甲斐《かい》がありました」

意味ありげな表情や視線には、気付いていない振りをした。

「ですが……、タダで教えてくれとは言いませんよね」

「というと？」

「見返りは何ですかと訊いてるんです」

アクリル板の通声穴に口元を近づけて、権田は囁《ささや》くように言ってきた。

「弁護人相手に取引ですか」

「先生こそ、弁護士なら無条件に情報を訊き出せるとお考えで？」

「そこまで傲慢《ごうまん》な人間ではないつもりです。わかりました。どうすれば、佐沼さんの居場所を教えてもらえますか？」

対価としてなにを要求してくるのかも、予想はできていた。その上で、自分で選んだと権田に思い込ませるために、無条件で従うかのような訊き方をした。

「へそくりを取り出してきてください」

「以前にも話していたものですね」

「そうです」

良かった。想定外の事態には陥《おちい》らずに済んだ。

「うん、いいですよ」

「え？」

「それを被害弁償に充てればいいんですよね。引き受けます」

権田は、きょとんとした表情を浮かべた。こんなに簡単に了承されるとは思っていなかったのだろう。こういった駆け引きは、まだ苦手としていた。

「取ってきた振りをして、自分の貯金から支払うつもりじゃないでしょうね」

「自腹を切る気はありません。そもそも、いくら入っているのかも知りませんし」

「隠してあるのは拝石の奥なんですよ。そんなことをしていいんですか？」

自分で頼んできたのに、なぜか権田の方が動揺している。

「法に触れる行為だという自覚はあるんですね」

「これまで頼んだ人は、それを理由に断ってきました」

「私以外にも、同じ頼み事を？」

「それは――」そのあとの言葉は続かなかった。

どうやら、込み入った事情があるようだ。

弁護士ならバレないように罪を犯せと、サクは僕に言ってきた。確かに、違法だからと切り捨てるのは、法の専門家として浅はかだったかもしれない。

「墓の所有者に事情を説明して、関係者から許可を得ます。そうすれば、礼拝所不敬や墳墓発掘で私が罰せられることはありません」

「そんな方法が……。しかし、そううまくいくものでしょうか」

「墓を掘り返させてくれなんて交渉はしたことがないのでわかりません。ですが、遺族の方も、無関係のものが骨壺の隣にあるのは気味が悪いでしょうから。最終的には受け入れてくれるんじゃないですかね。まあ、怒られるとは思いますけど」

不安そうに僕を見つめている権田に、意識して微笑みかけた。

「そこまでして、佐沼の居場所が知りたいんですか？」

「はい。詳しい事情は話せませんが。でも、それだけが理由ではありませんよ」

「他にもなにか？」

「住居不定者は、権田さん以外にもいますからね。公園や地下道を捜したら、すぐに見つかると思います。快く教えてくれるかはわかりませんが、現金や煙草《たばこ》との引き換えに応じてくれる人はいるでしょう。おそらく、そっちの方が手間は掛かりません」

取り繕《つくろ》う必要もないので、考えていることを素直に伝えた。

「だったら、どうして？」

「どうせなら、一石二鳥の方がいいじゃないですか。今回の事件で私たちが主張できるのは、情状面しかありません。お墓のへそくりを取り出せば、私は佐沼さんに会えるし、権田さんは被害弁償ができる」

ほら――、一石二鳥だ。説明する僕の口元を、権田は興味深そうに眺めていた。

「変わった先生だ……」

「半分は、私の都合なんですけどね」

「そっちの方が信頼できますよ。裏切られる可能性が減るということですから」

「では、墓誌に書かれた俗名《ぞくみょう》を教えてもらえますか？」

僕が暴《あば》くべき墓に眠る者の生前の名前が、次に告げられる。

不思議な気持ちで、権田が口を開くのを待った。

「権田聡志です」

「いや……、あなたの名前ではなく――」

「わかってます。先生を信頼しているからこそ、本当のことを話します」

それから権田は、彼が隠し続けてきた秘密を打ち明けてきた。

8

金曜日の午後三時。権田が指定した時刻に、僕とサクは七海墓地にやってきた。

大小さまざまな墓石が、規則正しく整列している。

人通りが多い通路に面した墓石は、装飾が華やかで高価そうなものが多い。一方、日が当たらない場所に追いやられた墓石は、居心地が悪そうにぽつんと佇んでいる。

この中に生者の墓石が紛《まぎ》れ込んでいると知ったら、死者だって驚くだろう。

結局のところ、権田は初めから、墓を掘り返させるつもりなんてなかったらしい。

その依頼に対する返答で信頼できる人物かを判断し、本当の願いを託そうとした。

期せずして、願わずして、僕は試験に合格してしまった。

事前に敷地を歩いてみたが、確かに権田聡志の墓は実在していた。弁護人を引き受けている被疑者の名前が墓誌に彫られているのを見て、奇妙な感覚に襲われた。

「センセが接見してたのは、幽霊だったんですか？」

モノトーンの服を着たサクが訊いてきた。

「そんなわけない。権田聡志は生きてるよ」

「私は、実際に生きてる権田さんを見たことはないですからね。疲れ果てたセンセが幻覚を見てたとしても驚きません」

「間違ってるのは、あの墓の方なんだ。墓石の中には、誰も眠っていない」

権田の墓が視界に入る場所で、僕たちは立ち話をしている。二人の方が怪しまれないと思って、サクも連れてきた。もう少し待っていれば、目的の人物が訪ねてくるはずだ。

「どうして、そんな間違いが起きたんでしょう」

「小さな勘違いを、大きな嘘で塗り固めたからさ」

サクは首を傾げた。詳しい説明はしてこなかったので無理もない。

「私にも理解できるように説明してください」

「僕だって、完全に理解できてるわけじゃない」

「センセも意外とぬけてますからね。私に話せば、解決するかもしれませんよ」

待ち人がやってくるまでは特段することもないので、サクの誘いに乗ることにした。

「ここだけの話だからね」

「わかってますって」

「権田は、二十五歳のときに建設会社を設立した。最初は下請けの仕事を細々とやっていたけど、丁寧な仕事や優れた従業員の働きで信頼を得て、徐々に会社は大きくなった。そして、十年も経たないうちに、公共事業の契約を手掛けるほどの規模まで成長した」

「それがどうして、墓荒らしになるまで落ちぶれちゃったんですか」

「会社が大きくなれば、社長の目が行き届く範囲も限られてくる。会計を任せていた社員が、粉飾決算を行ってしまったんだ。ああ、今のも、権田が主張しているだけだからね。本当は、彼が指示したのかもしれないし」

正面にある墓を見つめているサクは、小さく頷いた。

「どうぞ、続けてください。何となく先は見えてきましたけど」

「不正が不正を生んで取り返しがつかなくなり、権田自身も融資金絡みの詐欺に手を出した。周囲の信頼を失い、借金は膨《ふく》れ上がり、社長は懲役刑の宣告を受ける――。会社は倒産して、権田は自己破産を選択した」

「人間、転げ落ちるのは一瞬ですからね」

サクの瞳に暗い影が宿った。彼女の家族が破滅の道を辿ったきっかけも、父親の事業の失敗にあったと聞いている。権田の人生と自分の人生を重ねてしまったのかもしれない。

「最初に実刑判決を受けてからは、刑務所と外の社会の出入りを繰り返すようになった。妻とは離婚をして娘とも離れ離れになり、各地を転々としながら、その日を生きるために罪を犯して逮捕される。これが、落ちぶれた権田の半生だよ」

初回の接見に行ったとき、権田は妻も子供もいないと言ったが、あれは半分嘘だった。僕が連絡を取ると思って、離婚した事実は告げなかったのだろう。

「それで終わりですか？　あの墓が建てられた理由は？」

もっともな疑問だ。僕も、同じ質問を権田にした。しかし、返ってきた答えは簡単に受け入れられるものではなかった。

「逮捕されるのって、周りの人間からすれば、失踪《しっそう》するのと同じことだと思わない？」

「失踪したと勘違いして、お墓まで建てちゃったとでも？」

「そうじゃない。勘違いしたのは娘で、嘘をついたのが奥さんだった」

「どういうことですか？」

サクは権田の墓から視線を外して、僕の瞳を覗き込んできた。

「まだ離婚が成立していないとき、権田は何度目かの窃盗事件で逮捕された。奥さんは、すぐに状況を理解した。初めてのことではなかったし、弁護人から連絡があったんだと思う。だけど、小さかった娘は、父親がいなくなった理由がわからなかった」

「ああ……、なるほど。奥さんが説明しなかったんですね」

「そう。それで娘は、父親は失踪したと勘違いした。どこを捜しても、どれだけ待っても、父親は帰ってこない。その姿を見た奥さんは、お父さんは死んだと話してしまった」

「どうして――」

権田家の歯車は、この嘘によってバラバラに崩壊した。

「父親が犯罪者だと知るよりはショックが小さいと思ったのか、投げやりになったのか、それはわからない。だけど奥さんは嘘を貫き通した。権田にサインさせた離婚届を役所に提出して、周囲にも旦那《だんな》は死んだと言い張った」

「あのお墓も？」

「凄いよね。後に引けなくなっただけかもしれないけど、誰も眠っていないお墓に通い続けてきたんだ。何十年も経っておばあちゃんになり、孫ができた今でも」

権田聡志の墓には先祖も入っていないため、正真正銘、無人の墓らしい。

「自分が死んだことになってる事実を、権田さんは知ってたんですか？」

「面会に来た奥さんから、説明は受けたってさ。どんな気持ちだったんだろうね」

「可哀《かわい》そう……」

「刑期を終えて出所しても、権田が帰る場所はなかった。死亡届は受理されないから戸籍上は生存していることになってると思うけど、社会的には死んでいるのと同義だった」

離婚が成立すれば、娘や孫が権田の戸籍を目にする可能性は低くなる。死亡したと思っている人間の戸籍を、わざわざ調べたりはしないだろう。

「娘さんに会いに行って、生きてるって伝えればよかったのに」

「彼は、そうするべきではないと判断した。自分の死を受け入れて、お墓に住み始めたんだ」

それ以降も権田は罪を重ねたが、家族の存在を警察や弁護人に告げることはなかった。孤独な住居不定者として、刑の執行を受け続けてきたのである。

「奥さんがついた嘘も、権田さんがした選択も、私には理解できません」

サクは、泣きそうな表情を浮かべながら言った。

「そうだね。でも、奥さんは権田を見捨てたわけじゃないし、権田も家族を恨んでいない。彼らの生き方を見てると、そう思えてくるんだよ」

「どうして？　そんなわけないじゃないですか」

「権田がお供え物を盗み食いしてるって話を、前にしたよね」

「まさか……、それが自分のお墓だと？」

「正解。罰当たりな行為だと初めは僕も思った。でも、食べてるのが自分に対するお供え物だとしたら、別の解釈も成り立つと思うんだ。つまり、権田が実際に食べることを想定して、彼の好物を供えていた人物がいる。そう考えられない？」

「奥さんは、権田さんがお墓に住んでいることを知っていて……」

僕が言いたいことは、サクもわかっているようだ。

「娘にはお父さんの墓参りだと、孫にはおじいちゃんの墓参りだと説明して、お供え物を続けてきた。空になった容器を見て、故人が食べてくれたんだねと話せば、幼い子供なら信じてもおかしくない」

「そこまでするなら、また家族になってあげればいいじゃないですか」

「時間をかけて辿り着いた距離感が、墓石を介在したものだったのかもしれない」

お供え物の盗み食いに関しては、権田は嘘をついていなかった。

親族の墓があるのかは知らないと言った。そこにあったのは、権田本人の墓だった。

空になった容器を見て喜ぶ人がいると言った。妻は、権田が外の社会で無事に生きているとわかって安堵する。孫の女の子は、亡くなった祖父が食べてくれたと信じて喜んだ。

お供え物を食べなくなったら悲しむ人がいると言った。妻は、権田が捕まったか死亡したと思って悲嘆に暮れる。孫の女の子は、亡くなった祖父に見捨てられたと思って悲しむ。

そして、人を幸せにする犯罪だと言った――。

そのとおりなのかもしれない。傷付いている人は、誰もいないのだから。

「センセ。あれ……」

サクの言葉で、ぼやけていた視界が鮮明に戻った。

ずっと見つめていた墓石にまっすぐ近付いてくる二つの人影があった。

「来たみたいだね」

「私たちも行きましょうか」

年配の女性と少女は、権田聡志の墓石の前で手を繋いで立っていた。若干気が引けたが、驚かせないようにそっと声を掛けた。

「あの……、すみません」

先に僕たちの方を向いたのは、少女だった。

「おばあちゃん。お客さんだよ」

その表現が正しいのかは微妙なところだったが、女性も僕たちの存在に気付いた。

「急に声を掛けてしまって、申し訳ありません」

「なにか御用でしょうか？」

顔に刻まれた皺《しわ》が、言葉を発したことで上下に動いた。深い皺は、女性が歩んできた人生が苦難の連続であったことを示しているように見えた。

「弁護士の久我清義と申します。権田聡志さんの関係で、お訊きしたいことがありまして」

権田の名前を出すと、女性の表情が僅《わず》かに歪んだ。

「香奈《かな》……。桶《おけ》に水を汲《く》んできてくれる？」

少女は、明るい声で「うん、わかった！」と答えた。

「お姉ちゃんと一緒に行こうか。桶があるところに案内してくれるかな」

少女と同じ視線まで腰を屈《かが》めてから、サクが話しかけた。

「いいよー。こっち、こっち」

「滑《すべ》って転ぶと危ないから、手を繋いで行こうね」

二人は墓石の前から離れて行った。機転の利いたサクの対応に、無言で感謝した。

「彼女は、権田さんが生きてることを知らないんですね」

女性を見ると、僕の顔を強い視線で睨んでいた。

「権田は死んだんです。私たちの中では、ずっと昔に……」

「私は、権田さんの言葉を伝えにきただけです」

死んだのではなく、あなたが存在を抹消したんだ。そう言ったら、女性は激昂《げきこう》するだろうか。

「また捕まったんですね」

「ええ。お供え物が食べられなくなった頃からです」

墓石の前に置かれた容器には、手つかずのパンや果物が入っていた。

「どこまで御存じなんですか？」

「おおよそのことは、本人から聞いています。おそらく、権田さんは実刑判決を受けることになります。数年間は、お供え物を食べることはできないと思いますよ」

「あの人に食べさせるために供えてるわけではありません。これは、私なりのけじめです」

「なるほど。失礼しました」

けじめ――、か。権田が自分の死を受け入れたのも、あるいは、彼なりのけじめだったのかもしれない。迷惑を掛けた家族が望むなら、存在を抹消されても仕方ないと考えた。

「それで、権田の伝言というのは？」

「権田さんは、窃盗の被疑事実で勾留されています。本人は被害弁償の意向を示していますが、手元に現金がない状態でして。ですが、とある場所にへそくりを隠していると打ち明けてきました」

「とある場所？」

「その中です」

正面にある権田聡志の墓石を、僕は指さした。

「なにかの冗談ですか？」

「いえ、権田さんは、本当に墓の中にへそくりを隠しているようです。具体的には、骨壺の隣に置いてあるようなんですが、拝石を退かすには関係者の許可を得る必要があります」

「それを、私に？」

「はい。許可を取り付ける協力と、墓を開ける際の立ち会いをお願いできませんか？」

十秒ほど沈黙が続いた。女性は逡巡《しゅんじゅん》しているように見えた。

「どれくらいの現金が入っているのかは不明ですが、被害弁償に必要な金額はあると言っていました。そして、余ったお金については、あなたに渡してほしいとのことです」

「権田の貯金を受け取れと？」

「端的に申し上げれば、そうなります」

これが、権田が僕に頼んだ本命の依頼である。

墓石の中に隠してあるへそくりは、女性に渡すためのものだった。権田に万が一のことがあって空の骨壺を取り出したとき、隣に置いてあれば女性の目に触れる。へそくりには、遺贈としての役目もあったのだ。

「いくらですか？」

「先ほども言いましたが、具体的な金額は不明で――」

「そうではなく、権田が盗んだ物の被害額です。私が弁償します。汚れたお金を被害者の方に渡すなんて許されません」

「詳しい事情まで説明する必要はないと考えています」

「そういう問題ではないでしょう」

意志の固さを示すように、ぴしゃりと言い切られた。

「余ったお金については？」

「受け取るつもりはありません。それは、権田のお金ですから」

説得しても無駄だと思えるくらい、強い口調だった。

「墓の中には、手紙なども入っている可能性があります」

「答えは変わりません。私が墓を開けるのは、権田が死んだときだけです」

これ以上の言葉は、僕の口からは出てこない。もう、諦めるしかないだろう。

「わかりました。権田さんには、そのように伝えます」

「私からも、伝言をお願いしていいでしょうか？」

「ええ、構いません」

女性に断られたと知れば、権田は深く悲しむはずだ。せめて、その悲しみを和らげられるような伝言であればいいのだが――。

「あなたが死んだら、お金も一緒に燃やしてあげます。だから、安心してイキナサイ、イ。そう伝えていただけますか？」

呆気《あっけ》に取られてしまった。生きなさい？　それとも――、逝きなさい？

女性は、権田の意図を理解した上で、その要望をはねつけようとしている。そこには、憎悪や怒りといった純粋な負の感情とは異なる、複雑な情動が混在している気がした。

桶を持ったサクと少女が、奥から歩いてくるのが見えた。

「権田さんは、刑事裁判を受けることになります。被疑事実は争っていないので、情状面の主張をするつもりです。その際に、証人として出廷していただけないでしょうか？」

高い確率で断られると思っていたが、可能性はゼロではないという僅かな期待もあった。

「お断りします。権田を殺した私に、そんな資格はありません」

女性は僕に背を向けて、手を振っている少女の方に歩いて行った。

権田を殺したと、彼女は最後に口にした。死んだのではなく、私が殺したのだと――。

空の骨壺、食べられることを期待したお供え物、使われる予定のないへそくり。

目の前の墓石には、さまざまな矛盾が隠されている。

全ての矛盾が解消されるのは、権田の命が尽きたときだ。

9

かつての妻からの伝言を聞いた権田は、接見室の中で声を出して笑った。

そのしゃがれた笑い声だけが、狭い空間に虚《むな》しく響いた。そして権田は、勿体《もったい》振る素振りもみせずに、何でも屋の佐沼の居場所を教えてくれた。

僕の目的は果たせたが、平静を装っているような権田の反応を見ていたら、何だか心が痛くなった。怒声を浴びせられた方が、まだマシだったかもしれない。

広瀬《ひろせ》駅西口から徒歩で五分程度の場所に、姫川《ひめかわ》公園という名称の公共施設がある。

商業化が進んでいる東口側とは違って、西口側は、予備校とスーパーくらいしか大きな建物が見当たらない閑静な住宅街なので、公園内にも家族の姿が目立つ。ベンチに座って弁当を食べる老夫婦や、サッカーボールを無邪気に追いかける少年を横目に眺めながら、公園の中心に向かった。

『銀杏《いちよう》の木の側で、チェック柄のレジャーシートを広げて座っているはずです』

権田が教えてくれたとおりの場所に、その派手なレジャーシートはあった。シートの上には硯《すずり》や筆といった書道の道具が並んだ小さな机が置かれており、その周りを大量の色紙が埋め尽くしている。色紙には短い文章が独特な書体で書かれているが、一つとして同じものはない。ここで売られている商品なのだろう。

机の前には、二度と顔を見ることはないと思っていた男、佐沼が座っていた。結った長い髪に無精髭《ぶしょうひげ》、灰色の作務衣《さむえ》――。まるで、本物の書道家のような見た目だ。

「こんにちは」

遠くから様子をうかがうこともせず、すぐに声を掛けた。

「いらっしゃい……。悪いけど、まだ開店前なんよ」

「僕のこと、覚えてます？」

手に持っていた筆を机の上に置いた佐沼は、目を細めながら僕の顔を見た。

「物覚えは良い方じゃなくてね。名乗るか帰るか、どっちかにしなや」

癖《くせ》のある話し方を聞いて、美鈴のアパートでの苦い記憶が蘇る。

「名前を聞いても、思い出せないと思いますよ」

「そうかい。冷やかしなら、帰ってくれるか」

商売の邪魔をする迷惑な若造だと思われたらしい。あながち間違ってもいないが。

「盗聴してた女子大生の知り合いと言えば、どうですか？」

数秒の沈黙の後に、佐沼は「ああ……」と言葉を漏らした。

「あのときの、変わったガキか」

とりあえずは、話を進めることができそうだ。

「少し、訊きたいことがあるんですけど」

「言葉は、何にする？」

「え？」

「これよ」佐沼は色紙を指さしながら言った。「今の俺は、書道家でもある」

「何でも屋は廃業したんですか？」

「好き嫌いせずに何にでも手を出す。だから、何でも屋なんよ。この仕事に副業って概念はないわけ。五文字までなら、一万円ぽっきりだ」

屁理屈《へりくつ》だと思ったが、反論はしなかった。この男を口で言い負かすのが難しいことは、身をもって実感していた。

「要するに、金を払えってことだよね」敬語を使う気も失《う》せていた。

「書いてる間に、話は聞いてやる」

そう言った佐沼は、にやりと笑った。

色紙に書かれた作品を、ざっと眺めた。下手というわけではないが、代金を払って購入する気は起きないものばかりだ。だが、一万円で話を聞けるなら安いと判断した。

「言葉は好きなのを書いてよ。そこに並んでる色紙から、適当なのをくれてもいい」

「それじゃあ話せんわ。言葉を考えるところまでが、そっちの仕事」

面倒くさい拘《こだわ》りだ。ぱっと頭に思い浮かんだ五文字を伝えようとした。

「ああ、言葉を一気に教えてくるのも駄目よ。先入観を排除して、一文字ずつのイメージに従いながら筆を滑らせるのが、俺の作品やから。そいで、最初の文字は？」

「どっちが客だかわからないな……。じゃあ、有る無しの無《す》で」

佐沼は頷き、硯に水を垂らしてから、慣れた手つきで墨を磨り始めた。

「あのときの依頼について、訊かせてもらいたいんだ」

「答えるかどうかは、質問を聞いてから決める」

さて、どこから切り出そうか――。

「あんたが盗聴していたターゲットの名前は、覚えてる？」

「いや……、依頼人からは聞いてなかったのと違うかな」

佐沼は、硯を見つめたまま答えた。一定のペースで、硯の中の墨が前後に動いている。

「じゃあ、織本美鈴という名前を聞いたことは？」

「あるかもしれんし、ないかもしれん」

「さっきから話してる、あんたが盗聴してたターゲットだよ。殺人の容疑で起訴された被告人の名前でもある。僕は、この事件の弁護人を引き受けていてさ」

淀みなく磨られていた墨が、ぴたりと止まった。

「殺し……、誰を殺したんや？」

美鈴の名前ではなく、殺人という単語に反応したようだ。

「結城馨。法都大ロースクールの教員だった男」

「そいつも知らん名前だな」

「まだ、殺人の疑いを掛けられてるに留まるけどね」

「疑われたらお終《しま》いよ。黒く染まったものを、白に戻すことなんてできやしない」

佐沼は、指先に墨を付けて和紙に押し当てた。白かった和紙の一部が、じわりと墨色に染まる。

「どんな手段を使ってでも、白に戻さなくちゃいけないんだ」

「はっ……。無理だと思うが、まあ頑張れや」

蔑《さげす》むような笑い方だった。好きなだけバカにすればいい。

「あんたに、美鈴の無実を証明する手助けをしてほしい」

「俺に言われたくはないと思うけどさ、頭大丈夫か？」

「正常なつもりだよ。墨、磨らなくていいの？」

硯の中には、ほとんど墨が溜《た》まっていない。下を向いた佐沼は再び墨を磨り始めたが、先ほどまでとは違って、ペースを一定に保《たも》てていなかった。

「話が見えてこないな。無実を証明するって、どういうことよ？」

「証人として、裁判で証言してほしい」

権田から佐沼の居場所を訊き出したあと、僕は美鈴と接見をした。すると美鈴は、にわかには信じられない事実を打ち明けてきた。

それが真実であるか否かは、これからのやり取りで明らかになるはずだ。

「どうして、俺が？　何の関係もないやろ」

「いや、無関係じゃない。さっき、結城馨の名前は知らないって言ったよね」

「記憶には残っとらん」

「じゃあ、この顔に見覚えは？」

ポケットから取り出した一枚の写真を、佐沼に見せた。

「これが、その結城って男か？」

「ああ、そうだよ」

佐沼は写真を机の上に置き、筆を手に取った。いつの間にか、充分な量の墨が溜まっていた。和紙の右上辺りに、滅茶苦茶な書き順で「無」という漢字が書かれた。角が削《そ》ぎ落とされた円形の籠《かご》に、四本の小さな足が生《は》えたような——、奇妙な物体。これが、佐沼の中に存在する無のイメージなのだろうか。

「次の文字は？」

言葉で説明するのは難しかったので、携帯に漢字を打ち込んで佐沼に見せた。本題の話を進めたかったが、こんなことで機嫌を損《そこ》なうのも馬鹿《ばか》らしい。

「初めて見る漢字や。意味は？」

「罪、咎《とが》」

「ふうん。だから、辛《つら》いのか」

佐沼はくっくっと愉快そうに笑った。なにが面白いのだろう。

「それで、さっきの質問に対する答えは？」

「なんやったっけ？」

「その写真の男を、どこかで見たことは？」

「あるかもしれんし、ないかもしれん」

僕をおちょくって楽しんでいるだけだ。深呼吸をして気持ちを落ち着かせる。

そして――、訊いた。

「美鈴に対する嫌がらせを依頼してきたのが、この男だったんじゃないのか？」

筆を持ち上げたまま、佐沼は固まった。硯の中に、筆から垂れた墨がぽつりと落ちる。

「どうして、そう思う？」

「弁護人は、検察官が保有する証拠の開示を受けることができる。今回の事件では、被害者のパソコンの中身まで調べられていてさ。その中に、結城馨があんた宛《あ》てに送信したメールが残っていた。だから、僕だけじゃなくて多くの人間が知ってる。惚《とぼ》けても無駄だよ」

全てはったりだ。証拠開示請求は――類型証拠開示請求も含めて――、求めた情報を魔法のように引き出せる制度ではない。むしろ空振りに終わることがほとんどで、今回の請求でも美鈴にとって有利に働く証拠は手に入らなかった。

それでも、素人を煙《けむ》に巻くことくらいはできるはずだ。

「そんなメールが残っていたなら、そいつがクライアントなのかもな。でも、前にも言ったのと違う？　俺は、クライアントが誰か知らずに、依頼を受けてたんよ」

「すぐにわかる嘘は止《や》めてくれ。あんたは、依頼人が誰か知ってた」

「おい。勝手に決めつけるなや」

「次の文字は……、の。平仮名で」

佐沼は、舌打ちをしてから、乱暴に和紙の上に筆を滑らせた。

「盗聴した美鈴の部屋の音声を、依頼人に送ってたよね」

「そんなものまで、パソコンに入っとったんか」

「ああ、全て保存されてた」

佐沼の知識では、僕が言っていることの真偽は判断できないだろう。

「クラウド上でデータのやり取りをしてたんよ。でもさ、それが理由でクライアントの顔を知ってたとはならんやろ。あくまで、匿名での付き合いなんやから」

「音声しか送ってなかったならね。データにウイルスを仕込んだこともわかっているんだ」

「……どうして？」

美鈴に言われたことを口にしただけなので、一笑に付されることも覚悟していた。だが、佐沼の反応を見る限り、少なくとも的外れな妄言ではなかったらしい。

「悪いことをすると神様が見てるんだよ。学校で、そう習わなかった？」

「あいにく、無神論者なんでね」

「ウイルスが仕込まれたデータを開くと、パソコンのウェブカメラが乗っ取られて、映像を抜き取られる。それでなにを見たかったのかくらいは、自分の口で語ってくれないかな」

「自分だけ安全地帯にいようとする姿勢が、気に食わなかったんよ。だから、その御尊顔を見ようとした。これで納得してくれるか？」

佐沼は、依頼人の顔を見ていた。その名前さえ訊き出せれば……。

「カメラに映ってたのは、彼だった？」

机の上の写真を指さした。息苦しさを覚えるほど、心臓が高鳴っている。

「そう、こいつよ。物覚えが良くない俺でも、はっきり覚えてる」

点と点が、繋がった――。

受け入れがたい結論ほど真実である蓋然性《がいぜんせい》は高くなる。覚悟はしていたはずなのに、現実の答えとして突き付けられると、間違いであってほしいと思ってしまう。でも、受け入れるしかない。嫌がらせを命じていたのは、馨だったのだ。馨が、美鈴を苦しめていた。

「おい、四文字目は？」

「制度の制」

あと二文字分しか、情報を訊き出す時間は残されていない。

「つまらない文字ばっかりだな」

佐沼の反応を無視して、話を本題に戻した。

「盗撮した画像は、パソコンに保存してある？」

「保存してると言ったら？」

「提供してほしい。それと……、今の話を法廷でも繰り返してくれないか」

和紙を見つめたままの佐沼は、また不愉快な笑い声を発した。

「女子大生の部屋を盗聴して、嫌がらせを繰り返してた。クライアントのパソコンにウイルスを仕掛けてた。そいつらを法廷で暴露しろって？」

「全てを話してもらう必要はない。求める証言は一部だけだ」

文字の左半分を書いたあと、佐沼は僕の顔を睨んだ。

「バカか……。そんなん、受け入れるわけないだろ」

「法に反した嫌がらせはしてないって得意気に話してたじゃないか」

筆を持つ佐沼の右手が、小刻みに揺れている。僕の発言に苛立っているようだ。

「そういう問題じゃないやろが。俺にメリットがないって言ってるんよ」

「依頼人が死んで、被害者が捕まってるんだぞ」

「は？」

「あんたが依頼を受けていなければ、馨が死ぬことはなかった」

僕が思い浮かべているストーリーが正しければ、美鈴に対する嫌がらせと馨の死は一本の線で繋がっていることになる。いや……、それだけでは留まらない。一連の無辜ゲームが、事件と関係している可能性まで見えてきたのだ。

「そんなん、俺は――」

「知らなかったとは言わせない。持ち込まれる依頼は、訳ありのものばかりだったんだろ？　犯罪に関わっている可能性だって、想定はしていたはずだ。だったら、後始末まで責任を取るのが筋じゃないのか？　あんたの証言で救える人間がいるんだ」

今の時点で僕にできるのはここまでだ。佐沼の証言を得られるのがベストなのは理解しているが、それを強制する術《すべ》はない。

「五文字までの注文だったよな。最後の文字は？」

「裁判の裁」

「こんな言葉、本当に実在するんか？」

佐沼に書かせているのは、法都大ロースクールの中でだけ通用する言葉だ。

「返答は？」

「どうせ断るとは思うが、もう少し考えさせてくれ」

二度と来るなと言われなかっただけ上出来と考えるべきか。名刺を出して、僕を見上げている佐沼に渡した。

「ああ……。届け物があるんだった」

「俺に？」佐沼は、怪訝そうに首を傾げた。

「そう。あんたの居場所を教えてくれた人に、手紙を渡してくれって頼まれてさ」

詳しい話は聞いていないが、権田と佐沼の付き合いはそれなりに長いらしい。

「誰からよ？」

「中を見ればわかる。突然押しかけて悪かったね」

封筒を受け取った佐沼は、それを日の光に透かしていた。開ければいいのにと思ったが、口には出さなかった。なにが書いてあるのかは、僕も把握していない。

「ぴったりの時間配分やな。さすがは弁護士」

そう言って佐沼は、一枚の色紙を差し出してきた。

角が削ぎ落とされて丸みを帯びた文字、過度に角ばった文字、時空ごと歪んだような文字、止めや払いが強調された文字、印相体の如《ごと》く加工された文字。

確かに、一文字一文字から受けるイメージは、まるで異なる。

『無辜の制裁』

色紙には、この五文字が雑然と並んでいた。

「どういう意味なんよ」

その質問に対して僕は、自分に言い聞かせるように答えた。

「これが、事件の真相なのかもしれない」

10

刑事弁護は、孤独な闘いだよ――。

真夏の弁護修習の際に、劣勢の証人尋問を終えた指導弁護士が漏らした一言だ。当時は聞き流してしまったが、ようやく本当の意味がわかった。刑事弁護では、プレイヤーとオーディエンスとの双方の関係において、孤独な闘いを強《し》いられる。

今回の事件の担当検事は古野と留木だが、彼らは公判期日における訴追を担うプレイヤーにすぎず、その背後には検察庁という強大な組織が存在している。

この規模の事件であれば、捜査段階から関わって起訴までの準備を整えた検事や、全体の指揮を執った責任者が別にいるはずだ。必要性が認められれば、補充捜査に人員を割《さ》き、責任能力を判断するために起訴前鑑定を実施することもできた。

隙《すき》のない証拠を揃えた自負があるからこそ、彼らは起訴に踏み切った。その判断がされるか否かで、被疑者の運命は大きく変わる。

手渡された爆発寸前の爆弾を、ドライバー一本で解体しろと命じられる。

無罪主張をする弁護人に求められるのは、そんな作業だと僕は考えている。困難な作業に立ち向かうスタッフは自分で探さなければならず、解体に手間取れば木端微塵《こっぱみじん》に爆発してしまう。無傷で解体に成功する確率は、限りなくゼロに近い。

だからこそ、有罪率約九十九・九%という数字が導かれるのだ。

一方で、オーディエンスの冷たい視線も、爆弾の解体の精度を下げる一因となる。有罪判決が確定するまで、罪を犯したか否かはわからない。そんな綺麗事《きれいごと》が通用するはずもなく、被疑者として逮捕された時点で、世間からは黒く染まったとみなされる。そして、非難の矛先は、白に戻そうとする弁護人にも向けられる。

どちらかと言えば、僕は周囲からの批判や称賛に無頓着《むとんちゃく》なタイプの人間だ。だから、被告人の利益を追求して動くことに引け目を感じたりもしない。だが、そんな僕でも弁護人として心が痛む瞬間がある。

目の前にあるインターフォンを鳴らした。例えば、今、この瞬間だ。

電車に乗って、馨の実家を訪ねてきた。佐沼と話をしてから三日が経っている。

「はい」スピーカーから、年配の女性の声が返ってきた。

少し考えて、「馨さんの友人だった者で、久我清義と申します」と口にした。

「馨の……。今、鍵を開けます」

罪悪感に苛《さいな》まれる。美鈴の弁護人ではなく、馨の生前の友人と名乗ってしまった。

「お待たせしました」

馨の母親は、優しい顔付きをした小柄な女性だった。僕に向かって微笑みかけた口元からは、どこか儚《はかな》げな印象を受けた。

「馨さんとは、同じロースクールに通っていました」

「そうなんですか。あの子は、あまり自分のことを話したがらなかったので」

「あの……、お線香をあげさせてもらえないでしょうか」

「ええ、是非」

玄関で礼をしてから、家の中に入った。和室の床の間に、仏壇が置かれていた。

ロウソクにつけた火を線香に移して、手で扇《あお》いで消す。線香を香炉に立てたとき、仏壇に飾られた馨の遺影と目が合った。馨は、カメラのレンズを不機嫌そうに見つめていた。

遺影に向かって、心の中で話しかけた。もう一度、話がしたい。今なら、馨の気持ちが少しは理解できる気がするんだ。手遅れなのは、わかってるけどさ——。

立ち消えてゆく線香の煙を眺めてから、立ち上がった。

「少し、話すことはできますか？」

リビングに戻ると、馨の母親に話しかけられた。

「僕なんかでよければ」

願ってもない申し出だった。こちらからも、訊きたいことがあったからだ。

「何のおもてなしもできませんが」

「こちらこそ、急に押しかけてしまって……」

コーヒーを注いだカップがテーブルに置かれ、その席に座るように促《うなが》された。

「人付き合いが苦手な子だったので、ロースクールでも浮いていたのではないですか？」

今さら、美鈴の弁護人だと名乗ることはできない。僕と馨が友人だったのは事実だ。そう、自分に言い聞かせる。

「馨は、本当に優秀な友人でした。近寄りがたいと思ってた人もいるかもしれませんが、僕は何度も助けてもらいました」

「優秀……、ですか」

「教授も、優れた研究者になれる逸材だったと話していたくらいです」

全てが過去形のエピソードになってしまう。仕方がないことだとわかっていても、現在の馨を語る術はないのかと考えを巡らす自分がいた。

「特別に勉強ができる子ではなかったんですよ」

「お世辞を言ってるわけでは――」

「ええ、わかってます。ただ、それは法律に関する知識だけです。法律にのめり込むまでは、勉強ができると褒められたことなんてありませんでした」

「本当ですか？」とても信じられなかった。

在学中に予備試験と司法試験に合格できるのは、ほんの一握りの秀才だけだ。馨も幼少期から特別な教育を受けていたのだろうと、勝手に思い込んでいた。

「それだって、親の責任かもしれません」

「え？」

「いえ、何でもありません」

教育の賜物《たまもの》というならまだしも、親の責任と考える理由がわからなかった。法律を学ばせていなければ、今回の事件は起きなかった。そんなことを考えているのだろうか。

多くを語りたくはなさそうだったので、別の話を振ることにした。

「御迷惑でなければ、お墓参りもしたいと思っているのですが……」

「お線香をあげてもらっただけで、充分ですよ」

常識的な返答だ。無理に訊き出そうとすることは許されないだろう。

「実は、馨と約束をしていたんです」

「約束？」

信じてもらえないかもしれないし、不謹慎な発言だと思われるかもしれない。

それでも、そのまま伝えるしかなかった。

「馨の身に万が一のことが起きたら、リンドウの花を持ってお墓参りに行くと」

「それは……、誰との約束ですか？」

「生前の馨です。事件が起きる一年くらい前のことでした」

その直前に折り畳み式ナイフが見つかった事実は、伏せるべきだと判断した。息子の命を奪った凶器の話なんて、聞きたくないはずだ。

「どうして、馨はそんなことを？」

「わかりません。僕も、そのときは聞き流してしまったので」

「そんな……」

「僕の話を信じてくださるんですね」

「結城家は、リンドウの花を持ってお墓参りに行くんです」

「なるほど――」花の種類まで告げてよかった。「遅くなってしまいましたが、馨と交わした約束を果たしたいんです。お墓の場所を教えてもらえないでしょうか」

「そんな話をするほど、あなたのことを信頼していたんでしょうね」

馨の母親は、墓石がある場所を地図に描いて教えてくれた。墓地の場所だけなら口頭で住所を聞けば充分だが、特定の墓石を捜すには目印を把握する必要がある。

「リンドウの花を持って訪ねようと思います」

まだ訊きたいことがあったが、その前に向こうから話しかけられた。

「私からも、質問させてもらえますか？」

「構いませんが……」

「おかしなゲームに馨が関わっていたというのは、本当のことでしょうか？」

ある意味では、もっとも触れてほしくない話題だった。

「無辜ゲームのことですね。確かに、馨は審判者の役割を担っていました。でも、週刊誌に書かれているような悪趣味な遊びではありません」

「何にせよ、人を裁いていたわけですね」

「それは――」否定はできなかった。実家に押しかけてきた記者から、無辜ゲームについて心無い言葉を掛けられたのかもしれない。

「馨は、罪を憎んでいました。だから、そんなゲームに関わったのではないかと……」

「罪を……、憎む？」

「先ほど、親のせいで馨は法律にのめり込んだのかもしれないと言いましたよね」

「はい。あれは、どういう意味だったんですか？」

馨の母親はすぐには答えず、逡巡しているような表情でコーヒーを一口飲んだ。

「あの子の父親について、知っていることはありますか？」

「既に亡くなっていることくらいです」

　墓には父親と祖父が眠っていると、馨は言っていた。

「そんなことまで。では、隠す必要もありませんね」

「すみません。話が見えてこないのですが――」

「前科者なんですよ」そう、ぼそりと呟いた。

「えっ……、馨のお父さんが？」

「馨が高校生のときに、卑劣な罪を犯して服役しました。精神を病んで廃人同然になり、最後は自ら命を絶った……。父親が自殺をしたのは、馨が死ぬ一ヵ月ほど前のことです」

　驚きのあまり、言葉を失ってしまった。馨の父親に、前科があった？

「罪の内容がひどいものだったので、すぐに噂は広まりました。こんな身の上話を聞かされても困りますよね。ただ、馨が法律を学び始めたのも、この頃からでした。取り憑《つ》かれたように、来る日も来る日も、法律の本を読み続けていました」

「罪を犯した父親を憎んで、法律を学び始めたのではないかということですか？」

　馨の母親が言おうとしていることを、自分なりにまとめたつもりだった。

「はい。私は、馨の本心を訊くことができませんでした。訊くのが怖くて……」

「罪を憎んでいたのだとすれば、検察官を目指すのではないでしょうか。馨がゲームで担っていた審判者は、どちらかと言えば、裁判官に近い役割でした」

罪の認定と罰の決定の経験を積むために、無辜ゲームを作った——。そんな話を模擬法廷で馨から聞いたことがある。父親の前科が、馨を審判者としての道に誘ったのだろうか。

「なるほど。私の考えすぎだったのかもしれませんね」

「他の人にも、同じ質問をしましたか？」

「いえ。大きな声で話すようなことではありませんので」

墓の場所を訊き出してリンドウの花を手向けるために、僕は馨の実家を訪ねた。だが、今のやり取りで、もう一つ確認しなければならなくなった。

「無辜ゲームでは、さまざまな罪に対して罰が与えられてきました。馨のお父さんは、どんな罪を犯したのでしょうか？　それを聞けば、思い当たることがあるかもしれません」

「それは、週刊誌にも書かれていないことです」

ここで引き下がることはできない。

「他言はしません」

「……わかりました。少し待っていてください」

馨の母親は立ち上がり、和室の方へと歩いて行った。

なぜ馨は、美鈴に対する嫌がらせを佐沼に命じたのか。それが、ずっとわからなかった。
施設の写真、女子高生が犯した罪に関する記事、盗聴された部屋の音声——。
そこに一つの解釈が加われば、答えに辿り着ける。そんな予感はしていた。
予感？ いや、予感というよりこれは……。
馨の父親が前科者だったと聞いた瞬間、妙な胸騒ぎを覚えた。
父親が罪を犯したのは、馨が高校生のときだと言っていた。
そしてそれは、周囲に噂が広がるくらい卑劣な罪だと言っていた。
罪を犯した時期と、罪の内容。まさか、そんなわけ——。
馨の母親が、和室から戻ってきた。
「これが、当時の新聞記事です」
切り抜かれた新聞記事を、震える指先で受け取った。
それを読み終えたとき、僕の頭の中で、全てが繋がった。
馨の目的は、復讐《ふくしゅう》だったのだ。

11

高校一年生の夏。僕は、傷害の容疑で逮捕された。

施設長の胸元にナイフを突き刺した――。事件を隠蔽することは、不可能だった。美鈴を部屋から逃がすくらいしか、取り乱した僕にできることはなかった。

「必ず……、助けるから」

扉を閉める前に、美鈴はそう言ってくれた。

喜多が負った傷害の程度は、想像していたよりは軽かった。それでも、ナイフを凶器に用いたのは事実だ。非行の程度は重いと判断され、観護措置を経た後に、少年審判手続を開始する旨の決定がなされた。

観護措置の間は、少年鑑別所に収容されていた。非行の原因や更生の方法を探る名目で、多くの大人が僕に会いに来た。面接、性格検査、適性検査、知能検査。連日にわたって、僕を対象者とした資質の鑑別は行われた。

特に踏み込んだ質問をしてきたのは、女性の峰岸《みねぎし》調査官だ。

「どうして、あんなことをしたのかな？」

「喜多先生は、入所者を虐待していました」

ぽかんと開いた口元が、かなりわざとらしかった。

「被害者の名前は？」

「話せません」

「私のことを信用してくれないかな」

「誰かを信用して良い結果に繋がったことなんて、一度もありませんでした」

数日後に再びやってきた峰岸調査官は、大げさに首を振った。

「あなたが教えてくれたような事実を認識している人は、施設にはいなかった」

「僕が嘘をついたと思ってるんですね」

「信じたいけど、あなたの主張を鵜呑《うの》みにすることもできない」

峰岸調査官が聴取した限りでは、喜多のことを悪く言う入所者や職員はいなかったらしい。入所者はともかく、喜多の悪行を見抜いていた職員は一定数いたはずだ。きっと、さまざまな要素を比較衡量して、僕を切り捨てることを決めたのだろう。

「トオルという名前の入所者は、施設にいましたか？」

「ええ。小学生の男の子よね」

「元気そうでしたか？」

「ずっと俯《うつむ》いていて、塞ぎ込んでいるように見えた。彼が、どうかしたの？」

「いえ。その話を聞ければ充分です」

あの日、直前で怖気《おじけ》づいたトオルは、クローゼットではなく近くの公園に隠れていた。

喜多に歯向かえば、施設から追い出されるかもしれない。居場所を失いたくないと願って現実から目を背けてしまったのだろう。トオルに裏切られたのはショックだったが、外の世界で生きる辛さは僕も身をもって知っていた。

「清義くん。あなたが考えてることを、素直に話してほしいの」

「喜多先生を刺したのは事実です。他に話したいことはありません」

僕さえ喋らなければ、美鈴が辱めを受けていた事実が明るみに出ることはない。峰岸調査官との面接を終える頃には、真実を伏せることを決めていた。

殺人未遂と認定されてもおかしくない重大事案で、動機や態様を明らかにしなかったため、付添人として年配の釘宮《くぎみや》弁護士が選任されることになった。

「やあ。君が、なにも話さない少年か」

興味深そうな表情で、釘宮付添人は僕の顔を見てきた。

「求めている答えじゃないと、なにも話していないことになるんですか」

「面白い子だ。質問されるのにうんざりしてるなら、君が知りたいことを教えてあげるよ」

「別に……、知りたいことなんてありません」

「じゃあ、一方的に喋らせてもらう」

「勝手にしてください」

釘宮付添人との面会は、有意義だと思える数少ない時間だった。

他の大人とは違って、自分の価値観や考え方を押し付けてこなかった。少年法の理念や事件の法的な分析を、僕にも理解できる平易な言葉で語り続けたのだ。初めは聞いているだけだったが、次第に僕からも質問をするようになった。

「君は最初、正当防衛で被害者を刺したと主張したらしいね。だけど、その主張は無理筋というものだよ。武器対等の原則というものがあって、素手での攻撃に対しては、素手で反撃しなくちゃいけないんだ。よほどの力量や体格差がない限り、ナイフで反撃した行為に正当防衛は成立しない。君と被害者は、同じくらいの体格だったんだろう？」

「どうして、そんな原則があるんですか？」

「秩序を守るためさ。正当防衛は、復讐を容認する考え方ではない。正義の味方になりたいのなら、正しい知識を身に着ける必要があるんだよ」

法律の仕組みを正しく理解していれば、ナイフを使って脅迫するなんて安直な方法は選択しなかったかもしれない。無知は罪だと、釘宮付添人の言葉に耳を傾けながら思った。

「もっと、法律について教えてもらえませんか？」

「それが君の更生に繫がるのであれば」

不平等な世界を生き抜いていかなければならない。法律は、そのための武器になる。釘宮付添人に出会ったことで、進むべき道が見えたような気がした。

法律の知識を蓄《たくわ》えているうちに、観護措置の期間はあっという間に過ぎていった。それは同時に、審判の日が近付いていることを意味していた。少年院送致になることを、僕は半ば覚悟していた。調査官や付添人が、その単語を何度も口にしていたからだ。少年院に入っても勉強は続けられる。美鈴と会えないことだけが、唯一の心残りだった。

しかし、僕は少年院に行かずに済んだ。

今回の事件が起きた原因は、私が彼に暴力を振るっていたことにある――。

被害者である喜多が、そのような供述を調査官にしたのである。

そんな事実に心当たりはなかった。だが僕は、仕返しが怖くて言い出すことができませんでしたと供述を変えた。なにが起きたのかを、すぐに悟ったからだ。

結局、処分は児童福祉機関の判断に委《ゆだ》ねられ、こころホームとは別の児童養護施設に入所する形で落ち着いた。

新しい施設に入所した数日後、美鈴が僕の部屋を訪ねてきた。

「ありがとう、美鈴」

「助けるって言ったでしょ」

「どんな方法を使ったんだ？」

「清義と一緒だよ――」

喜多が僕を庇《かば》う供述を調査官にしたのは、自己の意思に基づくものではなく美鈴に脅されたからだった。脅迫には、隠し撮りした映像を用いたらしい。喜多の部屋に仕掛けたカメラで、自分が被害に遭っている様子を撮影した。

その映像は、トオルが最初に侵入したときには既に撮影されていた。計画を実行に移す機会をうかがっているところで、僕が余計な横やりを入れたというわけだ。

「僕がしたことには、何の意味もなかったんだね」

「映像は準備できていたのに、私は動くことができなかった。復讐が怖かったから。あなたがきっかけを作ってくれなければ、私は汚され続けていたかもしれない」

喜多の支配から逃れても、美鈴が心に負った傷が癒《い》えることはなかった。

「トオルは?」

「清義を裏切ったことを後悔してる。彼を恨まないであげて」

「わかってるよ。小学生に背負わせていいものじゃなかった」

その年が終わる頃、トオルを気に入った裕福な夫婦が現れて、里親になりたいと申し入れた。トオルが今どこでなにをしているのかは、僕も美鈴も知らない。

「ああ、そうだ。これを見て」

美鈴は鞄《かばん》から通帳を出した。そこには目を疑うような数字が並んでいた。

「どうしたんだよ、これ……」

「映像の削除と引き換えにもらったの。もっと請求するつもりだったけど、浪費癖がひどくて、手元にはこれしか残ってなかった」

「そんなのを受け取って大丈夫なのか？」

「喜多は、施設からいなくなった。私が約束を破ったわけじゃないよ。他にも、色々と問題を起こしていたみたい」

「そっか……」

部屋の隅にあった椅子に座って、美鈴は僕を見上げた。

「清義は、施設を出たらどうしたい？」

唐突な質問だったが、将来について訊かれているのだとわかった。

「僕は、法律を勉強したい。社会の仕組みの根底には法律がある。それを学ぶことで、不利な立場にある人間でも対等に戦える武器が手に入る気がするんだ」

鑑別所で出会った釘宮付添人の話をすると、美鈴は小さく頷いた。

「法律か。うん、わかった。私たちは、法学部に進学しよう」

「大学に？　でも、そんなお金……」

通帳に記載されていた金額は、確かに大金と呼んでいいものだった。だが、大学に進学するとなれば、美鈴一人の学費だとしても心許《こころもと》ないのではないかと思った。

「今のままじゃ全然足りない。もっともっと、お金を集める必要がある」

「バイトじゃ、生活費の足しくらいにしかならないよ」

「喜多より裕福な大人は、この国には山ほどいる」

「なにを……」

僕を見つめる美鈴の瞳には、覚悟の色が宿っていた。

「私は、自分の将来を諦めたくない。そのためなら、手を汚したって構わない」

このとき既に、僕たちは一つずつ罪を犯していた。

僕は傷害の罪を。美鈴は脅迫の罪を――。

もう、手は黒く汚れていたのだ。

「僕も同じだよ。綺麗事を言うつもりはない」

僕たちの周りには、理性を持って歯止めをかけてくれる大人がいなかった。

もちろん、そんなのはただの言い訳だ。

全て自分たちで決めたことだし、それを誰かのせいにすることは許されない。

それでも、ふとしたときに、ここで交わした美鈴との会話を思い出す。

真っ当な道に引き返す最後のチャンスが、この瞬間だったのかもしれないと。

慣れは、感覚を麻痺《まひ》させる。焦りは、判断能力を鈍らせる。

高校三年生の夏。選択を誤った僕たちは、許されざる罪を犯した。

12

ジラソーレの扉を開くと、サクが花瓶の水を入れ替えているところだった。

「ちょっと！　びしょびしょじゃないですか」

花瓶をテーブルに置いて、すぐに駆け寄ってきた。

「帰ってくる途中で、雨が降ってきたんだ」

「いやいや……。猫じゃないんだから、よく帰ってきましたなんて褒めませんよ。何で傘を買わないんですか。ああ、もう、床が……」

雨を吸って重くなったジャケットを脱ぐこともできずに、僕は入り口の前に立っていた。頭がぼうっとしていて、なにも考えられない。

「センセ？　どうしたんですか？」

「少し、疲れちゃってさ」

「とにかく、早く着替えてください。本当に風邪を引いちゃいますよ」

それでも動かないでいると、溜息を吐いたサクが背後に回り、無理やり上着を脱がせ始めた。ハンガーを捜し回る姿を見ているうちに気持ちが落ち着いてきた。

「テーブルの横だよ、ハンガー」

「わかってるなら、自分で取ってください」

振り返ったサクが、大きな声で言った。

「ありがとう。着替えてくる」

「だから、そうしろって言ってるじゃないですか」

トイレに入って、上着とシャツを新しいものに替えた。下着の替えは準備していなかったが、それでも服が肌にまとわりつく不快感からは幾分か解放された。

鏡を見ると、サクが心配するのも無理はないくらいひどい顔が映っていた。どうやって事務所に戻ってきたのかも、曖昧にしか覚えていない。

ホームで降り出した雨、通行人の傘に当たって跳ねた滴、自動車が上げた飛沫《ひまつ》——。

サクがコーヒーを淹《い》れてくれた。味がわからないくらい熱くした液体を喉《のど》の奥に流し込む。僅かではあるが、頭の中がクリアになった。

「今日は、被害者の実家に行ってきたんですよね」

僕の向かいの席に、サクは座った。ミルクティーが入ったカップを両手で持っている。一人になりたいという身勝手な思いと、誰かと話したいという甘えた思い。そんな曖昧模糊《もこ》とした二つの思いが、自分の中で混在していた。

「うん、そうだよ」

「そこで、ひどいことを言われたんですか？」

「ううん。むしろ歓迎された。いい人だったよ、馨のお母さんは」

「でも、泣きそうな顔で帰ってきたじゃないですか」

「雨のせいで、そう見えたんじゃない？」

着替えはカジュアルなものしかなかった。こんな服装では、依頼人と話はできない。誰も訪ねては来ないと思うが、一応、入り口の照明を消しておくことにした。

テーブルに戻ると、サクが僕をまっすぐ見つめていた。

「どうしたの？」

「そんなに、頼りないですか？」

「え？」

「誤魔化さないでください。なにかあったってことくらい、私でもわかります。どうして、一人で抱え込もうとするんですか」

そんな心配までサクにさせてしまっていたとは。人差し指で頬を掻いた。

「幻滅されたくないんだよ」

「センセを立派な人間だと思ったことはないので、安心してください」

サクはそう言って、舌をぺろりと出した。

「そっちこそ、ひどいことを言ってくるじゃないか」

「あえてですよ。それに、弁護士は人を不幸から救う仕事なんですよね。ちょっとくらいぬけてる方が、救われる側も気が楽になるってもんです」

論理的な解釈が正義とみなされる世界で生きているからこそ、非論理的な優しさが身に沁《し》みる瞬間がある。きっと、理屈じゃないんだ。

そんな優しさに甘えさせてもらおうと決めて、コーヒーを一口啜《すす》った。

「少しだけ、僕の話し相手になってくれる?」

「雨が止むまでだったらいいですよ」

実は、雨はもう上がっている。ビルに着く直前に止んだのだ。ジラソーレは地下にあるので、外に出なければ天気は確認できない。その事実は、もう少し黙っていることにしよう。

「昔話から、始める必要があってさ」

「そんな年齢でもないでしょうに」

確かに、昔話というのは大げさだった。どれだけ遡《さかのぼ》っても、十年以上前の話にはならない。せいぜい、九年ほど前の話だ――。

「電車で出会ったときのことは覚えてる?」

「その話は、聞き飽きました」

「あのとき僕は、不適切なアドバイスをした」

サクは少し考えてから、「痴漢詐欺を止めなかったことですか？」と訊いてきた。

「いや……、その先の話。痴漢をした事実を頑なに認めないターゲットに出会ったとき、僕はどうしろって言った？」

「ああ。警察に引き渡して逃げることだけは許さないって言ってましたね」

「覚えていてくれたんだね。偉そうなことを言ったけど、あれは昔の僕が果たせなかった誓いでもあるんだ。だからこそ、サクには伝えておきたかった」

それを聞いたサクは、カップの取っ手を持ちながら首を傾げた。

「ふむ。センセ、小難しい言い回しを禁止します」

そんなつもりはなかったのだが――。

とはいえ、相手に伝わらなければ、それはコミュニケーションとは呼ばない。

「高校生のときに、僕も痴漢詐欺でお金を稼いでた」

単刀直入に話すのであれば、ここから切り出すべきだ。

「うん。それでいいんです。一人でやっていたわけじゃないですよね。男子の痴漢詐欺って聞いたことがないですし」

「相方がいた。それが美鈴だったんだ」

「センセが受任している殺人事件の被告人――、ですか？」

「そう。僕と美鈴は、施設に入っていた。二人とも、まともな家族はいなかったし、お金も持っていなかった。でも、将来を捨てるつもりはなかった。納得できなかったんだ。自分のあずかり知らないところで、運命が決まってしまうなんて」

「私や稔と一緒ですね」

サクの返答は早かった。似た境遇で生きてきたからこその、共感や理解だろう。

「大学に進学するために必要な費用を計算したときは、本当に驚いた。連帯保証人が確保できない施設出身者は、通常の奨学金を借りることは難しい。給付型の奨学金を支給してくれる慈善団体の存在も知っていたけど、金額は微々たるものだった」

当時の絶望感は、今でも鮮明に思い出せる。

結局、金なのか――。そんな非情な現実を本気で呪った。

「それで、痴漢詐欺を？」

「いろんなことをしたよ。グレーな行為も、明らかに違法な行為も。だけど、僕も美鈴も、互いに一つずつ譲れないことがあった。僕は、美鈴が身体を売ることは許さなかった。美鈴は、他人に罪を押し付けることは嫌だと言い張った」

身勝手な考えだということはわかっていた。それでも、逆境の中で生きてきた僕たちは、大人を利用することでしか運命は変えられないと思い込んでいた。

「痴漢詐欺を多くやっていたのには、二つ理由があった。一つは、成功率が高かったこと。もう一つは、ターゲットを事前に選べること。お金を持っていそうな人を選んで、近付いた美鈴が声を上げて、僕が交渉をする。そういう役割分担だった」

「そんなにうまくいってたんですか？」

サクは、空になったカップを右手で揺らした。

「まだ痴漢冤罪が世間に周知されていなかったからね。清楚《せいそ》な外見の女子高生が触られたというなら、その男は触ったんだろう。乗客も駅員も、そんなふうに信じ切ってるように見えた。それでも絶対にやってないとターゲットに主張された場合は、すぐに引き下がると決めていた」

「でも、さっきは――」

「うん。美鈴との約束を守ることはできなかった」

「なにがあったんですか？」

立ち上がって、二人分の追加の飲み物を準備した。

ここから先の話は、途中で止めることはできない。どう話すべきか考えたが、正解なんてあるはずがない。僕がカップを取り替えても、サクは手を伸ばさなかった。話の先を促そうとする、無言の意思表明に思えた。

「見た目は、今までの人と変わらなかった。仕立てのいいスーツを着て、余裕がある生活を送っているように見えた」

「ターゲットの話ですよね」

こくりと頷いた。コーヒーで湿らせたばかりなのに、もう口の中が渇き始めている。

「手首を掴んだ美鈴が声を上げて、駅のホームで話が始まった。僕は、二人から少し
離れた場所で美鈴が合図を出すのを待っていた。二人組だと悟られるのは避けたかっ
たから。そうしたら、ポケットから手帳を出したのが見えた」

「手帳？」

「警察手帳」

　僕たちが喧嘩を売ろうとしていたのは、最悪の相手だった。

「その人は……、警官だったんですか？」

「うん。痴漢Ｇメンじゃないよ」

　さすがのサクも笑ってくれなかった。当然だ。そんな空気ではない。

「それで……、どうなったんですか？」

　決断が揺らいだ。吐き気がするのは、カフェインの取り過ぎが原因ではない。

なんて、弱い人間なんだろう。なんて、卑怯《ひきょう》な人間なんだろう。

「二人揃って、階段から落ちた」

「え？」

「話していたのは二階のホームだった。美鈴は、その場を去ろうとした。でも、警官

は美鈴の手を摑んで離さなかった。階段のすぐ側で――。美鈴は手を振り払おうとしたけど、力では敵《かな》わなかった。そして、そのまま階段から落ちた」

何度も夢で見た。僕の目の前で、重力に従って落下していく二つの身体。

僕は、右手を伸ばしているだけだった。その手は、なにも摑んでいなかった。

「そんな……」

サクの反応はそれだけだった。言葉を失っているように見えた。

「すぐに人が寄ってきた。野次馬が集まって、駅員が駆け付けて、救急車が呼ばれて、最後に警察が来た。美鈴も警官も命に別状はなかったけど、全てを無かったことにするのは無理だった。騒ぎが大きくなりすぎていたんだ」

頼れる大人はいなかったし、自分たちで解決するしかないと思った。たとえそれが、許されざる結果を招くとわかっていても。

「電車の中で女子高生の悲鳴を聞いた人も、駅のホームで言い合っているのを見てた人も、多くいた。痴漢に及んだ犯人が、逃げようとして被害者と一緒に階段から落下した――。そのストーリーは、美鈴が供述する前からできあがっていた」

当時の出来事については、曖昧な記憶しか残っていない。美鈴も僕も取り乱していて、平静を取り戻せたときには捜査が終了していた。

「その警官は、起訴されたんですか？」

「痴漢だけなら迷惑防止条例違反に留まることが多い。でも、階段から落ちたことで、美鈴は右腕を骨折した。その結果は看過できないと判断されて、逃げるために被害者を突き落とした傷害罪でも起訴された」

「当然、争ったんですよね？」

否認の主張をすれば、被害者としての立場で美鈴の証人尋問が請求されたはずだ。裁判官の前では、美鈴も嘘を突き通せなかったかもしれない。

「裁判が開かれたときには、認めに転じていた」

「どうして……」

「きっかけは多くあったと思う。警察や検察での取り調べ、家族や弁護人との接見。いろんな人が、それぞれの立場から自白を促す可能性がある」

サクの瞳には涙がたまっていた。それを直視することはできなかった。

「やってないなら、罪を認める必要なんてないじゃないですか」

「証拠があったんだ」

「どういうことですか？」

「警官が着ていたジャケットの胸ポケットに、ペン型のカメラが入ってた。そこには、電車で撮った盗撮映像が保存されていた」

沈黙が落ちた。発言の意図を理解するのに時間を要したのだろう。

「それも……、センセが？」

「万が一の場合に備えて準備しておいたんだ。反対されるとわかっていたから、美鈴には教えなかった。僕は、そのペンを倒れている警官の胸ポケットに入れて現場を立ち去った」

ペン型のカメラは、盗撮の常習性を裏付けるものだった。盗撮と痴漢は、密接に関係している。無実だと主張しても言い訳としか受け取られない証拠を、僕は作為的に捏造《ねつぞう》した。

「信じてあげる人はいなかったんですか？」

「警官が卑劣な容疑で逮捕された。身内の不祥事が起きた場合、想定される対応は二つしかない。揉《も》み消すか、徹底的に糾弾するかのいずれかだ。選択されたのは、後者だった。盗撮映像が見つかったことが後押しになったんだと思う」

僕が現場を立ち去ったのは、傷害の非行歴があったからだ。目撃者として供述をしたところで信用されないだろうし、むしろ美鈴に疑いの目を向けさせると思った。

「有罪が、宣告されたんですか？」

「うん、そうだよ。前科無しでの実刑判決が下されたにもかかわらず、その人は控訴しなかった。警察を懲戒免職されて、妻とは離婚して、服役中に精神を病んで、自ら命を絶った」

判決の内容は、新聞記事に書かれていた。男性が辿った運命は、かつての妻から聞いた。

「何で、そんなことまで……」

手元のカップを睨んで、吐き出すように呟いた。

「その警官は、馨の父親だったんだ」

だから、馨は佐沼に嫌がらせを命じた。だから、馨は死ぬことになった。

「センセ――」

涙が、頬を伝っていることに気付いた。

それを止めることも、なにかで拭《ふ》くことも、今の僕にはできなかった。

13

弁護人としての鎖と因果《いんが》の鎖が、僕をがんじがらめにしている。

初めは、それらが鎖だと思っていなかった。だが、無我夢中で動き回っているうちに、身体になにかが絡まっていく感覚に襲われ、気付いたときには手遅れになっていた。

鎖を巻き付けるために、美鈴は僕を弁護人に選んだのだろう。勾留された被疑者がまともに接見できる相手は、弁護人しかいないからだ。事実の認否を伏せることで鎖の存在を巧《たく》みに隠し、複雑に絡まる方向に向かっていくよう指示を出した。

危険因子である僕に、無罪主張をさせる必要があったからだろう。

僕と美鈴は、過去に許されざる罪を犯した。それに関して僕たちは、一蓮托生《いちれんたくしょう》の関係にある。因果の延長線上に馨の死が存在しているのなら、僕は美鈴を裏切ることはできない。

断ち切れないし、裏切れない――。だとすれば、僕がすべきことは一つしかない。

美鈴に、無罪を勝ち取らせる。驚くほど単純な話だ。

期日間に、裁判所から何度も電話がかかってきた。裁判官から指示を受けた書記官が、弁護人の準備状況を確認するための電話だ。

次の期日で、予定主張を明らかにします。僕の返答は、それに終始した。

佐沼と公園で会った日以降、七海警察署には一度も足を運んでいない。接見をしなくても、美鈴が考えていることはわかる。今さら事件の進行について指示を受けることに、何の意味があるというのだろう。

予定主張記載書面には、美鈴が想定しているであろう主張内容を記載した。明らかにすべき事実も、隠すべき事実も、過不足はないはずだ。だから、今回の期日が荒れることは、関係者が揃う前からわかっていた。

無辜ゲームの存在、審判者が犯した罪、馨の死――。

それら三つを繋ぎ合わせたストーリーが、主張書面に記載されている。

「本当に……、こんな主張を法廷で披露するつもりですか」

真っ先に書面を読み終えた留木検事は、小さな声で言った。僕に対する質問ではなく、自然と口から漏れた感想のようにも聞こえたが、一応答えておくことにした。

「そこに記載してあるのは、被告人側が公判期日で主張する内容の概略です」

留木に続いて、古野検事が書面に落としていた視線を上げた。細かな文字を読むときは眼鏡《めがね》を掛けるらしく、鋭い眼光を直視せずに済んだ。

「この無辜ゲームとやらについて、法廷で言及すると？」

「動機に関わってくるので、触れざるを得ません」

「マスコミが、大騒ぎしますよ」

「それでも、必要な立証ですから」

「どうやって、立証するつもりですか？」右陪席の萩原が訊いてきた。

「というと？」

「どのようなゲームだったのかについてです」

裁判官も、無辜ゲームが世間を賑わせたことは認識しているはずだ。だが、公平中立性を求められる彼らは予断を排除しなければならない立場にあるため、法廷以外の場所で心証を形成することはできない。つまり、週刊誌に載ったから知っているでしょうという主張は論外で、無辜ゲームの内容についても、何らかの形で立証する必要がある。

「被害者のクラスメイトだった、八代公平の証人尋問を請求する予定です。証人は、今回の事件に関係する全ての無辜ゲームを傍聴席で見ています。証拠調べ請求書は、他の証人のものと合わせて、後ほど提出しますので」

「わかりました。その点は、調書にも残しておきます」

萩原が頷き、左陪席の佐京に話を進めるように促した。今日の彼女は、ベージュのシャツを着ている。裁判官が法服を着用するのは、公開の公判期日の際だけだ。

「ええっと……。この書面によれば、織本被告人もゲームの被害者の一人なんですね」

「そうです。そのゲームにおける加害者が、結城馨さんでした」

二人の検事はなにかを囁き合っていたが、内容までは聞こえてこない。彼らは、馨が犯した罪を認識していたのだろうか。開示を受けたリストの中に、馨と佐沼の関係性を示唆する証拠は挙げられていなかった。だが、故意に除外された可能性も完全には否定できない。

「その点の立証は？」

「共犯者の役割を担っていた人物から、証言を求めたいと考えています」

「具体的には？　共犯者だと、出頭に難色を示しそうですが……」

こちらの懸念事項を即座に指摘してくる辺り、やはり佐京も優秀な裁判官だ。

「佐沼という名前の住居不定者です。定まった住居がないと召喚の手続をとることは難しいと思いますので、何とかして私が連れてきます」

代替的な立証方法を探そうとしたが、次々と新たな事実が判明していくうちに佐沼の証言は必要不可欠だと結論付けるに至った。佐沼を法廷に引きずり出す方法を考えていたが、名案は思い浮かばなかった。愚直に頼み込んでも、首を縦に振る人物ではないだろう。

「他に請求予定の証人はいますか？」

「現時点ではいません」

佐京は萩原と短い相談をしてから、二人の検事に話を振った。

「正式な求意見《きゅういけん》は請求があってから改めてしますが、二人の証人について、検察官の現時点での意見の見込みはいかがですか？」

「それ以前の問題ですよ」古野は即答した。「被害者が過去に犯した罪を掘り返すことに何の意味があるのか、我々にはまるで理解できません」

留木は、古野の発言を聞きながら何回も頷いていた。

「つまり……、必要性がないということですか？」僕は古野に訊いた。

「書面には、被害者や共犯者が、被告人をストーキングしていたと書かれている」

「目的は、ストーキングではなかったと考えていますが」

「いずれにしても、被害者は被告人に危害を及ぼしていた」

「ええ、そのとおりです」

古野は、早く話を本題に進めようとしている。まどろっこしい駆け引きを望んでいないのは、こちらも一緒だ。

「そこから導かれるのは、被告人が被害者を恨んでいたという事実だ。復讐を果たすために被害者を殺害した。そういった動機の主張をするなら、まだ理解できる」

古野の発言は、美鈴が馨を殺害した犯人であることを前提にして組み立てられている。それは検察官がすべき主張であって、弁護人として頷くことはできない。

「根本的なところから間違っています。被害者を殺害したのは、被告人ではありません」

古野は、乱暴に眼鏡を外した。

「そこが繋がらないと言ってるんだ。仮に被害者が危害を加えていたと立証できたとしても、被告人が犯人ではないという結論は出てこない」

「無辜ゲームのルールが、二つの事実を論理的に繋げます」

「ルール？」

「はい。八代公平の証言で、その点を立証します」

「ゲームで、人が死ぬとでも？」

「結果的には、そうなってしまいました」

僕と古野のやり取りを聞いていた留木は、我慢できないといった様子で発言した。

「ただの遊びじゃないか。なにを大げさな……」

「勘違いされているのかもしれませんが、ゲームに負けたことが死因だと主張するわけではありません。死を与えることができるゲームなんて、存在しないでしょうから」

「それなら、どうして被害者は死亡したと？」

「審判者としてのルールを犯したことが、死を導きました」

「何ですか、それは」

「そこまで明らかにするつもりはありません」

僕が言い終わらないうちから、留木は万年筆のペン先で書面を叩いていた。裁判官の前では行儀よく振る舞うと決めているはずなのに、らしくない態度だ。

「そんなのは、法律論とは呼ばない」

「二人の証言を聞けば、納得してもらえると思います」

唾《つば》を飛ばしながら、留木は声を大きくした。

「そもそも、主張がまったく足りてないじゃないか。被害者が嫌がらせをしていた動機は？　被告人の指紋がナイフに付着して、大量の返り血まで浴びた理由は？」

「それらを立証するのは、検察官の役割ではないんですか？」

「何だって？」

白熱してきた検察官と弁護人を、萩原が制した。

「まだ予定主張の段階なので、それくらいに留めておきましょう。どちらの言い分が認められるかは、法廷で明らかにすればいいことです。証人の採否についても、正式な請求があった後に、我々の方で合議をして判断します」

しかし――、と萩原は声を低くして言った。

「一点だけ、弁護人に確認しておきます。主張書面の末尾に記載された部分ですが……」

萩原がなにを訊きたいのかは、すぐにわかった。二人の検事も、僕が答えるのを待っている。答えを先延ばしにすることはできない。

不安を悟られないよう、ゆっくりと口を開いた。

「そこに記載した事件の真相が、被告人の無罪を法的に裏付けます」

14

おっ、きたきた――。

法都大ロースクールの側にある食堂に入ると、聞き覚えのある声が聞こえてきた。その方向に視線を向ける。窓側のテーブル席に、彼らは座っていた。

「久しぶりだな、セイギ」

「遅れてごめん」

八代公平は、顔の前で手を左右に振った。

「多忙な弁護士先生は、遅刻してくるくらいでいいんだよ」

公平の正面が空いていたので、そこに座った。

「二人だって忙しいんだろ。ああ……、でも、試験はもう終わったのか」

「結果が出るまでは生殺しの状態なのさ。なあ、賢二」

同意を求められた藤方賢二は、小さく頷いた。

「どうして、こんなに合格発表が遅いんだろうな」

「ほんとだよ。結果が出ないと、次に向けて勉強する気も出ないし」

公平と賢二が雑談している姿を、ロースクールで見掛けた覚えはない。二人とも自習室を利用しているということだったので、この二年間で話すようになったのかもしれない。

「今年こそ、絶対に受かってる。公平は来年も頑張れよ」

「何で、俺は落ちてる前提なんだ」

「次に向けて勉強するって言ったから。そういう考え方が、土壇場での妥協に繋がる」

「自信満々で落ちるよりはマシだと思うけどな」公平は笑った。

二人は、今年が三度目の司法試験だったはずだ。僕は一年目で合格できたが、一週間近く続く試験の辛さは今でも鮮明に思い出すことができる。苦労が報われればいいと思ったが、僕が言うとただの嫌味になりかねない。

「今年は、どんな問題が出たの？」

「よく訊いてくれた。それが、憲法でさ――」

それから二十分くらい、カレーを食べながら試験問題の検討をした。実務で使う法律知識はかなり偏っているため、知識が錆び付いてしまった分野が多くあると改めて実感した。

試験の振り返りが一段落したあとは、弁護士の仕事について訊かれた。だが、赤字経営の即独弁護士では、夢のある回答はできなかった。

三人の器が空になったタイミングで、公平が僕に訊いてきた。

「大学に何の用事があったんだ？」

「馨が書いた論文を読んでみたくてさ」

隣の椅子に置いてある鞄の中には、資料室でコピーしてきた論文が入っている。奈倉先生が言っていたとおり、馨の執筆速度は相当速かったようだ。

「論文……？　何でまたそんなものを？」

「ちょっと興味があって。事件に関係してるのかはわからないけど」

それ以上の追及はされず、公平は水を飲んでから別の質問をしてきた。

「本当に、俺を証人請求するつもりなのか？」

「うん。この前の公判前で請求予定だと伝えておいた」

「俺、裁判員裁判で証言するのかよ……」

「傍聴人も、たくさん来ると思う」

意識して微笑みかけた。法律の知識があるだけでなく、多くの無辜ゲームを経験してきた公平だからこそ、証人尋問の重要性は理解しているはずだ。

「検察官の反対尋問もあるんだろ」

「それがなきゃ、証人尋問とは呼ばない」

「わかってるけどさ……」

公平が渋《しぶ》っていると、賢二は「びびってるのか？」と揶揄《やゆ》するように言った。

「慎重に比較衡量してるだけだ」

「目立てるチャンスと、恥をかく危険性とを？」

「違う。裁判官に睨まれる恐怖と、織本に見つめられる名誉とさ」

「どっちもどっちじゃないか。殺人事件の被告人に見つめられて嬉《うれ》しいのかよ」

賢二は笑い、公平はテーブルに視線を落とした。賢二の発言を聞き流すか迷った。

だが、揉めている場合ではない。

「無辜ゲームを中立の立場で見てきた公平が適任なんだ。頼むよ」

僕が把握している限り、公平は無辜ゲームで傍観者以外の立場を担ったことはない。迷惑を掛けているのはわかっていたが、他に頼める相手はいなかった。

「偽証はしてやらないからな」

「ありのままを話してくれればいい」

「わかった……、わかったよ。引き受けるって」

公平は手に持っていたスプーンを天井に向けた。降参したというジェスチャーだろうか。何にせよ、これで一人目の証人は確保できた。

「じゃあ、実際に証言してもらう内容だけど――」

「その前に、一つ訊かせてくれ」

そう言ったのは、公平ではなく賢二だった。

「いいよ。なに？」

「織本が無実だって、セイギは本当に信じてるのか？」

既視感を覚える質問だった。いや、既視感ではなく、既聴感か。

いつの記憶なのかは、すぐに思い出せた。

「賢二は変わらないね」

「え？」

「馨にも、同じ質問をしてたじゃないか。尊が無辜だと本当に思ってるのかって」

賢二が集めた飲み会代が入った封筒が、自習室で紛失したことがあった。尊の机の中から封筒を見つけたと主張して、賢二は無辜ゲームを申し込んだ。だが、審判者の馨が敗者として告げたのは、尊ではなく賢二の名前だった。

「そんなの、よく覚えてるな」

「馨の答えも覚えてるよ。封筒を盗《と》ったのは尊かもしれないと認めてから、確信に近い心証を形成しなければ人は裁けないんだと続けた」

「大した記憶力だ」

審判者の役割を担っていた馨は、中立の立場で答える必要があった。だとすれば、弁護人を引き受けている僕は、何と答えるべきか。

「僕の答えはもっと単純だよ。美鈴が無罪を主張するなら、僕も無罪を主張する」

「それは、織本の弁護人としての答えか？　それとも——」

「弁護人としての答えだ。変な邪推はしないでくれ」

「そうか」

せっかく賢二が話を振ってくれたので、流れに乗じることにした。

「賢二こそ、尊が封筒を盗ったって今でも信じてるのか？」

「仕返しのつもりかよ」賢二は、小さく笑った。「昔話は、これくらいにしておこう」

「いや……、大事なことなんだ」

「本気で訊いてるのか？」

僕が無言で頷くと、渋々といった様子で賢二は答えた。

「尊の机から封筒が出てきたのは事実だ。引き出しが少し開いていてさ」

「ずいぶんと不用心だね。見つけてくださいって主張してるみたいだ」

「そうやってケチをつけられると思ったから、言いたくなかったんだよ。焦って隠そうとして、きちんと閉めなかっただけだろ。他に、どう考えればいい？」

当時の僕では、賢二の質問に答えることはできなかっただろう。

「誰かが、尊に罪を被《かぶ》せようとしたんだよ。無辜ゲームを開く口実を作るために」

「……口実？　どうして、そんなことが言い切れる？」

「そう考えれば、辻褄《つじつま》が合うから。ゲームが終わってから起きたことを覚えてる？」

僕の質問に答えたのは、公平だった。

「敗北を告げられた賢二が、馨に向かって突っ込んでいった。猪《いのしし》みたいに」

「そういう記憶は、はっきりしてるんだな」賢二が、公平を睨みながら言った。

「そのあとは？」

「法壇の引き出しから、馨がナイフを取り出して——」

「ストップ。知ってるとは思うけど、その折り畳み式ナイフが馨の命を奪った」

公平と賢二は、顔を見合わせた。先に視線を外した賢二に訊かれた。

「そこが繋がるっていうのか？」

「可能性の話だよ」少し話しすぎたかもしれない。「賢二に確認したかったのは、尊が封筒を盗った姿を実際に見たのかってこと」

「いや……、直接は見てない」賢二の答えは短かった。

「それが訊ければ充分だ」

話題を変えようとしたが、公平が食い下がってきた。

「ちょっと待ってくれ。確かに馨は、法壇にナイフを突き刺した。だけど……、それがなんなんだよ。その行動が、あいつの死に関係してるって考えてるのか？」

「まだ美鈴とも打ち合わせてないんだ。今の時点で詳しい説明をすることはできない。尋問で触れる可能性があるから、前もって話しておいた方が良いと思ってさ」

「一体、どんな主張をするつもりなんだ」

二人の反応を見落とさないように、椅子を僅かに引いて答えた。

「無辜の制裁って言えば、何となくわかる？」

「……まじかよ」

公平は、口をぽかんと開けたまま固まった。賢二も似たような反応だ。

「どう思う？」

「いや……、さすがに無茶だろ」

「やっぱり、そう思うよね。でも、これが無罪主張を通す唯一の道なんだ。どれだけ細くても通らなくちゃいけない」

細いだけじゃない。この道には、大量の地雷が敷き詰められている。

不用意に踏み抜けば、僕と美鈴が犯した罪が露見する――、そんな地雷だ。

「勝算はあるのか？」

「どうかな……。でも、美鈴は諦めてない。弁護人をやり遂げられるのは、馨のことも美鈴のことも知ってる僕しかいない」

このロースクールで馨は、研究者の道を志そうとしていた。

馨が法律にのめり込んだのは、卑劣な罪を犯した父親を恨んだからではないか。馨の母親は僕にそう語った。確かにそれは、恨むべき対象とみなされてもおかしくない。

だが……、父親が無実であることを、馨が確信していたとしたら？

その場合は、遺恨を抱く対象は一変する。一つは、無実の人間を救うどころか、理由なき罰を科した司法機関。そして、もう一つは——、慕っていた父親を不幸に陥れた真の加害者。

前者に対する恨みが、刑法や刑事政策を学ぶ動機となった。強大な権力を持つ司法機関に復讐を果たすには、制度自体を変えるしかないと考えたのかもしれない。だからこそ馨は、罪と罰に関する理解を深めるために法学者になる道を選んだ。

では、後者に対する恨みは？　罪を犯した人間に制裁を科するのは、独立した執行機関が担うべき役割だ。だが、その仕組みが正常に作動しなかったせいで無実の父親は裁かれた。

頼れる正義が存在しないのなら、自分の手を汚して加害者を罰するしかない。

それが、馨が最終的に至った結論だったのではないだろうか。

その視点で振り返ってみれば、一連の無辜ゲームの意味も自《おの》ずと明らかになる。

残された謎《なぞ》は、馨が死ななければならなかった理由——。

ただ、それだけだ。

15

ようやく、墓荒らしの事件が第一回公判期日を迎えた。

302号法廷は、傍聴席が二十席ほどしかない狭い単独法廷だ。法都大ロースクールにある模擬法廷と同じくらいの大きさなので、僕としては気負わずに期日に臨むことができる。

法壇には三十代後半に見える男性の裁判官、検察官席には髪が薄くなった年配の副検事が、それぞれ慣れた様子で席についている。彼らが見つめる先には証言台があり、そこに座っているのが、今回の事件の被告人、権田聡志だ。

人定質問がされたあと、権田は自分が犯した罪を認める旨の陳述をした。

罪状認否、冒頭陳述、証拠調べ——。法定の訴訟手続が、淡々と流れるように進んでいく。検察官側の立証が終了して、弁護人側はどうするのかと裁判官に確認された。情状証人は確保できなかったため、被害者との間で交わした示談書の取り調べのみを請求した。

内容を紹介した示談書を裁判官に提出し、あとは被告人質問を行うだけになった。小さく深呼吸をした。法廷の中で立っているのは、僕だけだ。発言者は起立をする。それが公開の裁判における暗黙のルールになっている。

定石どおり、まずは事実の認否を確認することにした。

「起訴状に記載されている事実は争わない。そういうことでよろしいんですね？」

「はい、間違いありません」

権田は、きちんと裁判官を見つめたまま答えた。慣れていないと横にいる質問者の方を向いて答えてしまいがちなのだが、さすがは常連の被告人といったところか。

「どうして、花立や香炉を盗もうと考えたのですか？」

「お金が必要だったからです」

当然、このような動機で犯罪が正当化されるわけはない。裁判官の顔色をうかがったが、厳しい顔付きで権田を見下ろしていた。実刑であることを前提として、何年の懲役に服させるのが相当か――。そんなことを考えているように見えた。

「ところで、誰が被害者に示談金を支払ったのか、あなたは把握していますか？」

「かつての妻がお金を出してくれたと、先生から聞きました」

副検事が、おや、という表情を浮かべて手元の資料をめくり出した。権田の身上経歴を確認しようとしているのだろう。その必要がないことを教えるために、追加の質問をした。

「今回の事件の取り調べや、以前の裁判の際には、その女性との関係について話そうとしませんでしたね。それは、なぜですか？」

権田の戸籍謄本には離婚の事実が記載されているが、それはかなり古い時期のものだ。本人が無関係だと述べていれば、改めて調べたりはしないだろう。

「これ以上、迷惑を掛けたくなかったからです。ただでさえ、私は彼女の人生を滅茶苦茶にしてしまったので……。彼女の中では、私は既に死んだ存在になっていました」

比喩《ひゆ》だと理解したのか、副検事も裁判官も特別な反応は示さなかった。

「女性は、本件の示談金を捻出《ねんしゅつ》してくれました。その理由はわかりますか？」

「いえ、わかりません」

打ち合わせをした際に、かつての妻の話を被告人質問で出すと権田に伝えた。それだけは困ると反対されたが、最終的には権田が折れた。けじめを付けますと呟くように言ったのだ。

一呼吸置いてから、次の質問をした。

「お墓に住んでいると、あなたは最初に言いました。それは、どこにある墓地ですか？」

「七海墓地です」

「そこを選んだ理由は？」

「そこに……、私の墓があるからです」

初めて裁判官の表情に変化があった。ペンを持ったまま、首を僅かに傾けた。

「もう少し、詳しく話してもらえますか？」

質問が向かう先に不安を感じたのか、すかさず副検事が口を開いた。

「それが、今回の事件と関係があるんですか？」

「はい。被告人が犯行に及んだ理由が明らかになります」

「金銭目的だと最初に言ったでしょう。今さら――」

「まあ、検察官」裁判官が副検事を制した。「無関係ではなさそうなので、続けてもらって結構です。ただし、手短にお願いしますよ」

権田は、墓が建てられた経緯や、お供え物を通じた家族との繋がりを語った。事前に準備しておくよう指示しておいたので、内容は過不足なくまとまっていた。

さすがの裁判官も、面食らったように目をぱちくりとさせた。

「あなたは、自分を死亡したことにして墓まで建てた女性を恨んでいますか？」

「まさか。私に、そんな資格はありません」

「改めて訊きます。窃盗を繰り返していたのは、生活費を稼ぐためだったんですか？」

副検事が立ち上がった。机に手を置いて身を乗り出す。

「異議あり。質問が重複していますし、答えを誘導しています」

僕が反論する前に、裁判官が介入した。

「食事はお供え物で賄っていて、墓地に住んでいたというのであれば、生活費のためだとする動機には矛盾が生じます。弁護人の質問には、必要性が認められますよ」

「……わかりました。異議は撤回します」

「どうぞ、弁護人の質問に答えてください」

理解がある裁判官で助かった。権田は少し間を取ってから、彼なりの答えを口にした。

「多大な迷惑を掛けた妻に、お金を残して死にたかったんです」

その答えが引き出せれば充分だ――。

「働いて稼いだお金ならともかく、あなたがしたのは、他人の物を盗んで売却するというれっきとした犯罪です。それが許されないことは、わかっていますか」

弁護人だからといって、被告人を無批判に肯定すればいいというものではない。検察官の質問で指摘されるのが明らかな事項は、先に潰しておくべきだ。

「はい……、深く反省しています」

「その貯蓄を被害弁償に充てて、残ったお金は全て女性に渡してほしい。あなたは私に、そう頼みましたね？」

裁判官の意向を汲み取ったのか、誘導だと副検事が異議を述べることはなかった。

「そのとおりです」

「女性は、お金を受け取るつもりはないと答えました。そして、あなたに代わって被害弁償をすると申し出てくれました。それでも、女性にお金を残したいとあなたは望みますか？　社会復帰したあとに、また犯罪を繰り返すつもりですか？」

「何の意味もないことを思い知りました。こんな身勝手なことは、もうしません」

権田は、深くうなだれた。演技ではないと信じたいが、本心は彼自身にしかわからない。

「いつか、あなたは社会復帰をすることになります。そのとき、自分の墓石の前に戻って、お供え物に手を出すつもりですか？」

「私は……、自分の存在を忘れてもらいたくなかった。だから、草葉《くさば》の陰《かげ》に留まり続けようとしました。でも、彼女からの伝言を聞いて目が覚めました。残された人生を、精一杯生きてみようと思います。誰も私のことを知らない、遠い土地に行くつもりです」

女性に伝言を頼まれたイキナサイという言葉の意味を、権田なりに考えたようだ。

なにが正解なのかは、僕にはわからない。否定も肯定もする気はなかった。

「弁護人の質問は以上です」

待ちかねたといった様子で、副検事が勢いよく立ち上がった。

これまでの裁判でも、再犯はしないと誓ったのではないか。お金を稼ぎたいなら、真面目《まじめ》に働けばよかったじゃないか。家も金もないのに、どうやって生きていくつもりなんだ。あなたの態度は、本当に反省しているようには到底見えない——。

そんな非難の言葉が、矢継ぎ早に飛ばされていく。

ほとんどが正論だったので、口ごもる権田に助け舟を出すことはできなかった。

裁判官の補充質問も形式的な確認ばかりで、手応えは感じなかった。墓に関する話題を出したことで、心証を悪くしたのではないか。そんなことまで考えてしまった。

検察官の論告と弁護人の弁論を終えて、権田は再び証言台の前に立たされた。

「以上で、本件の審理を終了します。最後に、なにか言っておきたいことはありますか？」

「御迷惑をお掛けしました。きちんと、罪を償ってきたいと思います」

判決宣告期日を指定して、この日の期日は終了した。あとは、判決が下されるのを待つだけだ。僕にできることは残されていない。手帳から視線を上げると、押送担当者に手錠を掛けられた権田が僕を見ていることに気付いた。

「どうしたんですか？」

接見を希望しているのかと思った。打ち合わせる事項はないが、判決の見通しは改めて伝えた方がいいかもしれない。

「先生が呼んだんですか？」

「誰を？」

手錠を掛けられているので、権田は身体ごと動かした。彼が振り向いた先に傍聴席があり、そこに一人の男性が立っていた。その人物が入ってきたのは、被告人質問が始まったあとだろう。集中していたので、法廷の扉が開く音に気付かなかった可能性がある。

「……佐沼」

佐沼は、権田に向かって軽く頭を下げた。深緑色の作務衣という、かなり目立つ服装だ。

「どこかで嗅ぎ付けてきたんでしょうね。先生に用があるようです」

「おい、行くぞ」

押送担当者が腰縄を引いた。証言台の近くで、権田は許可なく口を開いた。

「先生に、協力してやれよ」

短い一言だったが、佐沼の耳には届いたようだ。法廷から権田が出ていくのを見届けていた。裁判官や副検事は、怪訝そうに佐沼を見つめている。

佐沼に話しかけたりはせず、僕も法廷をあとにした。法廷への出入り口は一つしかない。通路にある長椅子に座っていると、すぐに佐沼が出てきた。

「せっかく来てやったのに、無視するなや」

「冷やかしに来たのか？」

「違うわ。あの人には、借りがあるんよ」

「権田さんに？」

「他におらんやろ。この前、手紙を渡してきたのは覚えとるか？」

権田から預かった手紙──。そこに、なにか書かれていたのか。

「うん。内容は聞いてないけど」

「お前さんに協力しろって、長々と書いとった。面倒な人を味方に付けてくれたもんや」

「権田さんが──」

詳しい事情まで権田に話した覚えはない。どうして、僕なんかのために……。

「じゃあ、証人として出廷してくれるのか？」

声が上擦らないように気を付けた。期待していると悟られてはいけない。

「借りといっても、昔の話や。それに、あの人はムショに行くんやろ。出てくるまでにおさらばしとけば、俺に危害は及ばない。どうせ、長生きはしなそうやし」

「あんた、本当に腐ってるな」

それを聞いた佐沼は、口元だけでにやりと笑った。

「……と、ここに来るまでは思っとった。正式に断るために、お前さんに会いに来たんや。でも、さっきの裁判を見て、また気が変わった」

「どういう意味？」

「裁判なんて、堅苦しくて退屈なもんと決めつけてた。最初から答えが決まっとるくせに、だらだらと回りくどく進めるだけのな」

「あながち、間違ってもないよ」

「でもな、お前さんたちのやり取りは、なかなか興味深かった。墓に住んどる理由を知ったときの反応を見たか？　どいつもこいつも、間抜けな顔をしとったぞ。俺に頼もうとしてる裁判でも、ああいう顔を見れるんか？」

そんなところに興味を持つなんて、どこまでも歪んだ人間だ。

「もっと愉快な顔が見れるはずだよ。だって、今度の裁判では無罪主張をするんだ。あんたの証言は、その核になる」

「はっ――。人を乗せるのがうまい奴だな。いいよ、法廷で証言してやる。ただし……、やるからには徹底的にだ」

今回ばかりは、佐沼の笑い声が不愉快に聞こえなかった。証言をしてくれるのであれば、動機がどれだけ歪なものであっても構わない。

これで、二人目の証人も確保できた。あとは、美鈴の意向を確認するだけだ。

16

有罪判決の場合に実刑収容が見込まれる被告人は、公判期日が近付いてきた段階で身柄を拘置所や拘置支所に移送される。その後に予定されている収監の手続をスムーズに進めるためである。

殺人罪で起訴された美鈴は、当然のように身柄を拘置支所に移された。

受付を済ませると、すぐに狭い接見室に通された。通声穴が空いたアクリル板と、安っぽいパイプ椅子――。警察署の接見室との間に大きな違いはない。加害行為を防ぐことだけを目的とした必要最小限の造りだ。

「久しぶり。もう来る気はないのかと思った」

咎めるような、第一声だった。

「少し、忙しかったんだ」

最後に接見をしたのは、権田から佐沼の居場所を訊き出した直後だった。それから今日までの間に、さまざまなことが起きた。姫川公園で佐沼に会った。馨の実家に赴いて弔問した。期日で予定主張を明らかにした。公平と佐沼から証人を引き受ける確約を得た。

報告しなければならないことが多くあるのに、なかなか切り出せなかった。

気まずい沈黙を破ったのは、美鈴だった。

「あの予定主張は、何のつもり？」

意外な質問に面食らってしまった。裁判所に提出したものと同じ書面を、美鈴にも差し入れておいた。どんな質問をされても答えられるよう、予定主張の中身を思い浮かべる。

「僕たちが公判廷で主張する内容を書いたんだよ」

「被告人の私に相談もしないで？」

「間違ってるところがあったかな。念入りに検討したつもりだけど」

「記載内容に誤りはなかった。あれは、佐沼って人から訊き出した情報でしょ」

「それなら、なにが気に食わないんだ？」

「間違ってはいないけど、必要十分でもない。結城くんは、私に嫌がらせをしていた。その嫌がらせや、他の無辜ゲームが積み重なって、彼は死亡するに至った。渡された書面には、そこまでしか書かれていなかった」

美鈴が言おうとしていることが、徐々にわかってきた。

「記載する事実は取捨選択した。だけど、それは――」

「隠し事は無しにしよう。そう言ったのは、清義だよね」

最後まで言い終わらないうちに、美鈴の言葉が覆《おお》い被《かぶ》さってきた。

「隠し事って……、馨の父親の話をしてるのか？」

「ここまで調べたくらいなんだから、その事実にも辿り着いているはず」

「父親の前科を明らかにしたら、どんな事態を招くか。美鈴ならわかるだろ」

口調が熱を帯びていく。そこを非難されるいわれはないはずだ。

「でも、それが真実でしょ。捻じ曲げることは許されない」

「法廷は、真実だけを述べる場所じゃない」

「弁護士らしい答えね」

右頬だけに冷笑を浮かべて、美鈴は言った。

「僕は美鈴の弁護人だ。偽りを述べるつもりはないけど、被告人に不利益な事実は伏せる。間違ったことを言ってるか？」

「正論だよ。その事実が、私にとって不利益に働くなら……、ね」

苛立ちが募《つの》っていく。ここまで言われたら、美鈴が置かれている状況を伝えるしかない。

「法廷で父親の前科を暴露すれば、検察官は勝ちを確信する」

「どうして？」

「全ての動機が、一本の線で繋がるからだよ。馨が嫌がらせをした動機、美鈴が模擬法廷で馨を殺害した動機――。そこが彼らの中で繋がってしまえば、僕たちに勝ち目はない」

「清義が思い浮かべてるシナリオを、具体的に教えてほしいな」

大きく溜息を吐いた。アクリル板の向こう側にいる美鈴にも届いただろう。

「本当に、話していいのか？」

「接見の内容は、周囲には漏れない。安心して」

僕の口から語らせることに、何の意味があるというのだろう。

「馨は、父親が無実の罪で罰せられたことに気付いていた。僕と美鈴が、父親を陥れたことも見抜いていた。どうやって馨が、真相に至ったのかはわからない。でも、これから話すのは、それらの事実を前提に組み立てたストーリーだ」

口を閉じたままの美鈴は、僕の瞳をまっすぐ見つめていた。

「有罪判決が下されたことで、結城家は崩壊した。本人だけではなく、家族の人生まで狂ったのは自明のことだ。不幸を生み出した元凶が誰なのかを知った馨は、復讐を決意した」

「復讐……、ね」なにか言いたそうだったが、その後の言葉は続かなかった。

「ただ、馨はどこまでも慎重だった。冤罪の恐ろしさを知っていたからこそ、僕と美鈴が黒く染まっているのかを見極めようとした。その確認作業が、一連の無辜ゲームだった」

美鈴が言ったとおり、接見を妨げる者はいない。三つの無辜ゲームが果たした役割について、簡単に説明していくことにした。

「最初に起きたのは、自習室の不特定多数者の机に、僕の名誉を毀損する紙が置かれていたという事件だ。そこには、施設の入り口で撮った写真も印刷されていた。この犯行は、挨拶みたいなものだった。僕たちの過去を知っている何者かが、不穏なことを企《たくら》んでいる――。それだけを伝えられれば充分だった」

「藤方くんに写真を渡したのも、結城くんだって考えてるんだ」

確認だけを目的とした、投げやりな口調に聞こえた。

「証拠はないよ。でも、他に解釈の道は残されていない」

「そう……。どうぞ、説明を続けて」

二つ目の無辜ゲームが、模擬法廷で裁かれることはなかった。だが、馨の目的を果たす上で重要な役割を担っていたのが、このゲームだった。

「次に馨は、佐沼を雇って美鈴に嫌がらせを仕掛けた。アイスピックでドアスコープを割り、鍵穴に接着剤を詰め込んで、ネットの記事を郵便受けに入れた。統一性が見《み》出《いだ》せない嫌がらせだし、二週間程度で佐沼を引き揚げさせた理由も不明だった」

「私に対する復讐が目的だとしたら、被害の程度が中途半端《ちゅうとはんぱ》ってことだよね」

冷静な分析だ。美鈴も同じ論理を辿ってきたからだろう。

それならば、どこかに僕たちの結論を分かつことになった分岐点があるはずだ。

「馨は、この嫌がらせで復讐を果たすつもりなんて最初からなかった。これも下準備の一つにすぎなかったんだ。満足したから、佐沼を引き揚げさせた。そう考えれば、鍵となるのは引き揚げる直前に起きた出来事だ。その前日、僕と美鈴は公園で見張りをして、郵便受けの中から記事を取り出して、美鈴の部屋で話をした――」

「盗聴していた私の部屋の音声。それが成果物だったと言いたいのね」

出入り口を監視していたにもかかわらず、郵便受けには記事が投げ込まれていた。その結果に動揺した僕たちは、美鈴の部屋で物騒《ぶっそう》な話をしてしまった。

「施設の写真とネットの記事を見た僕たちは、過去に犯した罪を思い浮かべて言葉に出した。そこを結び付かせるのが、馨の狙《ねら》いだったとも知らずにね。美鈴の部屋を盗聴して的確に誘導を加えていけば、いつかは自滅する。馨は、そう考えた」

「録音された音声は、結城くんの手に渡った。そこまではわかった。でも、それで彼はなにがしたかったの？　そんな手の込んだ仕掛けを準備するくらいなんだから、私たちが父親を陥れたことも最初から気付いていたんじゃない？」

「人間が人間を裁くには、確信に近い心証を形成しなくちゃいけない」

「え？」

初めて、美鈴の顔に動揺の色が浮かんだ。大きな黒い瞳が、左右に揺れる。

「馨は、無実の父親を裁いた司法機関も恨んでいた。どれだけ僕たちを怪しいと思っていても、それだけで罰を与えてしまったら、同じ過ちを犯すことになる」

「審判者として、罪を認定しようとしたってこと？」

「心証を形成するために、美鈴の部屋を盗聴して証拠を集めた。信用できる状況でなされた罪の告白――。その証拠を手に入れたことで、馨は有罪を確信したんだ」

「なるほどね……。そこまでは考えてなかった」

徐々に、僕と美鈴の間で認識のずれが生じ始めている。美鈴の考えを訊きたかったが、先に僕の話を終えるべきだと判断した。

「心証を形成できた時点で、盗聴や嫌がらせを継続する必要はなくなった。だから、佐沼に撤収を命じて、犯人を導くための相談にも乗ってくれた。馨の行動には、全て理由があった」

「結城くんが仕掛けた無辜ゲームは、その二つだけ？」

もう一つあるでしょと言いたそうな視線――。わかってるさと頷いてみせる。

「飲み会代が入った封筒が、自習室で盗まれたことがあった。あれも、馨がやったことだ」

「何のために？」

「無辜ゲームを開く口実を作りたかっただけなんだと思う。仕掛ける罪は何でもよかったし、罪を被せる相手も誰でもよかった。最善の立証が尽くされたとしても、馨は無辜の救済を宣告するつもりだった」

美鈴は、なにも言わなかった。無言で、僕の次の言葉を待っているように見えた。

「敗北を宣告された賢二は、法壇に向かった。それを見た馨は、折り畳み式ナイフを机の天板に突き刺した。法廷に集まった傍観者にナイフを見せる。それが馨の狙いだった。賢二が暴走しなかった場合は、自らナイフを取り出したんじゃないかな」

「なにを訊きたいのかはわかるよね」

「あのナイフに何の意味があったのか……、だろ？」

美鈴が頷いたのかを確認もせずに、僕の考えを述べた。

「馨は、心証を形成するまでは罰を与えないと決めていた。だけど、罰を執行するための準備は、別に進めておく必要があった」

「どういうこと？」

「馨の父親は、服役中に精神を病んで、最後は自ら命を絶った。それなら、同害報復の考え方に従って、罪を押し付けた加害者も死をもって償うべきだ……。馨は、そう判断した。そして、命を奪うための凶器として選ばれたのが、あの折り畳み式ナイフだった」

「凶器を事前に私たちに見せた理由は？」

間髪を容れずに、美鈴は訊いてきた。曖昧な答えでは誤魔化せそうにない。

「目的を達成したあとに捕まることまで、馨は想定していたんじゃないかな。計画殺人よりは衝動殺人の方が、量刑は軽くなる傾向がある。ナイフが法廷に置かれている事実が周囲に認識されていれば、衝動殺人の主張が通りやすくなる。そう考えたのかもしれない」

「それが、一連の無辜ゲームについての清義の解釈？」

「説明が足りてない部分はあると思う。でも、大筋はあってるんじゃないか？」

そこでなぜか、美鈴は微笑んだ。驚くほどに、自然な表情だった。

その柔らかい表情は、なにを意味しているのだろう。

「正直、ここまで検討できてるとは思ってなかった。だけど、スタートラインが間違ってる」

「言葉で説明してくれないと、わからないよ」

さざ波のような嫌な予感。途端に、背筋が寒くなる。

「結城くんは、私を殺そうとはしてなかった」

「それなら、あのナイフは？」

「私に突き刺すために準備したんじゃない。別の理由があった」

「……教えてくれ」

烈《はげ》しくなる鼓動を抑えることはできなかった。

「その前に、私からも質問させて。色々と訊きたいことはあるけど……、そうだな。結局、どうして結城くんは死んだの？」

「それは――」

「弁護人なら、そこで答えに詰まっちゃ駄目でしょ」

美鈴の言うとおりだ。僕は、自信を持って答えなくてはならない。

「初めて開催した無辜ゲームで、馨は誓いを立てた。審判者が不正を働いたことが証明されたとき、審判者自身にも罰が下される。無辜の制裁と、僕たちが呼んでいたものだ」

審判者だけに適用される特殊なルールが、僕たちの主張の核になる。

「無辜の制裁。懐かしい響きだね」

「馨は、審判者だったにもかかわらず、無辜ゲームで人知れず罪を犯し、他の人間に罰を押し付けていた。あの日、美鈴は模擬法廷で、審判者が犯した不正を糾弾した。だから、馨は法壇ではなく証言台の前に立っていた。裁く立場ではなく、裁かれる立場にあったからだ。そして、不正を働いた審判者は、無辜の制裁による罰を受けた」

美鈴の表情に、変化はなかった。

その口元を見つめるのが、どうしようもなく怖かった。

「結城くんに制裁を加えたのは、誰？」

「馨自身だよ。馨は自分で、命を絶ったんだ」

裁判所に提出した予定主張の末尾にも、そう記載した。

「父親を陥れた加害者に糾弾されて、結城くんは自殺した。そんな主張を、裁判官や裁判員が信じると思う？」

呆《あき》れられたわけでもないし、突き放されたわけでもない。

でも、美鈴の本心が、僕にはわからない。

「父親の前科は、法廷では伏せればいい。馨が犯した無辜ゲームの不正は、公平と佐沼の証言で立証できる。だから、何とかなる。無理筋だなんて言わせない」

「残念だけど、無理筋よ」

「じゃあ、どうしろっていうんだよ！」

狭い接見室に、僕の声が響き渡る。

「清義だって、本当は、私が結城くんを殺したと思ってるんでしょ？」

「違う。僕は――」

否定しなくてはいけない。美鈴を信じていると、告げなくてはならない。

「復讐を果たすために現れた結城くんを返り討ちにした。過去の罪を暴露されるのを危惧して口を塞いだ。検察官が主張しそうなのは、この辺りの論理？　でも、違うか。訴追権者の彼らは、間違っても過去の有罪判決が冤罪だったとは口にできない。だとすれば――」

「頼む、やめてくれ……」

「辛い思いをさせてごめんね」

もう一度、美鈴は微笑んだ。どうして、こんな状態で？

「諦めちゃ駄目だ。刑務所になんて行かせない」

「私は諦めてなんかいない。だって、私は結城くんを殺してないんだもん」

「え？」

言葉の意味が理解できなかった。だが、聞き間違えたわけではない。

美鈴は、馨を殺していないと言った。そう、言ってくれた。

「清義にも打ち明けるわけにはいかなかった。それが、結城くんとの約束だったから」

「馨との……、約束？」

「結城くんはね、私の命を奪って罪を償わせようとはしなかったの」

「さっきから、なにを言ってるんだ？」

「本当に、神様みたいだったよ」

突然の展開に、理解がまるで追いつかない。

「信じていいのか？」

美鈴は、力強く頷いた。

「私たちの無実は法廷で証明できる」

17

よって、殺人罪が成立せず、被告人は無罪である――。

エンターキーを押して、部屋の隅にあるプリンターにデータを飛ばした。軽快な音を立てながら出てきた紙を手に取って内容を確認する。これで、全ての準備が整った。

本当に、この主張で良かったのだろうか。自問したところで答えは返ってこない。誰かに相談して解決する問題ではない。そんなことはわかっている。

美鈴は決断をした……。ならば、僕も決断するべきだ。

拘置支所で接見した次の公判前整理手続期日から、黙秘を貫いていた美鈴が出頭するようになり、同じタイミングで赤井裁判長も姿を現した。

関係者が揃った最初の期日で、僕は予定主張の全容を明らかにした。

絶句するとは、ああいった反応を指すのだろう。二人の検事だけではなく三人の裁判官も、しばらく口を開けずに固まっていた。佐沼が見たら喜びそうな光景だと思った。

だがすぐに、留木検事は顔を下に向けて頬を緩《ゆる》めた。そんな主張を立証できるはずがないと、有罪を確信して嘲笑《あざわら》うように。古野検事や三人の裁判官の内心は読み取れなかったが、裁判長は美鈴を見つめて、弁護人の主張が被告人の意に反したものではないか確認した。

その裁判長の問い掛けに対して、美鈴は無言で頷いた。

そして、双方の主張と証拠の整理が終了したことを理由に、最終公判前整理手続期日が開かれた。検察官請求証人と公平と佐沼の証人尋問は必要性が肯定されて実施することが決まり、書証についても、請求が維持されたものは全て取り調べることになった。

僕たちの主張は、いたってシンプルだ。

被告人は、被害者を殺害していない――。その一言に終始するのだから。

やれるだけのことは全てやった。あとは、公判期日を迎えるだけだ。

持参する書面を鞄に入れて、代わりにダブルクリップで留めた数枚の紙を取り出した。時間があるときに読み進めていた馨の論文も、残すは数枚だけになった。

　眠気覚ましのガムを嚙《か》みながら、内容に目を通していった。最後の論文も刑事政策に関するもので、新たな発見はなかった。刑罰が果たす役割や、適正性を担保する手段について、他国の刑事政策との比較の観点を重視しながら、わかりやすく書かれている。

　日本の刑事政策をあからさまに批判する内容の論文ではない。だが、著者の過去を知った人間が読めば、行間に秘められた想《おも》いには自ずと気付いてしまうだろう。

　馨は、無辜の父親を救済する方法を探していた。

　事務所の扉が開く音がした。そこから入ってきたのはサクだった。

「おはよう」

　サクは、小振りな花束《はなたば》を左手に持っていた。

「もしかして、徹夜したんですか？」

「試験前の学生みたいなことはしないよ。予定よりも早く目が覚めちゃっただけ」

　何時に寝て何時に起きたのかは、教えないことにした。徹夜と変わらないじゃないですかと言われるのは明白だったからだ。

「いよいよですね」

「なにが？」

「わかってるくせに……。美鈴さんの裁判ですよ。緊張してます？」

正確には、美鈴を被告人とする事件の第一回公判期日が、これから開かれる。

「わくわくはしないけど、緊張もしてない気がする。どちらかと言えば、やっと本番を迎えたなって感じだよ。起訴されてからが長かったから」

「頼もしい限りです。コーヒー、飲みますか？」

手に持っていた花束を置いてから、サクは訊いてきた。

「いや。そろそろ出なくちゃいけないんだ。花束、買ってきてくれたんだね」

「リンドウって安いんですね。びっくりしました」

紫がかったブルーの花びらと、深い緑色の細長い葉。これが、リンドウ——。

馨は、この花を持って墓を訪ねてほしいと、僕に頼んだ。

「期日は十時からだけど、その前に墓参りをしてこようと思う」

「宣戦布告をしてくるんですか？」

「確かめたいことがあるんだ」

結果がどんなものであっても、期日で僕が主張する内容は変わらない。

それでも、答えは知っておきたかった。いざというとき、躊躇《ためら》うことがないように。

「今日は、夕方までずっと裁判なんですよね？」

「うん。事務所は閉めてていいよ。依頼人が急に来ても困るし」

入り口の照明を消しておけば、訪問者が来ても諦めて帰るだろう。

「それなら、私も見に行っていいですか？」

「え？」

「今日の裁判です。傍聴したいなと思って」

「……どうして？」

「センセの戦いを見届けたいんです」

返答に窮してしまった。来ないでくれと断る権利は、僕にはない。

「泥臭い主張だし、がっかりするだけだよ」

「私は、センセが立派な人間だなんて思ってません。でも、感謝はしてるんですよ」

「赤字経営の弁護士に感謝なんてしなくていい」

自嘲《じちょう》気味な笑みを浮かべると、サクは首を左右に振った。

「私の周りには、暴力を振るう人間か、無関心な人間か、綺麗事を並べる人間しかいませんでした。でも、センセだけは、ちゃんと正面から向き合ってくれた」

「それは……、電車での話？」

あの日、予定どおりの時刻に起きていればもっと前の電車に乗っていた。そうしていたら、僕たちが出会うことはなかっただろう。サクは痴漢詐欺で捕まっていたかもしれないし、僕の事務所には別の事務員が働いていたかもしれない。

運命なんて、きっとそんなものだ。

「そうです。センセがしたアドバイスは、社会的には間違ったものだと評価されると思います。でも、私の心には響きました。こういうのって、受け手の捉《とら》え方次第じゃないですか。私は、救われた。それが全てだと思うんですよね。だから、事務所で働いてほしいって誘われたときは嬉しかったんです。センセの力になれるかもしれないって思ったから」

「サクは、よく働いてくれてるよ」

「知ってます」

サクは笑った。椅子の奥には、向日葵が活けられた花瓶が置かれている。

「私は、センセが戦ってる姿を側で見たいだけです。泥臭くたっていいじゃないですか。今さら幻滅なんてしませんよ。それでも邪魔だっていうなら、会計をちょろまかします」

思わず笑ってしまった。この状態で、よくそんな軽口が叩けるものだ。

「わかった、降参だ。傍聴席で見守っていてよ」

「はい！」

妙な気恥ずかしさがあり、テーブルに置いてあったリンドウを手に持って事務所を出た。サクは笑っているだろう。情けない弁護士の後ろ姿を見つめながら。

国分ビルの前でタクシーを捕まえて、行き先を告げた。

七海墓地――。この辺りには他の墓地もあるはずだが、空っぽの権田の墓がある敷地のどこかに、馨は眠っている。納骨も、既に済んでいるだろう。

「お墓参りですか？」

花束をバックミラーでちらりと見てから、運転手が訊いてきた。

「ええ、友人の」

「御友人……。まだお若かっただろうに」

なにかを察したのか、それ以上の詮索《せんさく》はされなかった。人が良さそうな運転手だ。

ふと思い立って、僕からも質問をすることにした。

「お墓には、詳しいんですか？」

「まあ、このくらいの年になれば……、それなりには」

「じゃあ、墓誌というのもわかりますか？」

「ああ。先祖の名前が刻まれてる石のことですよね」

長い赤信号に捕まってしまった。ネットで検索すればわかることだが、運転手の知識を借りさせてもらおう。

「それって、どの辺りに置かれているものなんでしょうか」

「ええっと……。ちょっと待ってくださいね」

運転手は、こめかみの近くを人差し指で小突いた。

「わかるならで結構です。すみません、変なことを訊いて」

「思い出しました。石塔の横に置いてあるのが一般的だと思います」

やはり、タクシーの運転手は物知りだった。

「ありがとうございます。助かりました」

それっきり、運転手との会話は途絶えた。亡くなった友人のことを考えていると思って、気を遣ってくれたのだろうか。だが、僕の思考は別の方向へと向かっていた。

沈黙が十分ほど続いた後、七海墓地に着いた。裁判所までにかかる時間を考えると、あまり悠長に留まることはできない。すぐに戻ってくるので帰りも乗せてくれませんかと頼んだら、近くの駐車場で待っていますと快諾してくれた。

馨の母親が描いてくれた地図は簡易なものだったが、すぐに目的の墓石を見つけることができた。一度来たことがある場所なので、大まかな位置関係は頭に入っていた。

墓石には、「結城家」の文字が彫られていた。結城は、馨の母親の旧姓だ。離婚後に氏の変更を家庭裁判所に申し立てたことで、馨の姓は結城に変わったのだろう。

ステンレス製の花立には、なにも入っていなかった。

持ってきたリンドウを中に入れて、水を足してから元の場所に戻した。

もちろん、それによって仕掛けが作動したりはしない。石やステンレスの灰色で統一された墓石の周りに、リンドウの鮮やかな色彩が加わっただけだ。

立ち上がって、目の前の墓石を見つめた。これで約束を果たしたことになるのだろうか。残念ながら、答えは否だ。ここに来る前から、それはわかっていた。

石塔から視線を外して、左側に置かれている板石を見た。

タクシーの運転手が言っていたとおり、そこに墓誌があった。墓に埋葬されている者の生前の名前が刻まれている。右端から順に細かな字に目を通していった。

僕が知っているのは、左端に刻まれた「結城馨」の名前だけだった。

やはり……、予想は当たっていた。

そこには、馨の父親の名前は刻まれていなかった。

当然のことだ。親族ではない者が、結城家の墓に入るはずはないのだから。

しかし、馨は僕に対して、墓には父親と祖父が眠っていると言ってきた。結城家の墓ではなく、あえてそう限定したのだ。最初は、言い間違えただけかと思った。もしくは、自分は父方の墓に入るものだと勘違いしていたのだろうと。

だが、解《げ》せない点があることに気付いてしまった。

その約束を僕たちが交わしたのは、模擬法廷で事件が起きる一年ほど前のことだった。一方で、馨の母親は、馨が死ぬ一ヵ月前に父親は自殺したと語った。

これは明らかにおかしい。なぜなら、馨の母親が言っていることが正しければ、僕たちが約束を交わした時点では、馨の父親は生きていたことになるからだ。

権田のようなイレギュラーなケースや、生前に戒名《かいみょう》を受けた者を除けば、生者の名前が墓誌に刻まれることはない。

それにもかかわらず、父親が眠る墓で再会しようと口にしたのか？

存在するのかもわからない墓の前で？

この矛盾を解消できる答えは、一つしか思い浮かばない。

馨は、精神を病んだ父親に死が訪れるのは時間の問題だと考えた。

その死を、最後の引き金にしようと決めたのだろう。

そして馨は、自分の死を漠然と予期していただけではなかった。

父親が死んだあとに自分が死ぬことまで予期していたのだ。

死の前後関係。そこから導かれる法律上の効果を、僕は述べることができる。

18

第一回公判期日

１０１号法廷は、裁判員裁判を開廷できる巨大な法廷だ。傍聴席は百席を超えており、職業裁判官と裁判員が座る法壇も特別な構造になっている。弁護人席ですら、一人だと落ち着かないほどの広さがある。

七割ほどの傍聴席が、傍聴人や記者によって既に埋まっていた。ジャケットのフラワーホールに留めてある弁護士バッジを指で触る。気後れしている場合ではない。気持ちを落ち着かせるために、周囲を見回した。

正面の検察官席には、古野と留木が並んで座っている。僕が見ていることに気付くと、殺気立った視線を返してきた。有罪率約九十九・九％の刑事裁判、それも裁判員裁判において敗北を喫することは、絶対に許されないと考えているはずだ。

検察官席の背後にある扉が開いて、三人の押送担当者が姿を現した。二人の男性の刑務官が並んで立っており、その後ろには制帽を深く被った女性の刑務官もいる。

押送担当者が法廷に連れてくるのは、被告人しかいない。

美鈴の細い手首には金属製の手錠が掛けられ、刑務官の手には腰縄の先端が握られている。細かくルートを指示されながら、美鈴は僕の隣に立たされた。

美鈴と目が合ったが、すぐに下を向いてしまった。僕も、集中するために法壇を見つめた。

書記官が受話器を取った数分後、被告人の解錠を促す指示が出された。再び電話越しでのやり取りがあり、法壇の後ろにある木製の扉が音を立てて開いた。赤井裁判長、萩原、佐京、そして裁判員と補充裁判員が、順番に扉をくぐってきた。

全員が起立をし、法壇に並んだのを確認してから、無言の合図で礼をした。

「それでは開廷します。被告人は、証言台の前に立ってください」

それほど声を張っているようには見えなかったが、赤井裁判長の指示は広い法廷に響き渡った。マイクで音声を拾って、スピーカーから拡散しているのだろう。

証言台に立った美鈴は、法壇をまっすぐ見つめた。

「名前は、何と言いますか？」

「織本美鈴です」

その後、生年月日、職業、住居、本籍と人定質問がされていった。

「これから、被告人に対する殺人被告事件についての審理を行います。検察官は、起訴状を朗読してください」

古野が立ち上がり、手に持った起訴状を低い声で読み上げていった。これまで何十回と目を通してきた文章なので、その内容はすっかり覚えてしまった。

『被告人は、法都大ロースクール内の模擬法廷において、結城馨に対し、殺意をもって、折り畳み式ナイフでその左前胸部を一回突き刺し、同人を左前胸部刺創に基づく失血により死亡させたものである』

　これが、起訴状に記載された公訴事実の要旨だ。日時や場所が詳しく書かれていようと、折り畳み式ナイフの形状や材質が特定されていようと、僕たちの主張に影響を与えることはない。

「被告人には、黙秘権があります――」

　起訴状の朗読が終了したので、赤井裁判長が黙秘権の説明を始めた。被告事件に対する陳述を求める前提として、このタイミングで権利告知をしなければならない。

「検察官が朗読した起訴状に記載された事実について、どこか間違っているところ、あるいは、弁解しておきたいところはありますか？」

　法廷の中心に近い場所で、美鈴は息を吸ってから口を開いた。

「起訴状記載の日時及び場所において私と被害者が会っていたことは、間違いありません。ですが、私は被害者を殺害してはいません」

　短い答えだった。だが、被告人の罪状認否としては、この程度で充分だ。

　公判前整理手続期日で整理した主張どおりだったからか、裁判長の表情に変化はない。一方、傍聴席は明らかにざわついていた。明確な無罪主張がされたからだろう。

「弁護人の御意見は？」

「被告人と同様です。本件では殺人の実行行為が認められないため、被告人に殺人罪は成立しません。よって、無罪を主張します」

忌々《いまいま》しい言葉を耳にしたように、正面に座る留木の顔が歪んだ。

罪状認否における無罪主張は、被告人側による宣戦布告に他ならない。そして、このあとに行われる冒頭陳述で、それぞれが準備してきた具体的な戦術が明らかになる。

「まずは検察官による冒頭陳述を行ってもらいますので、被告人は座って聞いてください。では……、検察官、お願いします」

古野が披露したのは、ある意味では想定の範囲内に留まる冒頭陳述だった。

被害者の結城馨は、罪を犯して服役した父親は冤罪だと信じていた。それと同時に、父親を陥れたのは被告人だと思い込んでいた。復讐を決意した被害者は、被告人に嫌がらせを仕掛けた。犯人を突き止めた被告人は、被害者を呼び出して罪を糾弾した。だが、話し合いはもつれ、結果的に被告人は被害者を殺害するに至った――。

大まかな内容は、このようなものだ。破綻《はたん》のないストーリーにも聞こえる。

結城馨の父親が前科者で、事件の被害者が織本美鈴とされていることは、美鈴が初めて出頭した期日で明らかにした。それでも、検察官が披露する主張が、冤罪を前提に組み立てたものにならないことは、冒頭陳述を聞く前からわかっていた。

過去の事件の担当が古野や留木ではなかったとしても、検察が関わっていたのは紛れもない事実だからだ。誤った起訴だったと認めることは許されないという結論以外に、組織の一員として選べる選択肢は存在しなかったはずだ。

許容できる限界のラインが、被害者は父親が冤罪だと信じていて、父親を陥れたのは被告人だと思い込んでいたという、主観のみに依拠した主張だったのだろう。訴追権者のしがらみが、真実を遠ざけて、僕たちにつけ入る隙を与えた。

「続けて弁護人の冒頭陳述をお願いします」

被害者の父親の裁判について、被告人側が積極的に争う理由はない。検察官が、馨の父親は有罪であったことを前提にして構わないと言っている以上、それに追従すればいい。

しかし――、僕は、冒頭陳述の途中で、こう述べた。

「被害者の父親の前科についてですが、この事件は冤罪であったと主張します。その人物は、何らの罪も犯してはおらず、被告人が捜査機関に対して虚偽の供述をしたことにより、謂《いわ》れのない有罪判決を下されてしまいました――」

罪状認否のときとは比べ物にならないくらい大きなざわめきが、傍聴席から聞こえた。最前列に座っていた傍聴人の中には、席を立って法廷を出ていく者もいた。このタイミングで抜け出したということは、どこかの記者なのかもしれない。

「静粛にしてください」

裁判官がその言葉を実際に口にするのを、僕は初めて聞いた。

法廷がどよめいたのは、弁護人が被告人を裏切るような主張をしたからだろう。被告人を有罪に導くための主張立証を尽くすのは、弁護人ではなく検察官の責務だ。その当然の前提が、双方の冒頭陳述では覆《くつがえ》ってしまっている。

被告事件に直結する罪ではないとしても、被告人が過去に犯した疑いがある虚偽告訴の事実について、検察官は無罪を、弁護人は有罪を、それぞれ声高に主張した。

「――以上が、被告人側の主張になります」

興奮冷めやらぬ法廷の空気を感じ取ったのか、裁判長は予定よりも早く休廷を宣言した。十五分ほどの短い休廷だが、気持ちを落ち着かせるには十分な時間だ。

再開するまで、美鈴は地下の独居房に戻されることになった。

先ほどの冒頭陳述で、馨の父親を陥れたのは被告人だと僕は述べた。僕たちではなく、被告人が陥れたと。美鈴一人に、罪を押し付けたのだ。

美鈴が罪を引き受けて、僕は無関係を装う。打ち合わせは、既に済んでいる。

だが、美鈴は、本当にそれでいいと思っているのだろうか。

駄目だ、躊躇うな。関係者が出て行った法廷で、拳《こぶし》を握りしめた。

再開後は、予定どおり検察官請求の証拠調べ手続が進んでいった。

犯行場所や犯行時刻を特定するための実況見分調書、被害者の死因や死亡時刻を特定するための捜査報告書、凶器の材質や形状を特定するための折り畳み式ナイフ。

犯罪事実の認定に不可欠な証拠が、網羅《もうら》的に取り調べられていく。

その中には、第一発見者としての立場で聴取された僕の供述調書もあった。当時は取り乱していたが、供述内容に大きな誤りはなかった。模擬法廷に踏み込み、馨の死体や返り血で染まった美鈴を発見するまでの経緯が、詳細に記載されている。

裁判員裁判では、法的素養を持ち合わせていない裁判員でも心証を形成できるように、証拠の内容が通常の事件より詳細に述べられる。そのため、検察官が請求した書証の取り調べには、二時間近くの時間を要した。

通報を受けて駆け付けた警察官の証人尋問が、この日の最後の証拠調べとして行われた。

だが、双方の立証に影響を与える証言は得られなかった。僕の供述調書に書かれている内容の一部を繰り返すに留まったからだ。裏を返せば、第一発見者の供述の裏付けが取れたと評価することはできるかもしれない。

罪状認否や冒頭陳述で一時の盛り上がりはあったが、第一回公判期日は、被告人側にとっては大きな波乱もなく乗り切ることができた。

机の上に広げた資料を鞄にしまって、弁護人席から立ち上がった。

本番は、明日から続く証人尋問だ。裁判員裁判の期日は、連日開廷を基本としている。明日の第二回公判期日では、三人の証人を取り調べることになっている。

なにを訊き、どんな答えを引き出すか——。

尋問事項を確認しながら、僕はサクと一緒に事務所に戻った。

19

第二回公判期日

緊張した面持ちで、公平は証言台に座っている。尋問は、請求者の僕から始まった。

「証人は、被害者や被告人とはどういった関係でしたか?」

「クラス……、メイトです」

声が上擦っている。裁判員裁判で証言を求められているのだから、ある程度気負ってしまうのは仕方ない。説明が不十分な部分は、必要に応じて僕が補足すればいい。

「法都大ロースクールで同じ学年に所属していた。そういうことでいいですか?」

「あっ……。そうです」

「ところで証人は、無辜ゲームという言葉に聞き覚えはありますか?」

公平が更に身構えたのが、その表情でわかった。

「はい、あります」

「ロースクールで行われていた、一種のゲーム。そういった理解でよろしいでしょうか」

「そうですね。トランプやスマホのゲームよりは殺伐《さつばつ》としていましたが、他に適切な表現は思い浮かびません」

思ったより柔軟に答えてくれている。この調子なら、説明を任せてもよさそうだ。

「内容を、簡単に説明してください」

「特定の被害を受けた告訴者が、決められたルールに従って、刑罰法規に反する罪を犯した人物を犯人に指定するゲームです。審判者、告訴者、証人といったプレイヤーが、それぞれの役割を演じることで、無辜ゲームは進行していきます――」

公平の説明は非常にわかりやすかった。どういったゲームだったか、裁判員にもイメージしてもらえただろう。そこから掘り下げていくのは僕の仕事だ。

「先ほど挙げてもらった役割の中で、あなたが担ったものはありますか？」

「いえ。俺は、傍聴席に座ってゲームを見ていただけです」

中立の立場にあり続けた傍観者。だからこそ、公平に証言を求めることを決めた。

「それでは、被害者はどうでしたか？」

「馨は、全てのゲームで審判者の役割を担っていました」

すっかり緊張は解けたようだ。下がっていた視線も、法壇の辺りまで上がってきた。

「最初に行われた無辜ゲームについて教えてください。そのときも、審判者の役割は被害者が担っていたのでしょうか」

「はい、そうです」

「なにがきっかけで、無辜ゲームは始まったんですか？」

公平は、少し考える素振りを見せた。この質問をすることも事前に告げてあるので、説明の順序を頭の中で整理しているだけだろう。

「クラスメイトの財布が自習室で紛失したことがありました。そうしたら、その財布を持っている人間を見たっていう目撃者が現れたんです。でも、疑われた人は、自分は知らないと言い張って、押し問答みたいになりました。しばらく経ってから、それを見ていた馨が解決方法を提示して……。それが、無辜ゲームでした」

「そういった方法で問題を解決したのは、そのときが初めてですか？」

「みんな驚いていたので、そうだと思います」

「つまり、無辜ゲームを考案したのは被害者だということですね」

「そう記憶しています」

検察官席の留木が机に手を置いて立ち上がる。

「そんな細かい事実を確認することが必要なんですか？」

「では、質問を変えます」

異議というより言い掛かりに近かったが、必要な情報は訊き出せた。

「これは確認に留まりますが、被害者が担っていた審判者は、罪を犯した人物を特定して、敗者に罰を与える役割だと説明されましたね」

「はい、そのとおりです」

「証人としては、審判者がゲームで行使していた権限は、弱いものだと思っていましたか？　それとも、強いものだと思っていましたか？」

そろそろ誘導だと指摘されそうな頃合いだと思ったので、遠回しな訊き方をした。

「かなり強い権限だと思っていました。特に、罰を与える権限については」

「被害者はクラスメイトだったと、冒頭で述べていましたよね。どうして、クラスメイトの一人にすぎなかったはずの被害者が、そのような強大な権限を行使できたのでしょう。つまり、敗者が罰を受け入れていた理由について、証人の考えを教えてください」

「まず、俺にとって馨は、ただのクラスメイトではありませんでした」

「どういう意味ですか？」

「ロースクールというのは、司法試験の受験資格を得るために通う場所だと俺は思っています。だけど馨は、既に司法試験に受かっていました。実際、驚くくらい優秀な人間だったんです。ほとんどのクラスメイトが、馨は別格だと評価していました」

馨もセイギも、優秀な奴は他人に劣等感を与える――。

いつのことかは忘れたが、そんな言葉を公平は僕に投げかけてきた。僕なんかと馨を同列に語るなと言い返したはずだが、公平は何と答えたのだったか……。

「優秀な学生だから、強大な権限を行使することを認めていた。そういうことですか？」

これは否定させるための質問だ。公平は、きちんと首を横に振ってくれた。

「馨なら間違った判断は下さないと、信頼していたのは事実です。でも、自分も罰を受ける可能性があることを考えたら、信頼だけでは審判者の権限は与えられなかった。馨もそれは理解していました。権限についての不信感を指摘される前に、自ら誓いを立てたんです」

何人かの裁判員は、法壇から僅かに身を乗り出していた。内容を理解できていること、尋問に興味を示していることの二点が確認できた。

「誓いというのは？」

「審判者の役割に反する不正を働いたと証明されたときは、審判者自身に罰を科すると。俺たちはそれを、無辜の制裁と呼んでいました。馨は、その具体例として、故意に偽りの犯人を特定した場合や、審判者が罪を犯した場合を挙げました」

「そのリスクが、不正の抑止力になっていたということですか？」

「はい、そうです」

「実際に、無辜の制裁が行われたことはあったんでしょうか」

「俺が知る限りでは、ありません」

馨は、審判者の役割を完璧《かんぺき》に全《まっと》うしていた。だからこそ、敗者は審判者に科せられた罪を受け入れ、新たな無辜ゲームが開催され続けた。

「無辜の制裁が行われたら、どんな罰が科せられたと思いますか？」

「それは……」

「被害者は、多くの敗者に罰を与えてきたわけですよね。その過程で不正が行われていたとしたら、相当重い罪だと評価できるのではないですか？」

再び留木が立ち上がった。先ほどよりも声を張り上げる。

「異議あり。弁護人の質問は、答えを誘導しています」

「わかりました。質問を撤回します」

今の質問は、こちら側に非があった。先走るなと、気持ちを落ち着かせる。

「よろしいんですか？」裁判長に確認される。

「結構です。次に、幾つかの無辜ゲームについて、事実関係を確認します――」

賢二が犯人に特定された名誉毀損事件。無辜の救済が宣告された窃盗事件。馨がナイフを法壇の机に突き刺した一連の騒動。それらについて、淡々と事実関係を確認していった。

最後に、裁判長の許可を受けて、証拠物として検察官から提出された折り畳み式ナイフを公平に見せながら訊いた。

「このナイフに、見覚えはありますか?」

「はい。馨が法壇の机に突き刺したものだと思います」

「以上で、弁護人の尋問を終わります」

僕が座る前に、留木は立ち上がった。検察官の質問は多岐にわたったが、なにを訊き出したいのかは明らかだった。

大層な説明がされても、所詮《しょせん》は、学生の間で行われていたお遊びにすぎない。ゲームで人が死ぬなんてあり得ない。なにが無辜の制裁だ――。

公平はきちんと中立的に答えてくれていたので、異議を述べるつもりはなかった。

尋問の行く末を見守りながら、主尋問を振り返る。

僕の質問に対して公平は重要な指摘を幾つも返してきた。

馨は、誰もが認めるほど優秀な人間だった。それにもかかわらず、底辺ロースクールと揶揄される場所に進学したのはなぜか。答えはシンプルだ。僕や美鈴が受験することを知っていたから、偶然を装って、父親を陥れた加害者に接触しようとした。そう考えれば、無辜ゲームが考案された理由も自ずと明らかになる。馨が組み立てた計画は、そのときから動き出していた。つまり、無辜ゲームは、父親の冤罪を証明するために作られた一つの道具でしかなかったのだ。

僅かな休廷を挟んだあと、佐沼の証人尋問が開始された。

人定確認のために証人は出頭カードを記載するのだが、住居欄には「不定」、職業欄には「何でも屋」と、それぞれ歪な書体で書かれていた。

打ち合わせをしたいと伝えたにもかかわらず、佐沼は一度も事務所を訪ねてこなかった。今日の期日に来るのかも不安に思っていたが、とりあえず証言を得ることはできそうだ。

黒い作務衣を着ている佐沼の横顔を見ながら、僕は質問を口にした。

「まず、証人と被告人の関係性について訊きます。あなたは、被告人のことを事件の前から知っていましたか？」

「人を殺した女やろ。当然、知っとるわ」

佐沼は僕の方を見て答えた。黒い作務衣は、裁判官が着る法服によく似ている。

「前を見て答えてください。それと、事件の前から知っていたのかという質問です」

「殺人犯なのは認めるんか？」

予想はしていたが、証言台の前に座っても佐沼は大人しくならなかった。

「証人尋問は、被尋問者が質問に答える手続です。あなたが質問する場ではありません」

「へえ……。ずいぶん落ち着いとるやないか。わかった、ちゃんと答えてやる。俺は、事件の前から、その女のことを知っとった」

「どういった関係性だったんですか」

「俺が女を監視してた。悲しき一方通行の関係よ」

普段と変わらない分、扱いに慣れている僕の方が有利に進められる。攻撃的な言葉は無視すればいい。足りない言葉は補足させればいい。

「監視というのは、具体的には？」

「女の部屋を盗聴してたんよ」

傍聴席が、またざわついた。最前列に座る記者は、なにかをメモしている。

「被告人が住むアパートの一室を盗聴していた。そういうことですね」

「ああ、そのとおり」

「証人は、被告人のストーカーだったということですか？」

聞いている者が抱くはずの疑問を先に解消することにした。

「違うわ。こんなお子ちゃまに興味なんかない」

「では、その目的は？　さっきも言いましたが、前を見て答えてください」

汚れた目つきで美鈴を見ていたので、正面を向き直らせた。

「依頼を受けた。それだけのことよ」

「あなたの職業は、何でも屋ということでしたね。盗聴の依頼も、よくあるんですか？」

「初めての依頼ではなかった。その答えで充分やろ」

「依頼を受けたときの状況を教えてください」

佐沼の答えは、以前に聞いたとおりだった。送信専用のアドレスから、盗聴対象や手段、報酬のやり取りに関して記載されたメールが届いた。メールには、盗聴の依頼だけではなく、女子高生が犯した詐欺に関する記事を郵便受けに入れろという指示も書かれていた。

「盗聴した音声は、どうしていたんですか？」

「全て指定されたクラウドに上げとった。クライアントには、女子大生の部屋を盗み聞きする趣味があったんやろうな」

「音声は、あなたも聞いていましたか？」

「全部は聞いとらん。そんなに暇じゃないからな」

盗聴自体に関する質問は、これくらいで充分だろう。

「クライアントについて訊きます。依頼はメールで受けたということですが、クライアントと直接会ったことはありますか？」

「ない。そいつは、頑なに姿を現さなかった」

「それで、あなたは納得したんですか？」

佐沼は僕の顔を見上げてから、頬を歪めるように笑った。

「ずばっと訊けや。クライアントの正体は、結城馨だったんやろって」

法廷が静まり返る。原因を作り出した本人は、その様子を観察して口元を緩めた。

「どうして……、そう断言できるんですか？」

くそ――、段取りが滅茶苦茶だ。

「はっ。いい顔しとるで。クラウドに上げた音声データに、ウイルスを仕込んだ。そいつを開くと、パソコンのウェブカメラを通じて映像を抜き取ることができる」

直接的な訊き方をすれば、検察官が誘導だと異議を述べる。遠回しな訊き方をすれば、暴走した佐沼が好き勝手に喋る。これほど難しい証人尋問は経験したことがない。

被告人席に座る美鈴の横顔を見て、小さく息を吐いた。思惑どおりに佐沼の尋問が進むとは思っていなかった。一定の到着点に至れれば、過程には目を瞑るしかない。

「あなたが見たのは顔だけで、名前はわからないと」

「ああ、名前なんかに興味はなかった」

「ウェブカメラから抜き取った映像を、私に提供してくれましたね」

「鬱陶《うっとう》しいくらい頼まれたからな」

再び裁判長の許可を受けて、僕は佐沼に一枚の写真を示した。

「これは、映像の一部を切り取って作成した写真ですね」

「まだ回りくどい確認やな。そう……、こいつが、カメラに映ってた男や」

僕が示した写真には、馨の顔が鮮明に写っている。

佐沼から受け取った写真を書記官に渡してから、弁護人席に戻った。

「ところで、あなたは先ほどの映像や写真を、私以外に提供したことはありますか？」

「誰にも渡しとらん。お前さんだけが例外よ」

「弁護人からは以上です」

続いて立ち上がった留木は、なめられてはいけないと思ったのか、普段よりも強い口調で尋問を始めた。佐沼も、最初のうちは素直に答えているように見えた。

だが、事実関係の確認が終わった辺りから流れが変わった。

「意気揚々と自分がしたことを話していましたけど、それが犯罪だって自覚してます？」

「犯罪？　なにが？」

椅子の背もたれに寄りかかる佐沼を見て、大した度胸だと思った。裁判員裁判の証人尋問でここまで不遜《ふそん》な態度を取れる人間は、ほとんどいないだろう。

「被告人の部屋を盗聴した行為ですよ」

「犯罪……、ねえ」

にやりと笑った佐沼は、アパートで披露したのと同じ論理を口にした。集音器を通じての盗聴は、いずれの法規制にも反しない——。今になって思えば、全て罄の入れ知恵だったのだろう。特別法に関する知識であっても、研究者を志していた罄なら精通していたはずだ。

「常識的に考えて許されない行為だと言ってるんですよ」

「法律家が、常識とか倫理を持ち出したら終わりやな」

「…………」

留木の顔が紅潮しているのが、この距離でもわかった。尋問の行く末を静観していたが、佐沼の方が優勢らしい。この男の口のうまさは、本当に侮れない。

途中から、経験豊富な古野が尋問を引き取った。さすがの佐沼も、古野の鋭い眼光や迫力ある口調には驚いたようだった。それでも、大きく崩れることなく尋問は終了した。

公平と佐沼の証人尋問のために準備していたメモを、小さく折り畳んだ。連続での尋問が、ここまで精神的に疲弊するものだとは思わなかった。

長めの休廷を経た後、証言台には、検察官が請求した馨の母親が座った。

弔問に赴いたとき、僕は馨の生前の友人だと名乗ってしまった。そのことを忘れているとは思えないが、弁護人席に座る僕に厳しい視線は向けてこなかった。

佐沼の尋問で失態を晒《さら》した留木が、主尋問を行うために立ち上がった。

「被害者の父親、つまり、証人の配偶者だった人物について訊いていきます。佐久間《さくま》悟《さとる》さんは、迷惑防止条例違反と傷害の罪によって、懲役刑の執行を受けたことがありますね？」

佐久間というのは、馨の旧姓だ。この尋問では、双方の冒頭陳述によって争点化した馨の父親の前科について主に訊いていくことになるだろう。

「はい、そうです」

「証人は、佐久間さんが有罪判決を宣告されたのは、冤罪だったと考えていますか？」

そこまで直接的な訊き方をするとは思わなかったので驚いた。

焦っているのか、そういう作戦なのか――。

「いえ……。あの人は罪を犯したのだと、私は思っています」

今にも消え入りそうな声だった。僕や美鈴が主張を追加したせいで、彼女は辛い尋問を受けなければならなくなった。罪悪感で胸が押し潰されそうになる。

「なぜ、そのように思われるのですか？」

「あの人のポケットに、ペン型のカメラが入っていたからです」

「カメラには、どのような映像が保存されていたのでしょうか？」

「電車で撮られた盗撮映像だと聞いています」

物的な証拠まで存在しているのに、冤罪なはずがない。

そう主張するかのように、留木は法廷内を見回した。過去に捏造した証拠が、冤罪の主張の足かせになっている。あのときの僕は、こんな展開になるとは夢にも思っていなかった。

「佐久間さんは、無罪を主張しましたか？」

「いえ。裁判では、罪を認めていたはずです」

留木は、満足そうに頷いた。

「それでは、息子の馨さんはどうでしたか？」

「馨は……、今となっては、よくわかりません、でも、あの子が父親を慕っていたのは確かです。だからこそ、大きなショックを受けたのだと思っていました」

客観的な事実は、検察官の主張を裏付けるものが揃っている。留木の証人尋問は、それらの事実を一つ一つ摘示していくものだった。地道な作業だが、判決は間違っていなかったという心証を形成するだけなら、その程度の立証で充分なのかもしれない。

厳しい情勢にあることを理解しながら、反対尋問を行うために立ち上がった。

「私は、被告人の弁護人です。ですが、結城馨さんの友人でもありました」

僅かに目を見開いて、馨の母親は僕の方を見た。

「ええ、知っていますよ」

立場を伏せて弔問に赴いたことが許されるとは思っていないが、一言伝えたかった。ここから先は、弁護人としての尋問だ。

「先ほどの検察官の質問に対して、馨さんが父親の罪をどう思っていたのかはわからないとお答えになりましたね」

「はい。逮捕直後や裁判中は、ひどく動揺しているように見えましたが」

「動揺というと？」

「学校を早退したり、事件現場を何度も見に行ったり……」

「事件に関して、何らかの主張をしたことは？」

少し考えてから、馨の母親は言った。

「私や接見で会った佐久間に対して、父さんは無罪だと繰り返していましたね」

無罪という言葉を聞いて、留木はぴくりと反応した。

「それなのに、馨さんが父親の冤罪を疑っていたのかは、やはりわからないと？」

「根拠があるようには見えなかったので、そう信じたいだけではないかと思ったんです」

「なるほど。佐久間さんは、それに対してどのような反応を？」

「肯定も否定もせず、ただすまないと謝っていました」

この発言だけでは、留木が作り出した心証を覆すには心許ない。

「有罪判決が下される前後で、馨さんの様子に変わったことはありませんでしたか？」

「どういう意味ですか？」

「例えば、なにかにのめり込んでいったとか」

質問の意図を計りかねているからか、留木が異議を述べることはなかった。

「ああ……。急に、法律の勉強を始めました」

だから何だとでも言いたそうに、留木は万年筆で手元の資料を小突いた。

「質問を変えます。佐久間さんは、今回の事件が起きた一ヵ月程前に亡くなったと聞いています。死因は何だったのでしょうか？」

思い出したくない過去だとわかっていても、訊かなければならなかった。

「……自殺です」

「精神状態が不安定になったのは、いつ頃からですか？」

「刑が確定して、刑務所に入ったあとだと思います」

「命を絶つ予兆のようなものはありましたか？」

「それは――」

答えに詰まった証人を助けるように、留木が立ち上がった。

「質問が抽象的すぎます。そもそも、意味がある質問だとは思えません」

「予兆があったのか否かを訊いているだけです」

引き下がるつもりはなかったので、裁判長に判断を委ねた。

「証人、弁護人の質問に答えられますか？」裁判長は、優しく問いかけた。

「はい……。何度も自殺未遂を繰り返していると聞いていたので、自ら死を選択するのは、時間の問題だと思っていました」

「次に、事件直前の被害者の様子についてですが――」

母親から見ておかしな様子がなかったか確認したが、明確な答えは返ってこなかった。裁判の結果に影響を与えるかもしれないと思ったら、安易には答えられないだろう。

幾つか追加の質問をしてから、僕は反対尋問を終えた。

裁判長が閉廷を宣言すると、傍聴人や関係者は席を立った。刑務官に挟まれている美鈴に接見が必要か訊いたが、返答はなかった。

今日の証人尋問によって、さまざまな証言を得ることができた。

だが、法廷に顕出されたのは、ばらばらな模様が刻まれた雑多なピースだ。

無罪が描かれた完成図をイメージすることはおろか、全体像すら浮かび上がってこない。それが、裁判官や裁判員が抱いている率直な心証だろう。

今の時点では、その心証で構わない。

ピースが揃っていれば、あとは組み合わせの問題でしかないからだ。

完成形を見極めて、あるべき形に組み合わせていく――。

明日の公判期日でパズルを完成させてみせる。

20

第三回公判期日

最後の証人は、馨の司法解剖を行った長濱《ながはま》という名前の男性鑑定医だった。

鑑定書は既に取り調べられているが、専門家の分析を法廷で直接聞いた方が裁判員の理解に資するということで、証人尋問を実施することになった。

モニターにスライドを表示するプレゼン方式で、古野は尋問を進めていった。

被害者の死因は、左前胸部の刺傷に起因する失血死。防御創は見当たらず、即死だった可能性が高い。凶器は、胸元に刺さっていた折り畳み式ナイフ。凶器の形状と傷跡の角度からすると、正面に立っていた犯人が、被害者を押し倒しながらナイフの刃を左前胸部に刺したものと推測できる。死亡推定時刻は、午後一時前後――。

鑑定医の精密な分析に、素人が疑問を挟む余地はなかった。

「被告人の衣服に付着していた血液は、被害者のものだったんですね」古野が訊いた。

「はい。間違いありません」

「血液の付着状況を、簡単に御説明いただけますか。つまり、被害者が刺された瞬間に付着したものか、それ以外の可能性があるのかといった辺りについてです」

古野は、許容される尋問のラインを見極めている。さすがだと素直に思った。

「少なくとも、事後的に付着したものではありません。衣服を着た犯人が凶器で刺した際に付着した返り血である可能性が極めて高い。そう分析できる理由は――」

古野によるプレゼンの補足が終わった後に反対尋問の機会を与えられたが、こちらから訊くべきことはほとんどなかった。

「被害者が正面から刺されたとした場合、揉み合った形跡などの防御創が見当たらないことは、不自然とは言えないのでしょうか？」

「不意を突かれたのであれば、充分考えられることです」

「体格的に劣《おと》る女性が、男性を刺したとしても？」

「答えは変わりません」

「――弁護人からは以上です」

長濱鑑定医の証人尋問によって、美鈴が有罪であるとの心証を強くした者は多くいるだろう。凶器に付着した被告人の指紋と、被告人の衣服に付着した被害者の血液。これら二つの事実を重ね合わせるだけで、被告人が被害者を刺したという結論が浮かび上がってくる。

全ての証人尋問が終了し、残すは被告人質問のみとなった。

迎えた公判期日、過去の罪を明らかにした冒頭陳述、散らばった証言のピース。ようやく、全ての準備が整った。証言台に座る美鈴も、同じことを考えているはずだ。

「まず、アパートでの嫌がらせについて訊いていきます。佐沼証人は、あなたの部屋を盗聴していたと供述しました。それは、事実として間違いないですか？」

「間違いありません」

イエス・ノーで答えられる質問をメインに組み立てる。無辜ゲームで培った技術は、実際の刑事裁判においても大いに役立っている。

「自分の部屋が盗聴されていることに、あなたは気付いていましたか？」

「いえ、気付いていませんでした。アパートの敷地内で嫌がらせが続いたので、部屋が盗聴されているのではないかと考えました。でも、盗聴探知器を使って調べてもなにも見つからず、その結果を信じてしまいました」

淀みなく美鈴は答えていく。緊張している様子は見て取れない。

「郵便受けには、女子高生が関与した詐欺に関する記事が入っていたそうですね。それは、あなたと関係がある記事でしたか？」

「無関係の記事です。私と女子高生の間に、個人的な繋がりもありません」

「では、その記事を見ても、なにも思わなかったと？」

一呼吸置いてから、美鈴は答えた。

「いえ……、私が過去に犯した、痴漢冤罪詐欺を思い出しました」

「それは、どのような罪ですか？」

「私は高校生のとき、児童養護施設にいました。周囲から経済的な支援を受けられず、貯蓄も無いに等しい状況でしたが、進学を諦めることはできませんでした。違法行為に手を染めたのは、大学の学費を稼ぐためです。その一つとして行っていたのが、痴漢冤罪詐欺と呼ばれるものでした。具体的には――」

美鈴は痴漢詐欺についての説明を続けたが、傍聴席のざわめきが気になってよく聞き取れなかった。法廷が静かになるのを待ってから、質問を再開した。

「郵便受けに入っていた記事には、痴漢冤罪詐欺も取り上げられていたんですか？」

「はい。だから、それらを頭の中で結び付けてしまいました」

「記事を見ただけで、過去に犯した罪を思い出したと？」

「もう一つ理由があります。アパートでの嫌がらせは、部屋のドアスコープにアイスピックが突き刺さっていたことから始まりました。そのアイスピックに一枚の紙が括《くく》り付けられていたのですが、そこには児童養護施設の入り口で撮った集合写真が印刷されていました」

わかりやすい説明だったが、一応まとめておくことにした。

「施設での集合写真と、詐欺に関する記事。その二つを目にしたことで、自己が過去に犯した罪とアパートでの嫌がらせが繋がっていると解釈した。それであっていますか？」

「はい」

「嫌がらせは、どれくらい続いたんですか？」

「二週間と少しです」

「短期間で嫌がらせが止まった理由について、なにか心当たりはありますか？」

「これが答えなのかはわかりませんが、過去に犯した罪をアパートの部屋で暴露した直後に嫌がらせは止まりました」

異議を述べる暇も与えないくらい、素早く問いと答えを展開していく。

「具体的には？」

「先ほども言いましたが、私は自分の部屋が盗聴されていることに気付いていませんでした。何度も同じ記事を郵便受けに入れられるので、部屋で友人に相談しました。そこに書かれた犯罪と似た行為を自分も過去に繰り返していた、犯人の目的は復讐なのかもしれない――。そんな内容だったと思います」

友人というのは僕のことだが、法廷の場で打ち明けるつもりはなかった。

「その音声は、直上の部屋に仕掛けられた器械によって録音され、佐沼証人に盗聴を依頼したクライアントの手に渡った。あなたは、そう考えたわけですね」

「はい。望んだ音声を手に入れたから嫌がらせは止まったのだと考えました」

馨が音声を欲した理由については、あとで訊くことになる。ここで確認しなければならないのは、美鈴がクライアントの正体を知った具体的な時期だ。

「佐沼証人は、盗聴を命じたクライアントは結城馨さんだったと供述しました。あなたも、その事実には気付いていましたか？」

「当時は、わかっていませんでした。でも、嫌がらせが止まって一年くらいが経ってから、結城くんが犯人だったと知りました。今回の事件が起きる二週間前のことです」

「それは、きっかけがあったんですか？」

「郵便受けに、匿名の告発文が入っていました」

告発文の存在を僕が知ったのは、拘置支所に移送された美鈴と接見したときだ。

「内容を教えてください」

「児童養護施設の写真を手に入れたのも、アパートでの盗聴を命じたのも、全て結城くんがやったことだと書かれていました」

「それらの事実が記載されていただけですか？」

「二枚の写真が同封されていました。一枚目は、SNSでのやり取りをスクリーンショットで撮った写真です。施設の写真を探している旨の文章が本文に書かれていて、そこに写っていたアカウントを調べたら、受信者は施設の友人で、送信者は結城くんだとわかりました。二枚目は、結城くんの顔が写った写真です。ウェブカメラを乗っ取って手に入れたものだという説明が付記されていました」

被告人が証言台で長々と語ることを嫌う裁判官は多い。しかし、赤井裁判長が美鈴の発言を止めることはなかった。タイミングを逸《いっ》したわけではなく、内容が論理的に整理されていると思ったが故《ゆえ》の判断だろう。

「私が佐沼証人から提供を受けた写真は、あなたも確認しましたね？」

「はい。告発文に同封されていたのも、それとよく似た写真でした」

「ですが、佐沼証人は、弁護人の私以外にウェブカメラから抜き取った映像や写真を提供したことはないと供述しました。あなたは、告発文の送付者に心当たりはありますか？」

「ありません」

被告人質問における答えとしては、それで充分だ。推測を述べさせることに意味はない。

想定される可能性の一つは、佐沼が嘘をついているというものだ。だが、クライアントの正体を教えるメリットがないし、事件後の佐沼の言動を振り返っても、そんな予兆はなかった。少なくとも、良心の呵責《かしゃく》に耐えかねて匿名で真相を打ち明けるような男ではない。

「告発文を受け取ったあと、どのような行動に出たんですか？」

「結城くんから話を訊こうとしました。過去の無辜ゲームについて、訊きたいことがある。そうメールで送ったんです」

「返信はありましたか?」

「模擬法廷で会おうと返ってきました」

「指定された日時を、覚えていますか?」

「はい。起訴状に記載された日の、十二時三十分です」

これで、美鈴と馨が模擬法廷に居合わせた理由を説明できた。

「既に証拠として提出されているので誘導しますが、第一発見者の私に対しては、午後一時と指定されたメールが届きました。ですが、あなたに届いたメールには、十二時三十分と書かれていたんですね」

「はい、間違いありません」

空白の三十分間——。あとは、模擬法廷で起きた出来事を語ってもらえばいい。

「あなたがロースクールに着いた時間を教えてください」

「十二時二十五分頃です」

「そのとき、被害者は既に模擬法廷内にいましたか?」

「はい。いつものように、法服を着て裁判長席に座っていました」

傍聴人の何人かは、法壇の中央に座る赤井裁判長を見つめているだろう。そこに、被害者の姿を重ね合わせているはずだ。

「模擬法廷に入ってから、あなたはどうしたんですか?」

「証言台に立って、結城くんに訊きました。施設の写真を手に入れたのも、アパートでの嫌がらせを指示したのも、結城くんがやったことなのかと」

証言台の美鈴、裁判長席の馨。ちょうど、今の法廷と同じ構図だ。

「被害者は、何と答えましたか？」

「よくわかったね――」

「証拠を求めたり、言い逃れをしたりすることもなく？」

「はい。すぐに認めました。私は、どうしてそんなことをしたのか訊きました」

「答えは？」

「父さんを救いたいんだ。結城くんは、そう答えました」

そこで言葉を切って、法廷内を見回した。全員が、美鈴の口元に注目している。そこから発せられる声を聞き逃さないようにしている。

「被害者の父親が佐久間悟さんであることを、その時点で認識していましたか？」

「いえ。私の中では、まだ繋がっていませんでした」

「わかりました。続けてください」

「結城くんは、机の引き出しを開けて、中からなにかを取り出しました。そして、法壇の脇《わき》にある段差を下りて証言台に近付いてきました。すぐ側まで近付いたところで、ようやく右手に握っているのがナイフだと気付いたんです」

「今回の事件の凶器として提出された、折り畳み式ナイフのことですか？」

「そうです」

証拠物の折り畳み式ナイフを示して、同一性を確認することまではしなかった。早く真相を打ち明けさせろという空気を、肌で感じたからだ。

「証言台の前で、二人は向かい合ったわけですね。それから？」

「少しずつ後ずさりをしながら、私を殺すつもりなのか訊きました」

続きを促すタイミングを探っていると、美鈴は自分から口を開いた。

「殺される理由があるのかと、結城くんに訊き返されました。アパートでの嫌がらせから、犯人は私が犯した罪によって被害を受けた誰かだと予想していました。でも、結城という苗字《みょうじ》に覚えはなかった。だから、なにも答えられませんでした」

「あなたが答えられずにいると、被害者はどのような行動に出ましたか？」

美鈴は、無言で書記官席を指さした。そこに答えがあると示すかのように。

「どうしたのですか？」

そう訊いたのは、僕ではなく赤井裁判長だった。

「模擬法廷にも書記官席があります。結城くんは、証言台からその辺りを指さしたんです」

美鈴は、馨の行動を再現しようとしたのだ。

「そこに……、なにかがあったんですか？」再び僕が質問した。

「先ほど私が指さしたものがありました」

「傍聴人、立たないでください」

裁判長が注意した。書記官席を覗き込もうとした傍聴人がいたのだろう。

美鈴が指さしたものを言葉で特定する前に、前提となる知識を整理することにした。

「裁判員法と呼ばれる法律があります。その六十五条は――」

留木が立ち上がった。「異議あり。弁護人は、本件とは無関係の発言をしています」

条文の内容を思い浮かべて、不穏な気配を感じたのだろうか。

「その規定が、事件と関係しているのですか？」裁判長に訊かれる。

「はい。裁判員の方々に理解していただくには必要な説明だと思慮します」

「必要性が認められないと判断した時点で止めますが、続けてください」

職業裁判官らしい、中立の訴訟指揮だ。

「裁判員法六十五条は、裁判員裁判対象事件については、一定の場合に、審理における関係者の供述等を記録媒体に記録することを認めています。この規定は、連日開廷を原則とする裁判員裁判において、法廷でのやり取りを振り返る機会を確保して、裁判員等の職務の適正な遂行を確保することを目的としたものです。そして条文には、裁映像及び音声を記録の対象とすると明記されています。今回の事件でも、当該決定が最終公判前整理手続でされました。つまり、私の発言も映像と音声が記録されているということです」

そこで僕は、美鈴と同じように人差し指を書記官席に向けた。

「先ほど被告人が指さした辺りに、ビデオカメラが三脚で固定されているのが見えると思います。被告人質問の映像や音声は、そのカメラによって記録されているわけです。そして、事件が起きた模擬法廷にも、同じ場所にビデオカメラが――」

「異議あり！　答えを誘導しています」留木が声を荒らげた。

「誘導ではなく、被告人の動作を言語化しただけです」

「弁護人。改めて、被告人に質問してください」

赤井裁判長の指示に従い、「被害者は、模擬法廷でなにを指さしたんですか？」と美鈴に訊いた。

「書記官席に置いてあった、ビデオカメラです。ランプが赤く点灯していたので、録画されていることがわかりました」

名誉毀損の罪を犯した賢二が敗者になった無辜ゲームで、模擬裁判の映像を流出させたと嘘をついたことがある。だから、模擬法廷にビデオカメラがあることは知っていた。だが、事件の一部始終が撮影されていたとは、美鈴から聞くまで想像もしていなかった。

「被害者は、なにか言いましたか？」

「撮影した映像をセイギに渡してほしい。結城くんは、そう言いました」

「セイギというのは、私のことですね」

由来を説明させる必要はないだろう。興味を持っている者がいるとは思えない。

「はい」

「あなたは私に、撮影した映像を渡しましたか？」

「SDカードに保存されていたので、それをビニールパックに入れて渡しました」

検察官席を見ると、留木が机に落とした万年筆を掴もうとしていた。

「裁判長。同一性の確認のために、被告人に一枚のSDカードを示します」

険しい形相で睨んでくる留木の前に掲げてから、証言台の美鈴に示した。

「このSDカードに、見覚えはありますか？」

「はい。それが、先ほどから話しているSDカードです」

「なるほど。ですが、私は中に入っているデータを開くことはできませんでした。その理由はわかりますか？」

「暗号化されていたからだと思います。パスワードを設定したのは、結城くんです」

「そのパスワードを、あなたは知っていますか？」

「はい。結城くんに教えられました」

留木が古野に話しかけるのを横目で見た。想定外の展開に動揺しているのだろう。

「弁護人である私に、パスワードを教えたことは？」

「ありません。何度も訊かれましたが、全て断りました」

SDカードが捜査機関の手に渡っていれば、展開は大きく変わっていたはずだ。

きっかけは幾度となくあった。任意同行に応じたとき、逮捕後に取り調べを受けたとき、勾留されて弁護人がついたとき。だが美鈴は、いずれの場面においても口を閉ざし続けた。

心身ともに追い詰められながら、誰にも相談せず一人で決めてしまった。

いや——、一人で決断したのではない。

「どうして断ったのですか？」

「公判期日が始まるまでは、データは開かない。そう結城くんと約束したからです」

美鈴は、馨と誓いを立てたのだ。

罪の清算と引き換えに、無辜の人間を救済すると。

「今なら、パスワードを教えてくれますね」

「はい——」

そして美鈴は、英数字の組み合わせをそらんじた。

「裁判長。ＳＤカードに保存されている映像の取り調べを請求します。立証趣旨は、死亡直前の被告人と被害者のやり取り及び被害者の身体に凶器が刺さった状況等です」

赤井裁判長の反応が遅れた。すると、留木が再び立ち上がった。

「そんな請求……、認められるわけがない。裁判長！　これは、違法な証拠調べ請求です」

「公判前整理手続に付された事件なので、やむを得ない事由が認められない限り、新証拠の請求は認められない。その点は、もちろん理解しています。ですが、被告人はパスワードを黙秘し続けていたんです。公判前整理手続が終了した時点でも、データは開けていませんでした。つまり、ＳＤカード内のデータが、事件当日の模擬法廷のやり取りを記録した映像だと判明したのは、この被告人質問の最中です。パスワードがわからなければ、証拠調べ請求をすることは不可能だった。やむを得ない事由は、認められるはずです」

僕が言い終わるのを待ってから、留木は口を開いた。

「本当に、データは開けなかったんですか？」

「どういう意味ですか？」

「公判期日までデータは開かないという約束を被害者と交わしたと、被告人は言いましたね。しかし、そんな約束を守るメリットが被告人にあったとは思えない。やむを得ない事由をこじつけるための口実にしか聞こえませんよ」

留木の勢いに気圧されそうになるが、ここで引くわけにはいかない。

「違います。むしろ、証拠調べ請求を遅らせるメリットの方が見出せないはずです。被告人がパスワードを伏せた理由は、映像を見ればわかります」

「請求時点で合理的に説明できないのなら、やむを得ない事由は認められない」

「では、採否の判断をするために提示命令を掛けてください」

留木ではなく、赤井裁判長に向かって言った。

証拠を実際に見なければ採否の決定を下せない場合、裁判所は訴訟指揮により、一時的にその提示を命じることができる。そこから心証を形成することはできないが、証拠の内容を踏まえた上で取り調べるか否かを決めるための制度だ。

「わかりました。弁護人に対して、ＳＤカードの提示を命じます」

「裁判長……、本気ですか？」

「三十分ほど休廷します。検察官も、内容を確認してください」

有無を言わせない口調で、赤井裁判長は休廷を宣言した。慌ただしく書記官が動き回り、検察官が不満げに法廷を出て行き、美鈴は地下の独居房に戻された。

当事者席に残された僕は、天井を仰ぎ見た。あとは、裁判所の判断に委ねるしかない。

最終公判前までには証拠調べ請求するべきだと何度も説得した。だが、美鈴が首を縦に振ることはなかった。馨との約束が、美鈴を縛り付けていた。

まだ僕は、ビデオカメラの映像を見ていない。だが、おおよその内容は予測できる。

映像の中で、馨は真相を暴露したはずだ。検察官も裁判官も、言葉を失うほど驚くだろう。そして、法廷で映像を再生すればどんな事態を招くか考えを巡らせる。

あっという間に三十分は過ぎ去った。赤井裁判長が再開を宣言するまで、僕は瞼を瞑ったままでいた。柵の内側を見回すと、当事者が全員揃っていた。

何らの前置きもなく、裁判長は検察官に訊いた。

「証拠調べ請求に対する検察官の意見は？」

「不同意です」留木が即答した。

やむを得ない事由が認められないことや、伝聞証拠に該当することについて、留木は早口でまくしたてていった。それに対して僕は、必要最小限の反論をした。

全員の視線が、赤井裁判長の口元に集まった。

「弁護人請求のＳＤカードを採用して、この法廷で映像を取り調べます」

裁判所の判断に、法廷からどよめきが漏れた。

「異議を申し立てます！」立ち上がったまま、留木は続けようとした。

しかし、それを遮ったのは古野だった。

「――もういい、座れ」

「古野さん。どうして……」

手を震わせて、留木は隣に座る上司を見た。

「実体的真実の発見も、検察官が果たすべき使命だからだよ。あの映像は、取り調べられなければならない。異議を申し立てても意味がないことは、お前もわかってるはずだ」

力を失ったように、留木は椅子に座った。

そして、101号法廷のモニターに、模擬法廷の映像が映し出された。

21

撮影の事実を馨が打ち明けるまでの流れは、美鈴が証言台で述べたとおりだった。

漆黒の法服を羽織った馨と、白いブラウスを着た美鈴。いずれの着衣も未だ血に染まっておらず、白と黒のモノトーンのコントラストが、模擬法廷に漂う静寂に溶け込んでいる。

その中で、馨の右手に握られたナイフだけが異質な存在感を放っていた。

ビデオカメラのレンズを確認した美鈴は、声を震わせながら訊いた。

「映像を渡してほしい？」

「そう。三十分後にセイギが来るはずだから」

美鈴は、首を左右に振った。

「何のために撮影しているのかわからないけど、自分で渡せばいいじゃない」

「二人のときは清義って呼んでるのに、よく上手に使い分けられるね」

馨と美鈴は、証言台を挟む形で向かい合っていた。右手を伸ばしてもナイフの切っ先がぎりぎり届かない距離感が、二人の間では保たれている。

「やっぱり、盗聴した音声を聞いていたのね。どうして、あんなことをしたの？」

「そんなに一気に訊かれても困るな。まず、一つ目の質問から答えるよ」

馨は、ナイフを握っていない左手の人差し指を立てた。

「映像を渡せない理由は簡単だよ。セイギが来る頃には、この世から消えているからさ」

法服の袖の先に握られた、折り畳み式ナイフ。小振りな波刃であるにもかかわらず、死神が持つ鎌《かま》のような禍々《まがまが》しさが映像越しに伝わってくる。

「……落ち着いて」

美鈴の制止を無視して、馨はピースサインに似た形を左手で作った。

「二つ目の質問は、僕が美鈴の部屋を盗聴していた理由だったね。この答えは少し複雑だ。一言でいえば、君が犯した罪に関する証拠を集めたかったんだ」

「何のために？」

「その罪のせいで、僕たちの人生は狂ったから」

「僕たちって……、誰のことなの？」

喉の奥から絞り出したようなか細い声で、美鈴は訊いた。

「佐久間悟という名前に聞き覚えは？」

数秒の沈黙が流れた。美鈴が反応を示すまで、馨は無言で待っていた。

「そんな……、私――」

「ああ、良かった。覚えてないって言われたら、さすがにショックだったよ。佐久間悟は、僕の父親だ。どうかな？　色々とわかってきたんじゃない？」

美鈴は、茫然《ぼうぜん》と立ち尽くしていた。

「一応言っておくけど、謝ったりはしないでくれよ。そんな無意味なことを望んでるわけじゃないんだ。僕の目的もわかった？」

「私に、復讐するつもり？」

更にもう一歩、美鈴は後ろに下がった。

「初めは、そうすることも考えた。僕には復讐する権利があるのかもしれないって。美鈴を恨んでないと言えば嘘になる。あのとき、君が真実を語ってくれていれば、父さんが裁かれることはなかった。君がいなければ、父さんが死ぬこともなかった」

「……死んだ？」

「一ヵ月前に、首を吊って自殺した」

馨の右手が僅かに上がった。ナイフの切っ先が、美鈴の身体を捉えようとする。

「結城くん。私の話を聞いて」

無表情のまま、馨はナイフの向きを指先で調整した。

「僕は、父さんが無実だと知っていた。だから、母さんと接見に行く度に無罪を主張してくれと頼んだ。でも父さんは、すまないと繰り返すだけだった」

「大ごとにするつもりはなかったの。私はただ、お金が欲しくて――」

弁解など聞こえていないように、馨は悲劇の続きを語った。

「真実が知りたくて、有罪判決が確定してからも手紙を送り続けた。返事は一度も来なかったけど、読んでくれていると信じてた。出所したあとに、母さんに内緒で会いに行ったら、父さんは、忘れてほしいと頭を下げてきた」

「忘れるって……、なにを？」

「父さんは、僕が復讐を考えてることを見抜いていた。刑事の勘ってやつだったのかな。そんなことに意味はないって、強い口調で言われたんだ。社会の秩序を保つ警官としての仕事に、父さんは誇りを持っていた。個人的な復讐は、その役割を否定することに繋がる。それだけはやめてくれって、泣きながら頼まれたよ」

二人とも、微動だにせず証言台の前で直立している。

「何と言われようと、僕は加害者を許すことはできなかった。でも、父さんの想いを無視して復讐に走るのは、身勝手な自己満足だと思った。復讐が許されないとしても、せめて正当な報いは受けさせなくちゃいけない。それが、最終的に辿り着いた答えだった」

「正当な報い？」

「僕は、無辜ゲームで審判者の役割を演じてきた。審判者に求められるのは、正しい論理に基づいて犯人を特定する能力と、罪に応じた適切な罰を決定する能力だ。どうやって僕が罰を選択していたか、美鈴は知ってる？」

「同害報復――」

その答えを聞いた馨は、小さく頷いた。

「犯した罪が、そのまま罰として敗者に跳ね返る。この同害報復の考え方こそが、正当な報いを意味してると思わないか？　財産権を侵害した者には、その程度に応じた財産上の制約を科する。名誉を毀損した者には、その分だけ社会的信用の低下を甘受させる――。裏を返せば、それ以上の復讐は認めない。正当な報いを受けた者は、許されなければいけないんだ。在るべき報いの形を理解するために、僕は審判者として多くの敗者に罰を与えてきた。だとすれば、美鈴にはどんな罰が相応《ふさわ》しい？」

「お願い、殺さないで……」

水平に近い角度まで、ナイフが持ち上げられた。

「父さんを殺したのが美鈴だと評価できるなら、僕は迷わずに君を殺したと思う。だけど、どれだけ考えても、その結論に至ることはできなかった」

「えっ？」

唖然《あぜん》とした表情で、美鈴は訊いた。

「美鈴が虚偽の供述をしたせいで、父さんは起訴された。でも、嘘を嘘だと見抜けず、無実の罪で有罪判決を宣告したのは、この国の司法だ。父さんは、服役中に精神を病んで自ら命を絶った。きっかけを作った美鈴と、引き金を引いた司法。どちらか一方に全ての責任を負わせることが相当だとは思えない。だから、双方に報いを受けてもらうことにした」

馨の声色は変わらない。それ故の狂気が、その論理からは染み出していた。

「なにを言ってるの……」

「君が犯した罪は、謂れのない罪を他人に押し付けて、真実を隠したことだ。その罪を清算するには、しかるべき場所とタイミングで無実を証明してもらうしかない。そして司法機関には、過去に下した判断は誤りだったと公の場で認めてもらう。双方が報いを受けたとき、父さんは救済される」

ほとんどの者は、馨の発言の意図を理解するのに時間を要するだろう。だが、馨が書いた論文を何本も読んでいた僕は、即座に一つの単語が頭に浮かんだ。

馨が採り上げた題材で多かったのは、刑事政策に関する論文だった。刑罰論を対象とする刑事政策では、誤った裁判が行われた場合の救済制度をどのように設計するのかが、一つの重要な分野として研究されている。

「もしかして……、再審請求の話をしてるの？」

「さすがだね。理解が早くて助かるよ」

佐久間悟に対する有罪判決は、上訴期間が徒過したことによって確定した。

紛争解決手続の安定性の見地から、確定した判決は、改めて争うことはできないものとして取り扱う必要がある。だが、重大な事実誤認が発見されるなどして確定判決を放置することが不正義となる場合には、誤りを是正する道が開かれる。

確定判決を是正する再審は、非常救済手続と呼ばれている。

「私に、なにをしろっていうの？」

「美鈴にしかできないことさ」

「警察に行って、全てを打ち明けろとでも？」

「その程度の行動では、再審の扉は開かない。再審が開かずの門と呼ばれていることは、美鈴も知ってるよね。無罪を言い渡すべきことが明白だと評価される新証拠が発見されない限り、再審請求は認められない。そして、その有無を判断するのは、司法機関自身だ。彼らが扉を開かざるを得ないような新証拠は、正攻法では集められない」

「だったら――」

美鈴が言い終わる前に、馨の言葉が覆い被さった。

「ノックしても開かないことがわかってるなら、外からこじ開けるしかない」

「外から……？」

「何度も言ってるように、同害報復なんだよ。法廷で起きた過ちは、法廷で正す必要がある。訴追権者と審判者が集まる刑事裁判……。そこで、父さんの無実を証明してもらいたい。公開の法廷でされた発言を、なかったことにすることはできない。柵の内側にいる人間だけではなく、傍聴席に座る記者や傍聴人も含めた全員が証人になるからだ」

ナイフの刃は、水平に近い角度を保ったまま動かない。

これは、ある種の脅迫だ。断れば突き刺すと脅しているようにも見える。

「でも、結城くんのお父さんは……、亡くなったんでしょ」

「有罪の言渡しを受けた者が死亡した場合でも、再審請求の道は閉ざされない。刑が確定していようと、全てを受け入れて自ら命を絶っていようと、その者が罪を犯していないのであれば、それは再審によって救済すべき冤罪に他ならないんだ」

修了間際の講義で、無罪と冤罪の違いについて奈倉先生に訊かれたことがあった。

有罪か無罪かは裁判官が決めるが、冤罪かどうかは神様しか知らない――。

無辜ゲームで審判者の役割を担っていた馨は、そう答えた。

審判者だって、ただの人間だ。全知全能の神様なんかではない。

それなのに……、馨は、自分の父親は冤罪だと断言した。

まるで、真理を見抜ける神様になったかのように。

「再審請求はできるのかもしれないけど、無実を証明するための裁判なんて開かれるはずがない」

「僕たちが、裁判を開かせるんだ。準備は整ってる」

「まずは、そのナイフを下ろして」

殺すつもりはないと言ったにもかかわらず、馨はナイフを下ろそうとしなかった。

「見逃せない事件が起きて充分な証拠が集まれば、検察官は起訴する。難しい話じゃない。誰が被害者になって、誰が加害者になるのか。あとは、その役割分担を決めれ

「裁判はゲームじゃない。そんな役割、誰が引き受けるっていうの？」

「もちろん、被害者役は僕が引き受ける。僕は、ここで死ぬんだ」

馨はナイフを持ち替えた。刃は床に向けたまま、切っ先を自分の身体に向けたのだ。


「どうして、結城くんが死なないといけないの」

「僕の死体が発見されたらどういった事態になるのかを想像してみて。現場の状況も、過去の因縁《いんねん》も、全てが犯人は織本美鈴であることを指し示している。君が協力してくれるなら、起訴まで導かせるのは容易な作業だ」

「そんな……、私に罪を押し付けるつもり？」

同害報復だと、馨は言った。犯した罪を、そのまま罰にして跳ね返すと。

「美鈴に有罪判決を甘受させようとは考えてないよ。それは過ちを繰り返すのと同義だから。裁判の日を迎えたら、この映像を被告人側の証拠として請求すればいい。父さんの無実と自己の無実を同時に証明する。それが、美鈴が果たすべき役割だ」

馨が言ったとおり、まさに今、ビデオカメラの映像は公開の法廷で取り調べられている。織本美鈴と佐久間悟の無実を証明するために。

「この映像を警察に渡せば、私が逮捕されることはない。警察が揉み消したら、再審の扉が開くこともなくなる。結城くんなら、それくらいわかってるはずでしょ。まさか、私を信じてるなんて言わないよね」

美鈴は、その場を動かなかった。不用意な言動は、ナイフを突き刺す理由を与えることに繋がると考えたのかもしれない。

「申し訳ないけど、美鈴を信用することはできない。だから、保険を掛けさせてもらった。父さんの無実を証明するために集めた証拠を第三者に託したんだ。美鈴が報いを受けなかったときは、それが公の場に出てくることになっている」

「いずれにしても、私が犯した罪は明らかになるってことね」

馨は否定しなかった。残酷なほど冷静に、美鈴が進むべき道を示していく。

「過去の罪が暴露されることを防げないなら、父さんや僕のために、法廷で真実を打ち明けてくれる。その程度には、美鈴のことを信用してるよ」

このとき、美鈴に提示された選択肢は、二つしかなかった。

一つは、現場に駆け付けた警察官に事情を伝えるという選択肢だ。ビデオカメラの存在を捜査機関が認識していれば、逮捕は避けられただろう。だが、馨に証拠を託された第三者が、美鈴の過去を暴露する手筈《てはず》になっていた。

そして、もう一つが、馨が描いたシナリオに従って役割を演じるという選択肢だった。公開の法廷が開かれるまでは犯人役を演じ、整えられた舞台で二人の無実を証明する。

　どちらの道も、過去に犯した罪を糾弾される結末へと繋がっていた。

「再審の扉を開くために、自分の命を犠牲にする。要するに、そういうことでしょ。それでいいって、結城くんは本気で考えてるの？」

「結城馨が死ぬことは決まっていた。僕は、死の理由をこじつけただけだよ」

「死の理由？」

「無辜の制裁さ」

　馨は微笑んだ。この映像に、初めて柔らかい表情が映し出された。

「どういうこと？」

「説明する必要もないはずだ。僕は、父親の無実を証明するために、クラスメイトに罰を与えてきた。罰すべき罪を見逃したこともある、罪を犯すように誘導したこともある、自分自身の手で罪を犯したこともある。これらは審判者としての役割に反する不正に他ならない。僕は、報いを受けなければならない」

　美鈴は、馨に一歩近付いた。二人の距離が、僅かに詰まる。

「それでも、命を落とさなければならない罪は犯してない」

「罰を決めるのは、審判者の役割だ」

「自分にだけ重い罰を科するなんて……、そんなの、ただの傲慢だよ」

「僕は、父さんを救えなかった。これも同害報復なんだ――」

「これから、救うんでしょ。結城くんが死んだら、誰がそれを見届けるの」

更に、もう一歩。手を伸ばせば届く距離に、二人はいる。

「ごめん、美鈴。あとは頼んだよ」

「やめて!」

直後、美鈴は馨に駆け寄った。だが、ナイフも馨に迫っていた。

証言台の前で、馨と美鈴は重なった。

美鈴が馨に覆い被さるように倒れたことで、二人の姿が映像から消えた。

予期していた音は、なにも聞こえてこなかった。

美鈴の悲鳴も、馨のうめき声も――。

映像であることを忘れさせる静寂。息苦しさを覚えてしまうほどの無音。

そして、美鈴だけが、ゆっくりと立ち上がった。

返り血で染まった美鈴は、ビデオカメラのレンズを見つめていた。

22

101号法廷を出た僕とサクを待ち構えていたのは、大勢の記者だった。

静謐《せいひつ》であるはずの裁判所の廊下が、喧騒《けんそう》に満ちている。裁判所の職員が退庁を促しているにもかかわらず、僕の姿を見つけた記者がぞろぞろと集まってきた。

「センセ、逃げましょう」

サクの判断は素早く、僕の返事を待つ前に早歩きでどんどん進んでいった。かなり疲弊していたため、記者の存在は無視してサクが開けてくれた道を通った。

ジラソーレの扉を開くまで、僕とサクの間に会話はなかった。事務所の中まで入ってくる非常識な記者はいないと思うが、一応鍵を閉めておくことにした。

「すっかり人気者になっちゃいましたね」

脱いだジャケットをハンガーに掛けてから、サクは言った。

「あれだけ派手なパフォーマンスを披露したんだから、仕方ないさ」

「明日の一面を飾るのは、間違いないです。それを見た依頼者が殺到して……、ついに、ジラソーレにも向日葵が咲く季節がやってきたと」

「意味がわからないよ。まだ裁判は終わってないんだ。浮かれるのは、だいぶ早い」

サクは、二人分のコーヒーを淹れてくれた。

「ありがとう」

記事になるとしたら、ビデオカメラの映像に関するものがメインになるだろう。映像には、死亡した馨の姿や声が記録されていた。模擬法廷で起きた惨劇の全容を把握できる代替的な立証方法は他に存在せず、証拠としての不可欠性も、供述の状況的信用性も認められる。古野検事が言ったとおり、実体的真実を発見するには、絶対に取り調べなければならない映像だった。

「センセと美鈴さんは勝ったんですよね？」

「判決が宣告されてから、同じ質問をしてよ」

「あの映像を見たら、有罪だとは思えないはずです」

今回の裁判の弁護人を引き受けたことで、サクには多くの迷惑を掛けた。勿体振らずに、疑問には答えてあげるべきだろう。

「そもそも、美鈴を起訴した時点で、検察が負けることは決まっていた」

「じゃあ、不起訴にするのが正しい判断だったんですか？」

そこが分かれ道だったのは事実だ。

「正しいかどうかなんて、僕には決められないよ。事件の真相を見極めるために起訴する。そういった姿勢で検察が動いているなら、誤った起訴だとはいえないと思うし」

「でも、検察官が起訴するのは、確実な証拠が集まったときだけですよね」

よく勉強してくれている。補足もほとんど必要なさそうだ。

「うん。雲行きが怪しいと判断すれば、彼らは不起訴を選択したはずだ。模擬法廷で交わした約束を美鈴が果たすには、それは避けなければならない事態だった」

　被疑者の眼前に起訴と不起訴のカードを掲げれば、後者を選ぶ者の方が圧倒的に多い。不起訴は釈放に繋がり、起訴は有罪に繋がると理解するのが、被疑者の思考の道筋だからだ。だが、美鈴は起訴と書かれたカードが選ばれるように手を尽くした。

　不起訴ではなく起訴を望み、法廷で罪を打ち明けようとする人間がいるなんて、検察官は想像もしていなかっただろう。だからこそ、誰も美鈴の狙いに気付くことができなかった。

「そうだとしても……、美鈴さんが起訴されたのは、何ヵ月も前のことですよね。その時点で映像を見せても問題なかったんじゃないですか？」

「証拠が秘めていた力が強すぎたんだよ」

「どういう意味ですか？」

「第一審の判決が宣告されるまでは、公訴を取り消すことが法律上認められているんだ。公訴が取り消されてしまえば、裁判は開かれない。あれくらい明らかな無罪証拠が出てくれば、嫌疑不十分で公訴の取消しが求められる可能性もゼロとは言い切れなくなる。だから美鈴は、頑なに口を閉ざし続けた。公開の法廷で、自分の罪を暴露するために」

「そこまでして……」

「公訴の取消しまでは求めなくても、検察官が有罪求刑を諦める可能性もあった。被告人が無罪であることを前提に公判期日が進めば、映像を取り調べる必要性が否定されたかもしれない。検察官には、有罪を声高に主張してもらう必要があったんだ」

「計算し尽くされていたんですね」

「シナリオは、最初から準備されていた」

映像を見た検察官や裁判官は、自分の役割を悟ったはずだ。

「結城さんの死因が自殺だったって、警察の人は見抜けなかったんですか?」

「役割を演じているのが美鈴だけだったら、警察や検察の目を欺くことはできなかっただろうね。だけど、被害者役の馨までが、美鈴を犯人に仕立て上げようとしていた。加害者役と被害者役が手を組んでいたんだから、真相を見抜けというのは無理な話さ」

サクは、手に持っていたカップをテーブルに置いた。

「命を落とした結城さんが、美鈴さんを犯人に仕立て上げた?」

「死ぬ前に、全ての準備を整えたんだよ。馨の手元には、美鈴との関係性を示唆する証拠が大量にあったはずだ。美鈴の過去を探った痕跡《こんせき》、佐沼から受け取った音声データ、父親の前科に関する記録。どれか一つでも見つかっていたら、捜査機関は疑いを持っていたと思う」

「そっか。それらを削除してから、模擬法廷で美鈴さんと会ったんですね」

美鈴は僕に対して、かなり広い範囲で類型証拠開示請求をするように求めてきた。最初は、自分に有利に働く証拠を探そうとしているのだと思った。だが、美鈴が知りたがっていたのは、馨が整理したはずの証拠を検察が手に入れているのか否かだった。

「証拠を隠しただけじゃない。無辜ゲームの真相に気付くように誘導したのも、馨だった」

「もしかして……、告発文のことを言ってるんですか？」

「そう。施設の写真の提供を依頼したSNSでのやり取りも、ウェブカメラで撮影した画像も、馨なら簡単に手に入れることができた。全て、自分が関わっていたわけだからね」

佐沼がウイルスを仕掛けてウェブカメラの映像を抜き取ったことも、馨は気付いていたのだろう。不測の事態すら利用して、望む方向に美鈴を導いていったのだ。

「送り付けた告発文で自分が犯人だと教えて、コンタクトを取らせようとした……」

「そうやって、美鈴を模擬法廷に引きずり出したんだ」

「事件が起きた日を基準にすると、アパートでの嫌がらせが行われたのは一年前で、告発文を受け取ったのは二週間前だった。それであってますか？」

「うん、ちゃんと整理できてる」

サクがなにを訊こうとしているのかは、その先を聞かなくてもわかった。

「盗聴した音声を手に入れた時点で、お父さんの無実を証明するために必要な証拠は揃っていたわけですよね。それなのに、どうして一年も経って、お父さんが自殺したあとに、美鈴さんを模擬法廷に呼び出したんですか？」

「それは逆だよ。最後の引き金になったのが、父親の自殺だったんだ」

「私にもわかるように説明してください」

数秒考えを巡らして、一つの条文を思い浮かべてから口を開いた。

「馨の目的は、美鈴に罪を認めさせることではなく、再審の扉を開くことにあった」

「はい。そこまでは大丈夫です」

非常救済手続と呼ばれる再審も訴訟手続の一つである以上、満たさなければならない要件が法律に細かく定められている。

「刑事裁判の再審請求は、原則として有罪の言渡しを受けた本人しかすることができない。今回の場合でいうなら、馨の父親がこれに当たる」

「へえ。そんな制限があるんですね」

「きっと、馨は父親を説得したんだと思う。だけど、佐久間悟が再審請求をすることはなかった。請求権者が動かない場合に、他者が勝手に再審を申し立てることは許されない」

「家族でも？」

無言で頷いてから、六法を開いてサクに条文を読ませた。

「本当だ。あれ？　でも、配偶者や親族もできるって書いてますよ」

「冒頭に限定が付されてるはずだよ」

「あっ……。有罪の言渡しを受けた者が死亡した場合って――」

サクの理解が追い付いたことを確認してから、答えを口にした。

「そう。本人が死亡すれば、配偶者や一定の親族も請求権者になるんだ。既に離婚が成立している母親は含まれないけど、馨は父親の死によって資格を得た」

「だから、お父さんが亡くなってから動き出したんですね」

今の説明に、嘘は含まれていない。同じ論理に基づいて馨は行動を選択したはずだ。

だが、サクは気付いただろうか。条文と馨の選択の間に矛盾が生じていることに。

「まだ訊きたいことはある？」

「センセも、最初から真相を見抜いていたわけじゃないんですよね」

「途中までは、正直かなり迷走してたよ。手遅れになる直前くらいに、美鈴が打ち明けてくれたんだ。僕が見抜いたことなんてほとんどない」

自嘲気味に笑った。改めて思い返してみても、危険すぎる綱渡りだった。

「どうして美鈴さんは、センセにまで真実を伏せたんですか？」

「僕が止めようとするって、わかっていたからさ」

「止めるって……、なにを？」

「逮捕される前に知っていたら、警察に事情を話すべきだと説得した。被疑者段階で知っていたら、不起訴処分になるように動いた。公判前整理手続の序盤で知っていたら、罪を暴露しないで済む主張を組み立てた。それくらい、美鈴の選択は最悪に近いものだった」

サクの視線を感じて、感情的な言い方になっていたことに気付いた。

「そこまで非難するようなことですか？」

「馨は、第三者に証拠を託したと言った。でも、本当にそんな人物が存在するのかはわからない。言葉は悪いけど、馨のはったりに騙《だま》されただけかもしれない」

一方で、その第三者が誰なのか僕には心当たりがある。

「嘘はつかれていないと信じて、結末が変わらないのなら、全てを打ち明けようと決めた。美鈴さんの判断は間違っていなかったと、私は思います」

「公開の法廷で、美鈴は自分が犯した罪を暴露した。その告白は多くの傍聴人に聞かれたし、記事になれば更に拡散されていく。判決の結果にかかわらず、美鈴に対するバッシングは続くんだ。それでも、行き着く結末は一緒だったってサクは思うの？」

「それは……」

深呼吸をして、気持ちを落ち着かせる。

「こういうふうに僕が考えるってわかっていたから、主張が固まって引き返せなくなるまで美鈴は事実を伏せていた。僕を弁護人に選んだのは、美鈴の思惑どおりに動いてくれる弁護士は他にいなかったからだと思う」

「消極的な理由で決めたんじゃなくて、センセと一緒に戦いたかったんですよ」

「ありがとう――、サク」

ちくりと胸が痛んだ。また僕は、大事なことを伝えなかった。

＊

判決宣告期日
ついに、この日がやってきた。小さく息を吐き、眼前に佇む建物を見上げる。
連なった銀杏の木々の合間から見える、均等な間隔で縁どられた窓と薄灰色の外壁。機能性のみを追求した堅牢《けんろう》な外観は、裁判所の公平中立性を象徴しているのだろうか。

期日を滞りなく開始するため、被告人は公判開始時刻の三十分前には裁判所に押送されて地下にある独居房で呼び出しが掛かるのを待つことになる。僕も同じくらいの時間に裁判所内に入り、職員に頼んで接見室へと案内してもらった。

逃走防止のためなのか、構造的な問題なのか、裁判所の地下は迷路のように複雑に入り組んでいる。途中で職員とはぐれたら、すぐに迷子になってしまいそうだ。

扉を幾つか通った先に、接見室があった。留置施設、拘置支所、裁判所。どこの接見室に行っても、アクリル板とパイプ椅子というセットは変わらない。

パイプ椅子を引いて、浅く腰かける。すぐに、美鈴が入ってきた。

「いよいよ、判決だね」

「そんなことを言うために、薄暗い地下まで来てくれたの？」

皮肉めいた口調で、美鈴は訊いてきた。

「僕の事務所も地下にあるから、薄暗さには慣れてるんだ。釈放されたら、事務所に来てよ。いろんな場所に向日葵が飾ってあってさ――」

「世間話は、判決宣告が終わってから聞いてあげる」

早く本題に入れと急《せ》かすように、美鈴は言葉を被せてきた。

「これが、最後の接見になると思う」

「それなら、もっと早く会いに来ればよかったのに」

「早すぎても駄目だった。ここで僕たちがなにを話しても、判決の内容はもう変わらない。だから……、正直に、僕の質問に答えてほしい」

「質問？」僕の口元を見つめる美鈴は、怪訝そうに首を傾げた。

「積み残した謎を解消したいんだ」

馨の答えが聞ければ一番良かった。だが、その願いが叶うことはない。

「あまり、良い話ではなさそうだね」

弁論が終結するまでは、訊かずにいると決めていた。僕たちの主張を構成する上では、何の意味も持たない事項だったからだ。

「どうして馨は、父親が無実だとわかっていたのかな」

真相に辿り着くためには、ここから解き明かしていくべきだろう。

「アパートの音声を盗聴したからでしょ」

「もっと前の時点の話だよ。佐久間悟は、公判廷では罪を認めていたし、控訴せずに懲役刑の執行を受けた。馨の母親も、冤罪を疑ってるようには見えなかった。それなのに、馨だけが、無辜の父親を救済しようと決意していた」

「結城くんは、お父さんを慕っていた。だから、無実だと信じたかったんじゃない？」

「検察官みたいなことを言うなよ。僕と美鈴が父親を陥れたことも、馨は見抜いていた。純粋な信頼だけなら、その事実までは導けない」

弁論が終結されたことで、美鈴が口を閉ざす必要性はなくなったはずだ。

「答えを知って、どうするつもり？」

「すっきりして判決を迎えたい。ただの自己満足だよ」

真相を知ることで、なにかが変わるわけではない。それ故の自己満足だ。

「本当に、話してもいいのね」

「うん。覚悟はできてる」

アクリル板の向こう側に座る美鈴は、小さく溜息を吐いた。

「あそこに、結城くんも居たの」

「……あそこって？」

答えを聞く前から、一つの光景が浮かび上がっていた。

遠ざかっていく大きな背中。なにも摑まなかった右手。

「駅のホーム。私たちから少し離れたところに立って、結城くんは全てを見ていた」

当時の記憶が、鮮明に蘇る――。

佐久間悟をターゲットにすることを、僕たちは電車の中で決めた。男性の手を握った美鈴が悲鳴を上げて、ホームで話を始めた。取り出された警察手帳を見た美鈴は、その場から逃げようとした。そして、二人は階段から落ちていった。

その一部始終を、馨も見ていた。

「父親と女子高生が、階段から落ちていく瞬間も？」

美鈴は頷いた。質問に込めた意図は、すぐに理解しただろう。

「あらゆる人間を敵に回しても、結城くんはお父さんを信じる必要があった。自分の目で、ホームで起きた真実を見てしまったんだから」

澱《おり》のように沈んでいた違和感は、今の答えで消え去った。

馨がホームに居合わせた理由を訊こうとは思わなかった。毎朝、父親と同じ電車で通学していたのかもしれない。偶然、反対側の電車から降りたところだったのかもしれない。

もはや、そんなことはどうでもよかった。

「その話を、馨は警察にしたのか？」

「身内の供述を警察がどう扱うかは、清義ならわかってるでしょ。捜査機関は、結城くんのお父さんを黒だとみなした。それが全て」

真実を打ち明けても、信じてくれる人間はいなかった。無実の父親は、争うことを諦めて服役した。両親は離婚して、家族もばらばらになった。

高校生の馨が抱いた絶望は、どれほどのものだったのだろう。

「父親が死ぬまで、馨は計画を実行に移さなかった。その理由も、美鈴は気付いてるよね」

「本人の死亡によって、親族は再審請求権者の地位を得るから」

やはり、美鈴も僕と同じ答えに辿り着いていた。

「再審請求を申し立てる権利を有するのが、再審請求権者だ」

「それ、言い換えにすらなってない」

「権利であることが重要なんだ。行使しない権利は、飾り物でしかない」

「なにが言いたいの？」

抽象的な話をしたいわけでもないし、法律論を語りたいわけでもない。

これから僕が口にするのは、単純な論理の道筋だ。

「再審請求権者の地位を獲得するために、父親の死を待った。そして、その瞬間は訪れた。でも、馨は手に入れた権利を行使することなく、この世を去っているんだ。権利の獲得と、権利の放棄。二つの行動の間には矛盾が生じている」

「私に法廷で真実を打ち明けさせれば、他の親族や検察官が再審請求を申し立てるかもしれない。きっと、それを期待したのよ」

曖昧な答えで誤魔化されるつもりはない。

「そんな不確実な可能性に自分の命を賭けたと、本気で思ってるのか？」

「結城くんは、お父さんの前科や死に取り憑かれていた。模擬法廷で対面したときの彼は、明らかに正常な状態ではなかった。不合理な行動を選択しても、おかしくないくらいに」

「無実を証明することだけが目的なら、父親の死を待ったりせずに、アパートの音声を佐沼から受け取った時点で動き出せばよかった」

僕の顔を睨んでいる美鈴の視線を、正面から受け止めた。

「結城くんが自殺したのは事実なのよ。清義も、あの映像は見たでしょ。それとも、私に脅迫されて演技をしていたとでもいうつもり？」

確かに馨は、自分が死ぬことで美鈴を犯人に仕立て上げて、再審の扉を開くと模擬法廷で主張していた。その全てが誤りだったと考えているわけではない。むしろ、ほとんどが真実で構成された映像の中に、幾つかの嘘が混じり込んでいた。

「演技をしていたのは、美鈴の方だった」

「さっきから、なにを言ってるの？」

アナログの腕時計をちらりと見て、時刻を確認した。

「馨が描いたシナリオを、今から話すよ」

「好きにして」

残された時間は、僅かしかない。これが、最後の確認作業になるだろう。

「再審の扉を開くのがゴールで、そこに辿り着くための手段が法廷での真実の暴露だった。ここまでは、僕と美鈴が紡いだストーリーは一致している。でも、馨が美鈴に被せようとした罪は、殺人ではなく殺人未遂だった」

鋭利なナイフで急所を刺した場合でも、相手の性別や年齢によって死の結果が生じるかは変わり得る。ひ弱な学生が死亡すれば殺人、屈強なボクサーが生き延びれば殺人未遂。

殺人と殺人未遂の違いは、行為の強弱ではなく、死亡結果の有無にある。

「真実の暴露が社会的耳目を集める事件でなされれば、再審事由になる新証拠を顕出することに繋がったと思う。でも、そのために起こす事件が、殺人である必然性はどこにもない。言い換えれば、馨が死ぬ必然性はなかったんだ」

被害者が生き延びた場合の殺人未遂も、裁判員裁判対象事件の一つだ。

すなわち、馨が死なずとも、社会的に注目される事件を起こすことは可能だった。

「言いたいことが見えてこないのは、私の理解力の問題なのかな。結城くんが死んでいなかったらなんて仮定することに、何の意味があるの?」

「突き出したナイフを美鈴が止めていれば、馨が死ぬことはなかった。これは、仮定の話なんかじゃない。生か死か、その選択の問題だ」

再び、美鈴の視線が鋭くなった。

「そんなひどいことが、よく言えるね。死の責任が私にあるとでも？」

「そうだよ。美鈴のせいで馨は死んだ」

はっきりと、僕は言った。それを聞いた美鈴は、驚いたように目を見開いた。

「私は、結城くんを助けようとした……。でも、間に合わなかった」

「ナイフを止めろって、馨に指示されていたんじゃないのか？」

あのときの僕と一緒だ。伸ばした右手が、救うべきものを救わなかった。

いや、それどころか――、
どうして、もっと早く気付いてあげられなかったのだろう。

「模擬法廷で対面したとき、既に美鈴は馨の計画を聞かされていた」

「また、話が飛んだ。そう思う理由は？」

「美鈴に対して、事前にシナリオを伝える必要があったから」

「……さっきから言ってる、そのシナリオって？」

アパートの音声を入手した時点で、馨の手元には必要な証拠が揃っていた。それを美鈴に突き付けながら、脅迫とも受け取れる頼み事をしたはずだ。

「自分が佐久間悟の息子であることを告げて、父親が命を絶つまでの経緯を説明した。再審請求を裁判所に認めさせるために、公開の法廷で被告人役を演じてもらいたい。大枠は、今回の裁判で美鈴が供述したとおりだったと思う」

「まだ続きがありそうだね」

ひとつ頷き、残りの言葉を一気に吐き出した。

「映像に記録されていた一連のやり取りも、全て打ち合わせてあった。美鈴が審判者の不正を糾弾して、無実の父親を救済することが動機だったと馨が明らかにする。自殺する決意を固めた振りをした馨は、ナイフの切っ先を自分の胸元に向ける。突き出したナイフを止める最後の演技は、美鈴が果たすべき役割だった」

おそらく、遅れて模擬法廷に入ってきた僕が揉み合っている二人を発見するというのが、馨が想定していた展開だったはずだ。

目撃者と証拠を捏造することで、殺人未遂の状況を作り上げようとしたのだ。

僕たちが、痴漢冤罪の罪を佐久間悟に押し付けたのと同じように。

「私がわざと見逃したから、結城くんの胸元にナイフが刺さった。そう考えてるの?」

肯定の言葉を返すことはできない。美鈴が止めてくれると信じて突き出したナイフが、勢い余って胸元に突き刺さった。そんな間抜けなミスを馨が犯すわけがない。

「馨の死は、故意に引き起こされた」

「…………」

「証言台の前で覆い被さるように押し倒して、馨が右手に握っていたナイフを突き刺した。結局、検察官の主張が正しかった。美鈴が、馨を殺したんだ」

返答はない。無言でなにかを考えているように見えた。

沈黙が破られたのは、それから二十秒ほどが経ったあとだった。

「どうして、私が結城くんを殺さないといけないの？」

「口封じが目的だった」

「私が犯した罪は法廷で話した。結城くんを殺して隠せることなんてなかった」

「もう、いいんだ。僕を守ろうとしたんだろ？」

僕と美鈴は、お互いに影としての役割を担い続けてきた。一方が犯した過ちの後始末は、他方が引き受ける。そうやって、ずっと二人で生きてきた。

「馨は、駅のホームで起きた出来事の一部始終を見ていたんだよね。それなら、父親と女子高生が階段から落ちていく瞬間の光景も、目に焼き付いていたはずだ」

「それ以上は言わないで」

「佐久間悟が有罪判決を宣告された罪は、二つあった。電車内で痴漢行為に及んだ迷惑防止条例違反と、織本美鈴を階段から突き落とした傷害罪――」

「やめてよ！」

今にも泣き出しそうな声だった。だが、ここで説明を終えることはできない。

「迷惑防止条例違反の罪は、美鈴が痴漢詐欺の常習犯だった事実が明らかになれば、無実を証明できる。でも、傷害罪については、美鈴の供述では足りない。厄介事から逃れるために突き落とした可能性が残っているからだ」

一方の無実を証明しただけでは、父親を救済したことにはならない。傷害の罪も犯していないと確信していたからこそ、馨は再審の扉を開く決断をした。

「あれは事故だった。そうでしょ？」

「違う。僕が、佐久間悟の背中を押したんだ。そのせいで、二人は階段から落ちた」

ホームで言い争っている姿を見て、美鈴を助けなければならないと思った。

無意識のうちに、僕は右手を前に伸ばしていた。

落下を止めるためではなく、階段から突き落とすために――。

僕の右手の先には、遠ざかっていく背中があった。

「結城くんは、もういない。今さら、蒸し返したりしないで」

「殺人未遂罪で起訴された美鈴は、僕が犯した罪も暴露することになっていた。美鈴の供述と馨が集めた証拠によって父親の無実が証明されて、再審請求が認められる。これが、馨が描いたシナリオだった。だけど美鈴は、ラストに変更を加えた。自分一人で罪を被ることを決めて、馨の口を封じたんだ」

美鈴の表情から、感情が抜け落ちていく。

「清義は、私に何て答えてほしいの？」

「何で……、こんなことになる前に相談してくれなかったんだよ」

「話していたら、なにか変わった？」

「馨を説得したし、それが無理なら二人で罪を償う道を選んだ」

「そうすると思ったから、話さなかったのよ」

どれだけ後悔したところで、馨が生き返るわけではない。

それがわかっていても。

「馨が死ななくちゃいけない理由が、どこにあったっていうんだ」

確かに馨は、審判者を務めていた無辜ゲームで、幾つかの不正を働いた。

それでも、死に値するような罪は犯していないはずだ。

「結城くんは、再審の行く末を見届けたら命を絶つと決めていた」

「どうして……」

「この世の全てに絶望していたから。謂れのない罪を受け入れて死を選んだ父親にも、真実を捻じ曲げて解釈しようとする周囲の人間にも、判断の過ちを認めず扉を閉ざしたままでいる司法機関にも、目的を達成するために多くの罪を犯した自分自身にも――。父親の無実を証明して再審で無罪を勝ち取ることだけが、結城くんの生きる理由になっていた」

美鈴の言葉を、そのまま受け入れることはできない。そうであってほしいという願望や、責任を逃れるための嘘が含まれている可能性が否定しきれないからだ。

だが、馨が自殺を決断していたのか否かで、僕の決断が変わるわけではない。

「美鈴が……、馨を殺したんだね？」

本人の口から、その答えを聞きたかった。

「そうよ。私が、結城くんを殺した」

美鈴は罪を認めた。法廷の証言台ではなく、この狭い接見室で。

「何で、僕なんかのために？」

「あなたが、絶望していた私を救ってくれたから」

「僕は、美鈴を追い込んだだけだ。喜多をナイフで刺したりしなければ、僕と美鈴が道を踏み外すことはなかった。そうすれば、馨の父親も、馨も……」

「その代わり、私は汚され続けていたかもしれない」

美鈴の人生を縛り付けたのは、中途半端な覚悟でナイフの柄を握った高校生の僕だった。

「ホームで揉み合ったときだって、僕が余計なことをしたせいで――」

「私たちがホームでなにを話していたか、清義には聞こえてなかったでしょ」

「うん」

「手首を摑まれたあと、初めてじゃないねって言われたの」

「え？」

「私が痴漢詐欺の常習犯なのも、見抜かれていた」

「そこまで……」

「私は、見逃してくださいって頼んだ。そうしたら、何て答えたと思う？」

何一つ答えが浮かばなかった。美鈴は、吐き出すように続けた。

「大丈夫。君はやり直せる。佐久間悟は、そう言った。何気ない一言、使い古された正論。そんなことはわかってた。だけど、受け入れられなかった。だって、やり直せないところまで追いつめたのは、大人なのに。手を差し伸べないで、見て見ぬ振りをし続けてきたのに。全然、大丈夫なわけないのに」

「美鈴――」

「振りかざされた正義が、悪に感じた。許せないって思った。摑まれた手首を引っ張って、一緒に落ちてやるって思った。だけど、私が力を入れる前に佐久間悟はバランスを崩した。そんな偶然、あり得ないかもしれない。でも、確かに私たちは階段から落ちた」

「僕は、美鈴を助けたくて……」

「あのとき、肩越しに見えた清義が、正義のヒーローに見えた」

「やめてくれ！」

ずっと、セイギと呼ばれることに抵抗を感じていた。自分の中にあるのが、見せかけの正義だとわかっていたからだ。罪を犯すことでしか、僕は正義を実現できなかった。

「私ができなかったことを、あなたは二度もやり遂げてくれた」

「僕がしたのは、ただの犯罪だよ」

「そうだとしても、私は生きる理由を見出せた」

反論するつもりはなかった。そろそろ、法廷に向かわなければならない。

「他に付け加えることは？」

「もう、なにもない」

「わかった。話してくれてありがとう」

ずっと、美鈴を信じてきた。これまでも、これからも――。

「弁論の再開を申し立てて、私が結城くんを殺したと主張するつもり？」

判決が宣告される前なら、当事者からの請求や職権で、弁論を再開できる。そこで真実を打ち明けることによって、審理のやり直しが決定されるかもしれない。

「僕は、美鈴の弁護人だ。被告人の利益に資するのなら、真実だって伏せる」

法廷で真実を明らかにするべきだと、最初は考えていた。だが、馨と交わした約束を果たしたことで、弁護人としての使命を思い出した。

「それでいいの？」

「弁護人である限りは、美鈴の希望を尊重する」

ジャケットのポケットに手を入れて、冷たい金属製の物体を触った。

馨から受け取ったメッセージが、そこには書かれている。

「清義は、どうやって真相に辿り着いたの？　最初から気付いていたってこと？」

首を左右に振った。

「馨は、美鈴に殺されることを予期していた」

「えっ？」

「事件が起きる一年くらい前に頼まれたんだ。リンドウの花を持って、父親と祖父が眠る墓を訪ねてほしいって。約束を果たすために、結城家の墓を訪ねてみた。でも、佐久間悟の名前は、結城家の墓誌には刻まれていなかった」

公判期日が始まる前に七海墓地で確認できたのは、ここまでの事実だった。

「気になったから、佐久間悟が眠っている墓も探し出した。佐久間家の墓は、ほとんど手入れがされていなかった。馨に頼まれたとおり、花立にリンドウを入れようとしたら、中にこれが入っていた」

ポケットからＵＳＢメモリを取り出して、アクリル板の前にかざした。

「それは？」

「馨はビデオカメラの映像の中で、集めた証拠を第三者に託して美鈴が裏切ったときの保険を掛けたと言っていた。それが、このＵＳＢメモリだった」

データを開くことに躊躇いはなかった。僕が受け取るべきものだとわかったからだ。

「結城くんが、集めた証拠を清義に託した？」

美鈴が訊き返したくなる気持ちは理解できる。なにかの間違いだと思っているのだろう。

「殺人未遂のシナリオを完遂するつもりなら、証拠を託す必要はなかった。裏を返せば、模擬法廷で命を落とす可能性があるとわかっていたから、父親の墓にＵＳＢメモリを隠した。馨は、美鈴に裏切られることを覚悟していたんだ」

「そんな……」

「データの中身は、佐沼から受け取った音声、僕や美鈴の過去をまとめた報告書、再審請求の法的構成を記載した文書、そして、殺人未遂事件を捏造するための美鈴と馨の打ち合わせの様子を録音したものだった」

馨は、そのような決定的な証拠を、他の誰でもなく僕に託したのだ。

「自分が命を落としたときは、代わりに真実を明らかにしてほしい。それが、結城くんの望みだったんだよね。でも、どうして清義に――」

「僕が父親を階段から突き落としたことを、馨は見抜いていた。共犯者の一人に証拠を託すなんて、揉み消した方がいいとアドバイスしているようなものだ」

僕が真実よりも美鈴の無罪を優先することは、馨ならわかっていたはずだ。

「手紙とか遺書は、一緒に入ってなかったの？」

「言葉でのメッセージは残されてなかった」

「結城くんは、清義になにをさせたかったのかな……」

長い沈黙が降りた。美鈴の質問が尽きたのであれば、法廷に向かおうと考えていた。だが、席を立とうとした直前に美鈴は口を開いた。

「ねえ。清義」

「なに？」

「どうして、弁護士バッジを外してるの？」

美鈴の瞳は、ジャケットのフラワーホールを捉えている。

覚悟を決めて、小さく息を吐く。

きっと僕は、美鈴が気付くのを待っていた。

「僕が弁護士として法廷に立つのは、今日が最後だから」

「笑えない冗談はやめて」

美鈴は真顔で言った。僕も表情を崩したりはしない。

「僕は、報いを受けなくちゃいけない」

パイプ椅子に座る美鈴の上半身が、びくりと動いた。

「罪を犯したのは私よ。清義じゃない」

「馨を殺したのは美鈴だ。でも、佐久間悟に対する関係では、僕たちには異なる罪が成立している。美鈴には虚偽告訴の罪が、僕には傷害の罪が――」

「そんなの……、十年も前の話でしょ」

「違う。あの事件は、高校三年生の夏に起きた。だから、九年前の犯罪だ」

息を呑《の》む気配が、アクリル板越しに伝わってきた。

「気付いていたの？」

「僕だって、法律家の端くれだよ。法定刑と公訴時効の関係くらい理解している」

公訴時効――。その単語を僕が口にした直後、美鈴は顔を伏せた。

うなだれた美鈴の首筋を見つめながら、僕は言葉を続けた。

「美鈴が犯した虚偽告訴罪の法定刑は、三月以上十年以下の懲役。僕が犯した傷害罪の法定刑は、十五年以下の懲役又は五十万円以下の罰金。そして、公訴時効の期間は、法定刑の重さによって決まる。今回は長期の懲役刑が基準になるから、虚偽告訴罪の公訴時効は七年、傷害罪の公訴時効は十年」

だからこそ、九年という数字が大きな意味を持つ。

虚偽告訴の公訴時効は、現時点で既に成立している。一方で、傷害の公訴時効が成立するまでは、まだ半年以上の期間が残っている。その間に検察が捜査を終えて起訴すれば、公訴時効の進行は停止する。

「そんなの、理論上の話でしかない。九年前に起きた事件を、今さら警察や検察が捜査すると思う？　証拠だって散逸してるのに」

一般論としては、美鈴が言っていることは正しい。だが――、

「今回の裁判で、捜査機関は面目を潰された。冤罪で命を落とした人間がいると、一方的に主張されたんだ。再審の扉を開くか否かを決めるのは裁判所だけど、捜査機関は徹底的な再捜査を行わざるを得ない。僕が犯した傷害罪は、その捜査線上に存在している」

美鈴も、僕が述べた法定刑と公訴時効の帰結には気付いていた。状況を正しく理解していたからこそ、一方の罪のみを隠蔽《いんぺい》することを決めたのだ。

馨の目的は、再審の扉を開くことにあった。法廷で暴露されるのが美鈴の罪なら、社会的な非難に晒されるだけで済む。だが、僕の罪には、公訴時効の導火線が残っていた。

だから美鈴は、馨の命を奪うことで、僕を過去の罪から救おうとした。

「結城くんも、彼のお父さんも、もう……、この世にはいないんだよ」

「真相を知ってるのは、僕と美鈴だけだ。それはわかってる」

「だったら――」

「時効が成立しても、無罪判決が確定しても、罪が清算されるわけじゃない」

美鈴の唇が、言葉を探すように震えた。

「清義は、考えることを放棄して……、楽になろうとしてるだけでしょ」

「犯した罪には、罰をもって応えるしかないんだ」

馨が拘り続けた同害報復は、復讐ではなく寛容の論理だった。

真実の暴露と引き換えに、罪を許す――。与えられた贖罪の機会を、僕たちは踏みにじってしまった。

「私は……、罰なんて受け入れない。罪と向き合って生きていく」

そう言った美鈴の目には、涙が溜まっていた。

喜多を刺したときと一緒だ。僕の決断が、美鈴を苦しめている。

「ごめん。美鈴」

「謝るくらいなら……、最後まで一緒に戦ってよ」

馨の命が奪われた模擬法廷で、美鈴の弁護人を引き受けると約束した。

その契約を、僕は反故にしようとしている。

「さっきのUSBメモリは、あとで美鈴に渡すよ。だから、検察が新証拠を手にすることはない。もし検察が控訴しても、無罪主張を維持すれば――」

「そんなことを聞きたいんじゃない！」救いを求めるように、美鈴は叫んだ。

「ずっと、二人で生きてきたのに……、それなのに……」

美鈴の気持ちは、痛いほどわかっている。

どんなときも一緒だった。美鈴の隣には僕がいて、僕の隣には美鈴がいた。他に頼れる人はいなかった。間違いを正してくれる人も、進み方を教えてくれる人も。

生き抜くために、前に進むために、無実の人間を不幸に陥れた。

幸せになりたい――。ただ、それだけが望みだったんだ。

ジラソーレの扉を開く。そこに、サクと美鈴がいる。笑顔のサク、困惑した表情の美鈴。そんな二人の姿が想像できるくらい、手が届きそうな場所に、幸せがある。

僕たちが沈黙を貫けば、切望していた未来が訪れる。

それでも……、その未来に、馨はいない。

「判決を聞き届けたら、僕は警察に出頭する」

「どうして――」

美鈴の頬を、一筋の涙が伝った。

「馨に託されたんだ。証拠だけじゃなくて、想いを」

何度も、何度も、美鈴は首を左右に振った。

「わからないよ。清義……」

右手を伸ばす。アクリル板が邪魔をして、美鈴の涙を拭うことはできなかった。

「そろそろ、法廷に向かわないと」

「待って！」

潤んだ目を見て、想いが駆け巡る。

言わないと決めていた言葉が、口を衝いて出た。

「僕も、美鈴と一緒に生きたかった」

泣き崩れた美鈴を残して、僕はパイプ椅子から立ち上がった。

接見室を出て一階に上がり、101号法廷に入った。

多くの記者や傍聴人が、弁護人席に向かう僕の動きを目で追いかけている。

宣告されるのが有罪判決でも、無罪判決でも、彼らは心の中で驚きの声を上げるだろう。既にこの事件では、有罪の宣告が当然の終局結果だとは認識されていないからだ。

革の椅子に深く腰かけて目を瞑り、ポケットの中から金属製の物体を取り出す。

佐久間悟の墓の花立に入っていたのは、USBメモリだけではなかった。

無辜ゲームを仕掛けようとする者には、二つのルールが課せられる。

刑罰法規に反する罪を犯すこと、天秤《てんびん》をどこかに残すこと。その二つだ。

天秤は、裁きや正義のシンボルだと一般的には理解されている。剣と天秤を持つテミス像が、司法の公正さを象徴する存在とみなされているように。

裁きを以《もっ》て、罪を償え——。

だが、花立に入っていたのは、天秤ではなく、十字架のペンダントトップだった。

戒《いまし》めや赦《ゆる》し……。それが、十字架のシンボルだ。

僕や美鈴に赦しを請う権利はない。そんなことはわかっている。

きっと、馨は僕たちに、戒めの十字架を背負わせたのだ。

独りよがりな解釈かもしれない。身勝手な望みかもしれない。

それでも、罪の償い方は自分で決めるしかない。

十字架に想いを込《こ》めた者は、もうこの世にいないのだから。

僕は、罪を認めて、罰を受け入れる道を選んだ。

美鈴は、罰を拒否して、罪と向き合う道を選んだ。

どちらが正しい道なのかは、神様にしかわからない。

法壇の背後の大きな扉が開き、裁判官と裁判員が入ってきた。

裁判長の手元にある書面のどこかに、美鈴が辿る運命の一端が記載されている。

正当な報いとは、誰が決めるべきものなのだろう。

司法権の担い手である裁判官か、あるいは、罪を犯した者自身か。

証言台の前に立つ美鈴は、まっすぐ法壇を見つめている。
その瞳の先には、なにが映っているのだろう。
法壇の中央に座る裁判長の姿か、あるいは、そこに座り続けていた馨の影か。
命を懸けて仕掛けた馨の法廷遊戯が、一つの結末を迎えようとしている。
馨が望んだのは、如何《いか》なる結末なのだろう。
罪人に対する制裁か、あるいは、無辜に対する救済か。
法廷が静寂に包まれるのを待ってから、裁判長は短い主文を読み上げた。
「主文。被告人は、無罪——」

解説

河村拓哉（QuizKnock）

たぶん、裁判に立ち会ったことがある。

小学校の社会科見学だっただろうか。あるいは親に連れられてきたのだったか。

「たぶん」というのは、細かい部分をあまり覚えていないということだ。記憶はおぼろげで、あれは実は夢だったのだと分かっても、私は驚かない。そのくらいの微《かす》かな記憶だ。

私は裁判を傍聴していた。本書に登場する脇役のトオルと同年代、小学校高学年の頃である。

被告人は薬物で捕まった中年の男性だった。

説明があったはずの事件の仔細《しさい》は覚えていない。当時の私は傍聴のために知っておくべき知識を欠いていた。たとえば、法律は違法薬物の所持と使用を分けて考えることや、そもそも違法薬物には種類があることなどを知っていないと、裁判の内容は分からないだろう。だから中身を覚えていないというより、最初から認識すらできていなかったという方が正しい。

退屈だった。

おじさんがしょんぼりして項垂《うなだ》れている。おじさんの味方（弁護士という職業だという知識はあった）が「反省していますから」という内容を繰り返している。おじさんの敵（検事という職業は当時知らなかった）は感情を乗せずに法律の条文を読んでいる。裁判官は確実に存在したはずだが、記憶にない。

これが私の覚えていた裁判である。あまりの退屈さに、細部をほとんど忘れてしまったのだった。

私が裁判のことを忘れていたのは、今考えれば幸せなことだとも言える。当時の私にとって、忘れてもよいことであるくらい、裁判や事件が遠い存在であったということだから。

私は刑事的な話に巻き込まれずに生きてきた。特段の事件や事故、悪意や過失に巻き込まれることなく育った自覚がある。一般的に、自分の人生には自分で選べない部分が存在するし、世の中には対象を選ばない無差別な悪意が潜んでいるから、私がそういう人間として存在できたのは偶然で、確率の問題である。

だからこそ私は今、過酷な運命の中を生きる子どもに心を痛めてしまう。自らには何の瑕疵《かし》もないのに、ただ不運のために大変な人生を歩まなければならない人に、救われてほしいと願っている。本編においては脇道にあたる話だが、小学生のトオルは母親に虐待されていた。そのため児童養護施設に入り、そこでわいせつ事件の目撃者となってしまう。しかしその後、ある試みから逃げたことにより傷害事件には関わることなく、後には裕福な夫婦の里子となって、おそらく救われている。私はこの一抹の清涼感を喜んでいる。

ちなみに本作では、他にも状況が好転しているキャラクターが多い。サクは犯罪に手を染めずに済み、賢二は学習意欲を取り戻し、権田は改心する。真剣に法律を扱う小説だから、読者は言ってみれば脳に汗をかくことになる。そんな中に時折挟まれる救いのバランス感覚が、本書をエンタメ小説として完成させていることも見逃せない。

さて、トオルとは違う道を辿《たど》った人物がいる。トオルと共にわいせつ事件を解決する正義のための計画を立てたが、その実行のために運命が変わった人物。主人公の久我清義だ。

清義は児童養護施設時代、施設長の卑劣な行為を止める目的で立ち上がった。しかし結果は非情なもので、清義は施設長の胸をナイフで刺してしまった（不参加だったトオルとはこの件で運命が分かれたと言っていいだろう）。この後に送られた少年鑑別所で清義は法律学に出会い、法律の道へ進んでいく。法律を選んだのは、その論理的整合性と有用性を認識し、社会で生きるための武器としていくためだった。

さて、ここまでを要約すると、私は運が良かったので法律に触れずに済み、清義は過酷な人生のために法律に出会った、となる。そしてそれは否定できないことで、目を背けることは嘘《うそ》だ。だからここに書いた。

では、法律はそういった、法律に関係する人のためのものなのだろうか。頭のいい法曹と裁かれる人物のためだけに存在するのだろうか。私は触れるべきでないものだろうか。

そうは考えない。そのような考えを超越する価値観は、作中にしっかりと示されている。法律の身近さと、法律の面白さだ。

まず、法律の身近さについて。祝日や消費税など生活に関わることを直接決めている法律でなくても、我々一般人が日頃から関係している法は存在する。

裁判周りで最初に思いつくのは裁判員制度だろう。作中でも行われる裁判員制度は、国民の中から選ばれた代表者が裁判員として刑事裁判に参加するというものだ。二〇〇九年に開始されたのち、成人年齢の引き下げに伴って二〇二三年からは十八歳以上の国民から裁判員が選任されている。現在の日本では、高校生であっても人を裁く裁判員となる可能性があるのだ。身近さがわかるだろう。

続けて面白さについて話そう。

あなたが裁判員候補に選ばれ、選任手続に呼ばれたとする（誰にでもありうる話だ)。ここで仮にあなたが面倒に思い、裁判所からの通知をほったらかして無断欠席をしたらどうなるだろう。実はこれは罰せられる可能性のある行為だ。正当な理由なく欠席した人には、十万円以下の過料という罰則がある。実際に罰せられるかはともかく、法律で決まっている。

そんなルールなんて知るわけない！と思うだろう。しかしこれは「知っていなければならない」ことだ。なぜだろう。これには論理的に説明がつけられる。この合理性が法学の面白いところだ。法律は社会全体のルールであるから、全員に守ってもらう必要がある。だから法律は人々に「法律を知らなかった」という言い訳を許していないのだ。このような「法の不知はこれを許さず」という原則から、論理的に「過料のルールを知らなかったとしても過料は払わなくてはならない」ということが導かれる。

このように、法律は極めて論理的であり、そこが面白い。作中にはもっと多くの例があり、読んでいて困らないように分かりやすく説明されている。本書の面白さは、作品としてのエンターテイメント性だけでなく、法律そのものの面白さにも由来しているのだ（もっとも、法律を面白く見せられるのもエンターテイメントのなせる業だが）。

今改めて法律をよくできたシステムであると捉え直すと、私は幼少時に見たあの裁判に納得がいった。一見つまらなそうに見えた裁判は、実は高度に洗練された決まり事の円滑な活用だったのだ。法律というルールはひたすらロジカルで、弁護人も検事も冷静に合理的に動く。だから表面的には面白いことや珍しいことが行われなかった。しかしそのシステム内部では、まるで高級腕時計の歯車のように、緻密な論理が作動していたのである。

作者の五十嵐律人氏は、執筆当時すでに司法試験に合格しており、現在は弁護士として活躍している。つまり法律を理解しているプロだ。法律の面白さを一番わかっているという意味でもある。そして法律の勘所、つまりどのような時に法律が難しい挙動を示すかを熟知しているということだ。

そういった問題になる部分、たとえば冤罪《えんざい》などの問題点は、問題であること自体はわかりやすいので我々も直感的に考えてしまいやすい。だから我々は法律を問題点から責め立て、文句を言うことができてしまう。一方で、法学は法律の問題点を自ら認識し、真剣に考えて今日まで確かに進化を重ねてきている。だから、法律の問題を真剣に考え議論するのなら、法律について学ぶのが間違いなく正道であるし、近道でもある。

そういった学びの最初のステップとしても、この『法廷遊戯』は優れている。物語がわかった状態で読み直せば、法律へのより深い理解が得られるだろう。

本書は二〇二〇年七月、小社より単行本として刊行されました。

|著者| 五十嵐律人　1990年岩手県生まれ。東北大学法学部卒業、同大学法科大学院修了。弁護士（ベリーベスト法律事務所、第一東京弁護士会）。本書で第62回メフィスト賞を受賞し、デビュー。他の著書に、『不可逆少年』『原因において自由な物語』『六法推理』『幻告』がある。

法廷遊戯《ほうていゆうぎ》
五十嵐律人《いがらしりつと》
© Ritsuto Igarashi 2023

講談社文庫
定価はカバーに
表示してあります

2023年４月14日第１刷発行

KODANSHA

発行者――鈴木章一
発行所――株式会社　講談社
東京都文京区音羽2-12-21　〒112-8001
電話　出版（03）5395-3510
　　　販売（03）5395-5817
　　　業務（03）5395-3615
Printed in Japan

デザイン―菊地信義
本文データ制作―講談社デジタル製作
印刷―――大日本印刷株式会社
製本―――大日本印刷株式会社

落丁本・乱丁本は購入書店名を明記のうえ、小社業務あてにお送りください。送料は小社負担にてお取替えします。なお、この本の内容についてのお問い合わせは講談社文庫あてにお願いいたします。
本書のコピー、スキャン、デジタル化等の無断複製は著作権法上での例外を除き禁じられています。本書を代行業者等の第三者に依頼してスキャンやデジタル化することはたとえ個人や家庭内の利用でも著作権法違反です。

ISBN978-4-06-529860-2

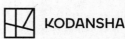

講談社文庫刊行の辞

二十一世紀の到来を目睫に望みながら、われわれはいま、人類史上かつて例を見ない巨大な転換期をむかえようとしている。

世界も、日本も、激動の予兆に対する期待とおののきを内に蔵して、未知の時代に歩み入ろうとしている。このときにあたり、創業の人野間清治の「ナショナル・エデュケイター」への志を現代に甦らせようと意図して、われわれはここに古今の文芸作品はいうまでもなく、ひろく人文・社会・自然の諸科学から東西の名著を網羅する、新しい綜合文庫の発刊を決意した。

激動の転換期はまた断絶の時代である。われわれは戦後二十五年間の出版文化のありかたへの深い反省をこめて、この断絶の時代にあえて人間的な持続を求めようとする。いたずらに浮薄な商業主義のあだ花を追い求めることなく、長期にわたって良書に生命をあたえようとつとめるところにしか、今後の出版文化の真の繁栄はあり得ないと信じるからである。

同時にわれわれはこの綜合文庫の刊行を通じて、人文・社会・自然の諸科学が、結局人間の学にほかならないことを立証しようと願っている。かつて知識とは、「汝自身を知る」ことにつきていた。現代社会の瑣末な情報の氾濫のなかから、力強い知識の源泉を掘り起し、技術文明のただなかに、生きた人間の姿を復活させること。それこそわれわれの切なる希求である。

われわれは権威に盲従せず、俗流に媚びることなく、渾然一体となって日本の「草の根」をかたちづくる若く新しい世代の人々に、心をこめてこの新しい綜合文庫をおくり届けたい。それは知識の泉であるとともに感受性のふるさとであり、もっとも有機的に組織され、社会に開かれた万人のための大学をめざしている。大方の支援と協力を衷心より切望してやまない。

一九七一年七月

野間省一

時空を超えた法廷で、奇跡を手に入れろ。

感動のタイムリープミステリー！

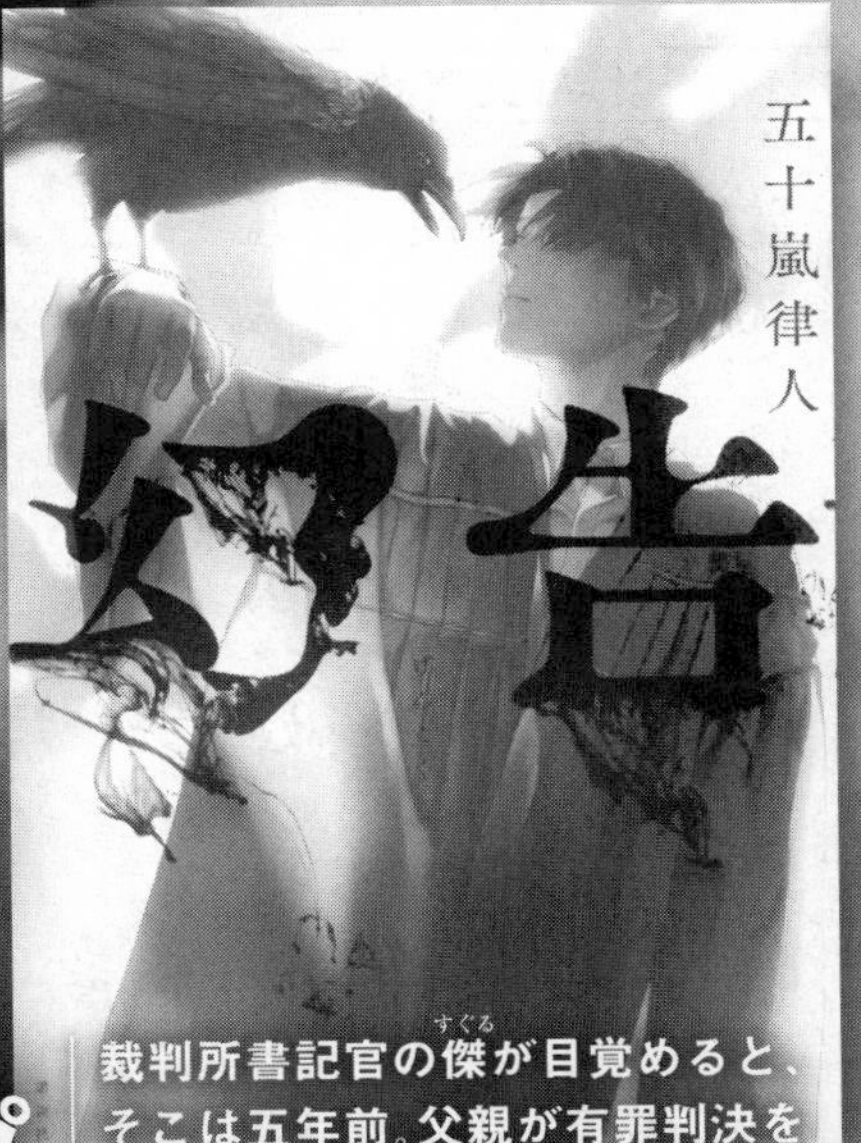

裁判所書記官の傑《すぐる》が目覚めると、
そこは五年前。父親が有罪判決を
受けた裁判のさなかだった。
冤罪の可能性に気がついた傑は、
タイムリープを繰り返しながら
真相を探る。未来を懸けた
タイムリープの果てに、
傑が導く真実とは？

五十嵐律人《いがらしりつと》

幻《げん》告《こく》

KODANSHA 〈単行本〉

講談社文庫 最新刊

内館牧子
今度生まれたら
人生をやり直したい。あの時、別の道を選んでいれば——。著者「高齢者小説」最新文庫！

上田秀人
悪　　貨
〈武商繚乱記（二）〉
豪商・淀屋の弱点とは？　大坂奉行所同心の山中《やまなか》小《こ》鹿《ろく》の前にあらわれたのは……。〈文庫書下ろし〉

五十嵐律人
法 廷 遊 戯
ミステリランキング席巻の鮮烈デビュー作、ついに文庫化！　第62回メフィスト賞受賞作。

窪　美澄
私は女になりたい
人として、女として、生きるために。直木賞作家が描く「最後」の恋。本当の恋愛小説。

溝口　敦
喰うか喰われるか
〈私の山口組体験〉
三度の襲撃に見舞われながら、日本最大の組織暴力を取材した半世紀にわたる戦いの記録。

夢枕　獏
大江《おおえ》戸《ど》火《か》龍《りゅう》改《あらため》
妖怪《あやかし》を狩る、幕府の秘密組織——その名を「火龍改」。著者真骨頂の江戸版『陰陽師《おんみょうじ》』！

神楽坂　淳
うちの旦那が甘ちゃんで
〈飴どろぼう編〉
唇《くちびる》に塗って艶《つや》を出す飴が流行《はや》り、その飴屋を狙う盗賊が出現。沙耶《さや》が出動することに。

講談社文庫 最新刊

紗倉まな　春、死なん

現役人気AV女優が「老人の性」「母の性」を精魂こめて描いた野間文芸新人賞候補作。

横山光輝
山岡荘八・原作　漫画版 徳川家康6

秀吉は九州を平定後、朝鮮出兵を図るも病没。満を持して家康は石田三成と関ケ原で激突。

潮谷験　エンドロール

姉の遺作が、自殺肯定派に悪用されている！弟は愛しき「物語」を守るため闘い始めた。

高梨ゆき子　大学病院の奈落

最先端の高度医療に取り組む大学病院で相次いでいた死亡事故。徹底取材で真相に迫る。

西澤保彦　夢魔の牢獄

22年前の殺人事件。教師の田附《たづき》は当時の友人たちに憑依、迷宮入り事件の真相を追う。

日本推理作家協会 編　2020 ザ・ベストミステリーズ

「夫の骨」（矢樹純《やぎじゅん》）を筆頭に、プロの読み手が選んだ短編ミステリーのベスト9が集結！

嶺里俊介　ちょっと奇妙な怖い話

事実を元に練り上げた怖い話が9編。どこまでが本当か気になって眠れなくなる短編集！

講談社タイガ
森博嗣　君が見たのは誰の夢？
〈Whose Dream Did You See?〉

ロジの身体に不具合が発見され、未知の新種ウィルスに感染している可能性が浮上する。

講談社文芸文庫

リービ英雄
日本語の勝利／アイデンティティーズ
解説＝鴻巣友季子
青年期に習得した日本語での小説執筆を志した著者は、随筆や評論も数多く記してきた。日本語の内と外を往還して得た新たな視点で世界を捉えた初期エッセイ集。
りC3
978-4-06-530962-9

柄谷行人
柄谷行人対話篇Ⅲ 1989－2008
東西冷戦の終焉、そして湾岸戦争を通過した後の資本にどう対抗したらよいのか？根源的な問いに真摯に向き合ってきた批評家が文学者とかわした対話十篇を収録。
かB20
978-4-06-530507-2

講談社文庫　目録

芥川龍之介　藪の中
有吉佐和子　新装版 和宮様御留
阿刀田　高　ナポレオン狂
阿刀田　高　新装版 ブラック・ジョーク大全
安房直子　春の窓〈安房直子ファンタジー〉
相沢忠洋　「岩宿」の発見〈幻の旧石器を求めて〉
赤川次郎　偶像崇拝殺人事件
赤川次郎　人間消失殺人事件
赤川次郎　三姉妹探偵団
赤川次郎　三姉妹探偵団2〈キャンパス篇〉
赤川次郎　三姉妹探偵団3〈珠美・初恋篇〉
赤川次郎　三姉妹探偵団4〈怪奇篇〉
赤川次郎　三姉妹探偵団5〈復讐篇〉
赤川次郎　三姉妹探偵団6〈危機一髪篇〉
赤川次郎　三姉妹探偵団7〈駈け落ち篇〉
赤川次郎　三姉妹探偵団8〈人質篇〉
赤川次郎　三姉妹探偵団9〈青ひげ篇〉
赤川次郎　三姉妹探偵団10〈父恋し篇〉
赤川次郎　死が小径をやってくる〈三姉妹探偵団11〉

赤川次郎　死神のお気に入り〈三姉妹探偵団12〉
赤川次郎　次女と野獣〈三姉妹探偵団13〉
赤川次郎　心地よい悪夢〈三姉妹探偵団14〉
赤川次郎　ふるえて眠れ、三姉妹〈三姉妹探偵団15〉
赤川次郎　三姉妹、呪いの道行〈三姉妹探偵団16〉
赤川次郎　三姉妹、初めてのおつかい〈三姉妹探偵団17〉
赤川次郎　恋の花咲く三姉妹〈三姉妹探偵団18〉
赤川次郎　月もおぼろに三姉妹〈三姉妹探偵団19〉
赤川次郎　三姉妹、ふしぎな旅日記〈三姉妹探偵団20〉
赤川次郎　三姉妹、清く貧しく美しく〈三姉妹探偵団21〉
赤川次郎　三姉妹と忘れじの面影〈三姉妹探偵団22〉
赤川次郎　三姉妹、舞踏会への招待〈三姉妹探偵団23〉
赤川次郎　三人姉妹殺人事件〈三姉妹探偵団24〉
赤川次郎　三姉妹、さびしい入江の歌〈三姉妹探偵団25〉
赤川次郎　三姉妹、恋と罪の峡谷〈三姉妹探偵団26〉
赤川次郎　静かな町の夕暮に
赤川次郎　キネマの天使〈レンズの奥の殺人者〉
新井素子　グリーン・レクイエム〈新装版〉
安能務 訳　封神演義 全三冊

安西水丸　東京美女散歩
綾辻行人　殺人方程式〈切断された死体の問題〉
綾辻行人　鳴風荘事件 殺人方程式II
綾辻行人　十角館の殺人〈新装改訂版〉
綾辻行人　水車館の殺人〈新装改訂版〉
綾辻行人　迷路館の殺人〈新装改訂版〉
綾辻行人　人形館の殺人〈新装改訂版〉
綾辻行人　時計館の殺人〈新装改訂版〉
綾辻行人　黒猫館の殺人〈新装改訂版〉
綾辻行人　暗黒館の殺人 全四冊
綾辻行人　びっくり館の殺人
綾辻行人　奇面館の殺人(上)(下)
綾辻行人　どんどん橋、落ちた〈新装改訂版〉
綾辻行人　緋色の囁き〈新装改訂版〉
綾辻行人　暗闇の囁き〈新装改訂版〉
綾辻行人　黄昏の囁き〈新装改訂版〉
綾辻行人　人間じゃない〈完全版〉
綾辻行人ほか　7人の名探偵
我孫子武丸　探偵映画

我孫子武丸　新装版8の殺人
我孫子武丸　眠り姫とバンパイア
我孫子武丸　狼と兎のゲーム
我孫子武丸　新装版殺戮にいたる病
有栖川有栖　ロシア紅茶の謎
有栖川有栖　スウェーデン館の謎
有栖川有栖　ブラジル蝶の謎
有栖川有栖　英国庭園の謎
有栖川有栖　ペルシャ猫の謎
有栖川有栖　幻想運河
有栖川有栖　マレー鉄道の謎
有栖川有栖　スイス時計の謎
有栖川有栖　モロッコ水晶の謎
有栖川有栖　インド倶楽部の謎
有栖川有栖　カナダ金貨の謎
有栖川有栖　新装版マジックミラー
有栖川有栖　新装版46番目の密室
有栖川有栖　虹果て村の秘密
有栖川有栖　闇の喇《らっ》叭《ぱ》

有栖川有栖　真夜中の探偵
有栖川有栖　論理爆弾
有栖川有栖　名探偵傑作短篇集　火村英生篇
浅田次郎　勇気凜凜ルリの色
浅田次郎　霞町物語
浅田次郎　ひとは情熱がなければ生きていけない〈勇気凜凜ルリの色〉
浅田次郎　シェエラザード(上)(下)
浅田次郎　歩兵の本領
浅田次郎　蒼穹の昴　全四巻
浅田次郎　珍妃の井戸
浅田次郎　中原の虹　全四巻
浅田次郎　マンチュリアン・リポート
浅田次郎　天子《てんし》蒙塵《もうじん》　全四巻
浅田次郎　天国までの百マイル
浅田次郎　地下鉄《メトロ》に乗って〈新装版〉
浅田次郎　おもかげ
浅田次郎　日輪の遺産〈新装版〉
青木玉　小石川の家
天樹征丸　画・さとうふみや　金田一少年の事件簿　小説版〈オペラ座館・新たなる殺人〉

天樹征丸　画・さとうふみや　金田一少年の事件簿　小説版〈雷《いかずち》祭《まつり》殺人事件〉
阿部和重　アメリカの夜
阿部和重　グランド・フィナーレ
阿部和重　ABC〈阿部和重初期作品集〉
阿部和重　ミステリアスセッティング
阿部和重　IP/NN　阿部和重傑作集
阿部和重　シンセミア(上)(下)
阿部和重　ピストルズ(上)(下)
阿部和重　アメリカの夜　インディヴィジュアル・プロジェクション〈阿部和重初期代表作Ⅰ〉
阿部和重　無情の世界　ニッポニアニッポン〈阿部和重初期代表作Ⅱ〉
甘糟りり子　産む、産まない、産めない
甘糟りり子　産まなくても、産めなくても
赤井三尋　翳《かげ》りゆく夏
あさのあつこ　NO.6〈ナンバーシックス〉#1
あさのあつこ　NO.6〈ナンバーシックス〉#2
あさのあつこ　NO.6〈ナンバーシックス〉#3
あさのあつこ　NO.6〈ナンバーシックス〉#4
あさのあつこ　NO.6〈ナンバーシックス〉#5
あさのあつこ　NO.6〈ナンバーシックス〉#6

あさのあつこ NO.6〔ナンバーシックス〕#7
あさのあつこ NO.6〔ナンバーシックス〕#8
あさのあつこ NO.6〔ナンバーシックス〕#9
あさのあつこ NO.6beyond〔ナンバーシックス・ビヨンド〕
あさのあつこ 待 っ て る〈橘屋草子〉
あさのあつこ さいとう市立さいとう高校野球部 (上)(下)
あさのあつこ 甲子園でエースしちゃいました〈さいとう市立さいとう高校野球部〉
あさのあつこ お れ が 先 輩？〈さいとう市立さいとう高校野球部〉
阿部夏丸 泣けない魚たち
朝倉かすみ 肝、焼 け る
朝倉かすみ 好かれようとしない
朝倉かすみ ともしびマーケット
朝倉かすみ 感 応 連 鎖
朝倉かすみ たそがれどきに見つけたもの
朝比奈あすか 憂鬱なハスビーン
朝比奈あすか あの子が欲しい
天野作市 気 高 き 昼 寝
天野作市 みんなの旅行
青柳碧人 浜村渚の計算ノート
青柳碧人 浜村渚の計算ノート 2さつめ〈ふしぎの国の期末テスト〉
青柳碧人 浜村渚の計算ノート 3さつめ〈水色コンパスと恋する幾何学〉
青柳碧人 浜村渚の計算ノート 3と1/2さつめ〈ふえるま島の最終定理〉
青柳碧人 浜村渚の計算ノート 4さつめ〈方程式は歌声に乗って〉
青柳碧人 浜村渚の計算ノート 5さつめ〈鳴くよウグイス、平面上〉
青柳碧人 浜村渚の計算ノート 6さつめ〈パピルスよ、永遠に〉
青柳碧人 浜村渚の計算ノート 7さつめ〈悪魔とポタージュスープ〉
青柳碧人 浜村渚の計算ノート 8さつめ〈虚数じかけの夏みかん〉
青柳碧人 浜村渚の計算ノート 8と2分の1さつめ〈つるかめ家の一族〉
青柳碧人 浜村渚の計算ノート 9さつめ〈恋人たちの必勝法《マーチンゲール》〉
青柳碧人 霊視刑事夕雨子《ゆうこ》1〈誰かがそこにいる〉
青柳碧人 霊視刑事夕雨子2〈雨空の鎮魂歌《レクイエム》〉
朝井まかて 花《はな》 競《くら》 べ〈向嶋なずな屋繁盛記〉
朝井まかて ちゃんちゃら
朝井まかて す か た ん
朝井まかて ぬ け ま い る
朝井まかて 恋 歌
朝井まかて 阿《お》蘭《らん》陀《だ》西《さい》鶴《かく》
朝井まかて 藪《やぶ》医《い》 ふらここ堂
朝井まかて 福 袋
朝井まかて 草 々 不 一
歩《あゆみ》 りえこ ブラを捨て旅に出よう〈貧乏乙女の"世界一周"旅行記〉
安藤祐介 営業零課《ぜろか》接待班
安藤祐介 被取締役《とりしまられやく》新入社員
安藤祐介 お い ！ 山 田〈大翔製菓広報宣伝部〉
安藤祐介 宝くじが当たったら
安藤祐介 一〇〇〇ヘクトパスカル
安藤祐介 テノヒラ幕府株式会社
安藤祐介 本のエンドロール
青木 理 絞 首 刑
麻見和史 石 の 繭〈警視庁殺人分析班〉
麻見和史 蟻《あり》の 階 段〈警視庁殺人分析班〉
麻見和史 水 晶 の 鼓 動〈警視庁殺人分析班〉
麻見和史 虚 空 の 糸〈警視庁殺人分析班〉
麻見和史 聖 者 の 凶 数〈警視庁殺人分析班〉
麻見和史 女 神 の 骨 格〈警視庁殺人分析班〉
麻見和史 蝶 の 力 学〈警視庁殺人分析班〉
麻見和史 雨 色 の 仔 羊〈警視庁殺人分析班〉

麻見和史　奈落の偶像〈警視庁殺人分析班〉
麻見和史　鷹《たか》の砦《とりで》〈警視庁殺人分析班〉
麻見和史　凪《なぎ》の残響〈警視庁殺人分析班〉
麻見和史　天空の鏡〈警視庁殺人分析班〉
麻見和史　深紅の断片〈警防課救命チーム〉
麻見和史　邪神の天秤〈警視庁公安分析班〉
麻見和史　偽神の審判〈警視庁公安分析班〉
有川　浩　三匹のおっさん
有川　浩　三匹のおっさん　ふたたび
有川　浩　ヒア・カムズ・ザ・サン
有川　浩　旅猫リポート
有川ひろ　アンマーとぼくら
有川ひろほか　ニャンニャンにゃんそろじー
荒崎一海　門前仲町〈九頭竜覚山　浮世綴㈠〉
荒崎一海　蓬莱橋雨景〈九頭竜覚山　浮世綴㈡〉
荒崎一海　寺町哀感〈九頭竜覚山　浮世綴㈢〉
荒崎一海　小《お》名《な》木《き》川《がわ》〈九頭竜覚山　浮世綴㈣〉
荒崎一海　一色町雪花〈九頭竜覚山　浮世綴㈤〉
朱野帰子《かえるこ》　駅物語
朱野帰子　対岸の家事
東　浩紀　一般意志2・0〈ルソー、フロイト、グーグル〉
朝倉宏景　白球アフロ
朝倉宏景　野球部ひとり
朝倉宏景　つよく結べ、ポニーテール
朝倉宏景　あめつちのうた
朝倉宏景　エール〈夕暮れサウスポー〉
朝井リョウ　スペードの3
朝井リョウ　世にも奇妙な君物語
有沢ゆう希／末次由紀 原作　ちはやふる　上の句〈小説〉
有沢ゆう希／末次由紀 原作　ちはやふる　下の句〈小説〉
有沢ゆう希／末次由紀 原作　ちはやふる　結び〈小説〉
有沢ゆう希　小説　パーフェクトワールド〈君といる奇跡〉
有沢ゆう希／原作：金田一蓮十郎／脚本：徳永友一　小説　ライアー×ライアー
秋川滝美　幸腹《こうふく》な百貨店
秋川滝美　幸腹な百貨店〈デパ地下おにぎり騒動〉
秋川滝美　幸腹な百貨店〈催事場で蕎麦屋呑み〉
秋川滝美　マチのお気楽料理教室
秋川滝美　ヒソップ亭〈湯けむり食事処〉
赤神　諒　神遊の城
赤神　諒　大友二階崩れ
赤神　諒　大友落月記
赤神　諒　酔象の流儀　朝倉盛衰記
赤神　諒　空《うつせ》貝《がい》〈村上水軍の神姫《しんき》〉
赤神　諒　立花三将伝
彩瀬まる　やがて海へと届く
浅生　鴨　伴走者
天野純希　有楽斎の戦
天野純希　雑賀《さいか》のいくさ姫《ひめ》
青木祐子　コーチ！〈はげまし屋・立花ことりのクライアントファイル〉
秋保《あきう》水菓《すいか》　コンビニなしでは生きられない
相沢沙呼　medium《メディウム》　霊媒探偵城塚翡翠《じょうづかひすい》
新井見枝香　本屋の新井
碧野　圭　凛として弓を引く
碧野　圭　凛として弓を引く〈青雲篇〉
赤松利市　東京棄民
五木寛之　ソフィアの秋
五木寛之　狼のブルース

講談社文庫　目録

五木寛之　海峡物語
五木寛之　風花のひと
五木寛之　鳥の歌(上)(下)
五木寛之　燃える秋
五木寛之　真夜中の望遠鏡〈流されゆく日々'78〉
五木寛之　ナホトカ青春航路〈流されゆく日々'79〉
五木寛之　旅の幻燈
五木寛之　他力
五木寛之　こころの天気図
五木寛之　新装版 恋歌
五木寛之　百寺巡礼 第一巻 奈良
五木寛之　百寺巡礼 第二巻 北陸
五木寛之　百寺巡礼 第三巻 京都Ⅰ
五木寛之　百寺巡礼 第四巻 滋賀・東海
五木寛之　百寺巡礼 第五巻 関東・信州
五木寛之　百寺巡礼 第六巻 関西
五木寛之　百寺巡礼 第七巻 東北
五木寛之　百寺巡礼 第八巻 山陰・山陽
五木寛之　百寺巡礼 第九巻 京都Ⅱ
五木寛之　百寺巡礼 第十巻 四国・九州
五木寛之　海外版 百寺巡礼 インド1
五木寛之　海外版 百寺巡礼 インド2
五木寛之　海外版 百寺巡礼 朝鮮半島
五木寛之　海外版 百寺巡礼 中国
五木寛之　海外版 百寺巡礼 ブータン
五木寛之　海外版 百寺巡礼 日本・アメリカ
五木寛之　青春の門 第七部 挑戦篇
五木寛之　青春の門 第八部 風雲篇
五木寛之　青春の門 第九部 漂流篇
五木寛之　親鸞 青春篇(上)(下)
五木寛之　親鸞 激動篇(上)(下)
五木寛之　親鸞 完結篇(上)(下)
五木寛之　五木寛之の金沢さんぽ
五木寛之　海を見ていたジョニー 新装版
井上ひさし　モッキンポット師の後始末
井上ひさし　ナイン
井上ひさし　四千万歩の男 全五冊
井上ひさし　四千万歩の男 忠敬の生き方
池波正太郎　私の歳月
井上ひさし／司馬遼太郎　新装版 国家・宗教・日本人
池波正太郎　よい匂いのする一夜
池波正太郎　梅安料理ごよみ
池波正太郎　わが家の夕めし
池波正太郎　新装版 緑のオリンピア
池波正太郎　新装版 殺しの四人〈仕掛人 藤枝梅安(一)〉
池波正太郎　新装版 梅安蟻地獄〈仕掛人 藤枝梅安(二)〉
池波正太郎　新装版 梅安最合傘〈仕掛人 藤枝梅安(三)〉
池波正太郎　新装版 梅安針供養〈仕掛人 藤枝梅安(四)〉
池波正太郎　新装版 梅安乱れ雲〈仕掛人 藤枝梅安(五)〉
池波正太郎　新装版 梅安影法師〈仕掛人 藤枝梅安(六)〉
池波正太郎　新装版 梅安冬時雨〈仕掛人 藤枝梅安(七)〉
池波正太郎　新装版 忍びの女(上)(下)
池波正太郎　新装版 殺しの掟
池波正太郎　新装版 抜討ち半九郎
池波正太郎　新装版 娼婦の眼
池波正太郎　近藤勇白書(上)(下)〈レジェンド歴史時代小説〉
井上　靖　楊貴妃伝

石牟礼道子 新装版 苦《く》海《がい》浄《じょう》土《ど》〈わが水俣病〉
いわさきちひろ ちひろのことば
いわさきちひろ 松本 猛 いわさきちひろの絵と心
いわさきちひろ 絵本美術館編 ちひろ・子どもの情景〈文庫ギャラリー〉
いわさきちひろ 絵本美術館編 ちひろ・紫のメッセージ〈文庫ギャラリー〉
いわさきちひろ 絵本美術館編 ちひろの花ことば〈文庫ギャラリー〉
いわさきちひろ 絵本美術館編 ちひろのアンデルセン〈文庫ギャラリー〉
いわさきちひろ 絵本美術館編 ちひろ・平和への願い〈文庫ギャラリー〉
石野径一郎 新装版 ひめゆりの塔
今西錦司 生物の世界
井沢元彦 義経幻殺録
井沢元彦 光と影の武蔵〈切支丹秘録〉
井沢元彦 新装版 猿丸幻視行
伊集院 静 乳房
伊集院 静 遠い昨日
伊集院 静 夢は枯野を〈競輪躁鬱旅行〉
伊集院 静 野球で学んだこと ヒデキ君に教わったこと
伊集院 静 峠の声
伊集院 静 白秋
伊集院 静 潮流
伊集院 静 冬の蜻《と》蛉《んぼ》
伊集院 静 オルゴール
伊集院 静 昨日スケッチ
伊集院 静 あづま橋
伊集院 静 ぼくのボールが君に届けば
伊集院 静 駅までの道をおしえて
伊集院 静 受け月
伊集院 静 坂の上のμ〈野球小説アンソロジー〉
伊集院 静 ねむりねこ
伊集院 静 新装版 三年坂
伊集院 静 お父やんとオジさん (上)(下)
伊集院 静 ノボさん〈小説 正岡子規と夏目漱石〉(上)(下)
伊集院 静 機関車先生〈新装版〉
いとうせいこう 我々の恋愛
いとうせいこう 「国境なき医師団」を見に行く
井上夢人 ダレカガナカニイル…
井上夢人 プラスティック
井上夢人 オルファクトグラム (上)(下)
井上夢人 もつれっぱなし
井上夢人 あわせ鏡に飛び込んで
井上夢人 魔法使いの弟子たち (上)(下)
井上夢人 ラバー・ソウル
池井戸 潤 果つる底なき
池井戸 潤 架空通貨
池井戸 潤 銀行狐
池井戸 潤 仇敵
池井戸 潤 BT'63 (上)(下)
池井戸 潤 空飛ぶタイヤ (上)(下)
池井戸 潤 鉄の骨
池井戸 潤 新装版 銀行総務特命
池井戸 潤 新装版 不祥事
池井戸 潤 ルーズヴェルト・ゲーム
池井戸 潤 半沢直樹1〈オレたちバブル入行組〉
池井戸 潤 半沢直樹2〈オレたち花のバブル組〉
池井戸 潤 半沢直樹3〈ロスジェネの逆襲〉
池井戸 潤 半沢直樹4〈銀翼のイカロス〉
池井戸 潤 花咲舞が黙ってない〈新装増補版〉

講談社文庫　目録

池井戸　潤　ノーサイド・ゲーム
石田衣良　LAST［ラスト］
石田衣良　東京DOLL
石田衣良　てのひらの迷路
石田衣良　40《フォーティ》　翼ふたたび
石田衣良　s　e　x
石田衣良　逆《さか》島《しま》断《たつ》雄《お》〈進駐官養成高校の決闘編1〉
石田衣良　逆島断雄〈進駐官養成高校の決闘編2〉
石田衣良　逆島断雄〈本土最終防衛決戦編1〉
石田衣良　逆島断雄〈本土最終防衛決戦編2〉
石田衣良　初めて彼を買った日
井上荒野　ひどい感じ―父・井上光晴
稲葉　稔　椋鳥の影〈八丁堀手控え帖〉
伊坂幸太郎　チルドレン
伊坂幸太郎　サブマリン
伊坂幸太郎　魔王〈新装版〉
伊坂幸太郎　モダンタイムス(上)(下)〈新装版〉
伊坂幸太郎　PK〈新装版〉
絲山秋子　袋小路の男

石黒　耀　死都日本
石黒　耀　忠臣蔵異聞〈家老 大野九郎兵衛の長い仇討ち〉
犬飼六岐　筋違い半介
犬飼六岐　吉岡清三郎貸腕帳
石川大我　ボクの彼氏はどこにいる?
石松宏章　マジでガチなボランティア
伊東　潤　国を蹴った男
伊東　潤　峠越え
伊東　潤　黎明に起《た》つ
伊東　潤　池田屋乱刃
石飛幸三　「平穏死」のすすめ〈口から食べられなくなったらどうしますか〉
伊藤理佐　女のはしょり道
伊藤理佐　また！　女のはしょり道
伊藤理佐　みたび！　女のはしょり道
石黒正数　外《げ》天《てん》楼《ろう》
伊与原　新　ルカの方《はこ》舟《ぶね》
伊与原　新　コンタミ　科学汚染
稲葉圭《よし》昭《あき》　恥さらし〈北海道警　悪徳刑事の告白〉
稲葉博《ひろ》一《いち》　忍者烈伝

稲葉博一　忍者烈伝ノ続
稲葉博一　忍者烈伝ノ乱〈天之巻〉〈地之巻〉
伊岡　瞬　桜の花が散る前に
石川智健　エウレカの確率〈経済学捜査と殺人の効用〉
石川智健　60《ロクジュウ》〈誤判対策室〉
石川智健　20《ニジュウ》〈誤判対策室〉
石川智健　第三者隠蔽機関
石川智健　いたずらにモテる刑事の捜査報告書
井上真《ま》偽《ぎ》　その可能性はすでに考えた
井上真偽　聖女の毒杯〈その可能性はすでに考えた〉
井上真偽　恋と禁忌の述語論理《プレディケット》
泉　ゆたか　お師匠さま、整いました！
泉　ゆたか　お江戸けもの医　毛玉堂
泉　ゆたか　玉《たま》の輿《こし》猫〈お江戸けもの医　毛玉堂〉
伊兼源太郎　地検のS
伊兼源太郎　Sが泣いた日〈地検のS〉
伊兼源太郎　Sの幕引き〈地検のS〉
伊兼源太郎　巨悪
伊兼源太郎　金庫番の娘

逸木 裕　電気じかけのクジラは歌う
今村翔吾　イクサガミ 天
入月英一　信長と征《ゆ》く 1・2 〈転生商人の天下取り〉
磯田道史　歴史とは靴である
石原慎太郎　湘南夫人
井戸川射子　ここはとても速い川
稲葉なおと　ホシノカケラ
内田康夫　シーラカンス殺人事件
内田康夫　パソコン探偵の名推理
内田康夫　「横山大観」殺人事件
内田康夫　江田島殺人事件
内田康夫　琵琶湖周航殺人歌
内田康夫　夏泊殺人岬
内田康夫　「信濃の国」殺人事件
内田康夫　風葬の城
内田康夫　透明な遺書
内田康夫　鞆《とも》の浦《うら》殺人事件
内田康夫　終幕《フィナーレ》のない殺人
内田康夫　御堂筋殺人事件
内田康夫　記憶の中の殺人
内田康夫　北国街道殺人事件
内田康夫　「紅藍《くれない》の女《ひと》」殺人事件
内田康夫　「紫《むらさき》の女《ひと》」殺人事件
内田康夫　藍色回廊殺人事件
内田康夫　明日香の皇子
内田康夫　華の下にて
内田康夫　黄金の石橋
内田康夫　靖国への帰還
内田康夫　不等辺三角形
内田康夫　ぼくが探偵だった夏
内田康夫　逃げろ光彦 〈内田康夫と5人の女たち〉
内田康夫　悪魔の種子
内田康夫　戸隠伝説殺人事件
内田康夫　新装版 死者の木霊
内田康夫　新装版 漂泊の楽人
内田康夫　新装版 平城山《ならやま》を越えた女
内田康夫　秋田殺人事件
内田康夫　孤道
和久井清水　孤道 完結編 〈金色の眠り〉
内田康夫　イーハトーブの幽霊
歌野晶午　死体を買う男
歌野晶午　安達ヶ原の鬼密室
歌野晶午　新装版 長い家の殺人
歌野晶午　新装版 白い家の殺人
歌野晶午　新装版 動く家の殺人
歌野晶午　密室殺人ゲーム王手飛車取り
歌野晶午　新装版 ROMMY 越境者の夢
歌野晶午　増補版 放浪探偵と七つの殺人
歌野晶午　新装版 正月十一日、鏡殺し
歌野晶午　密室殺人ゲーム2.0
歌野晶午　密室殺人ゲーム・マニアックス
歌野晶午　魔王城殺人事件
内館牧子　終わった人
内館牧子　別れてよかった 〈新装版〉
内館牧子　すぐ死ぬんだから
内田洋子　皿の中に、イタリア
宇江佐真理　泣きの銀次

講談社文庫　目録

2023年3月15日現在